Maria Heinrich

Kein normaler Arbeitstag
Tödliche Fahrt

Thriller

MARIA HEINRICH

THRILLER

KEIN NORMALER ARBEITSTAG

TÖDLICHE FAHRT

IMPRESSUM

1. Auflage 2025

c/o Autorenservice Gorischek
Am Rinnergrund 14/5
8101 Gratkorn, Österreich
mheinrich282@gmail.com

Lektorat, Korrektorat: Buchfein

Cover: BookCoverZone.com

Foto: Martin Jordan

Buchsatz: Constanze Kramer, coverboutique.de

Herausgeber: Independently published

ISBN 978-3-9505311-7-6

Die im Roman beschriebenen Personen und Geschehnisse sind fiktiv. Ähnlichkeiten mit lebenden oder verstorbenen Personen sind rein zufällig und nicht beabsichtigt. Viele erwähnte Orte existieren in der Realität, wurden jedoch der fiktiven Handlung des Romans angepasst.

ÜBER DIE AUTORIN

Vom Management zum Mord.

»Die fesselndsten Geschichten schreibt das Leben.«

Maria Heinrich wächst in Wien auf und bleibt der Heimat trotz ihrer internationalen Karriere immer eng verbunden.

Ihre Berufswahl führt sie in die männerdominierte Informatikbranche, in der sie sich zu behaupten lernt. Intrigen, Machtstrukturen und moralische Konflikte – das sind Themen, die sie als ehemalige IT-Managerin bis heute bewegen. Sie kennt die Mechanismen der digitalen Welt und die Dynamiken multinationaler Konzerne aus erster Hand.

Als Autorin verwandelt sie dieses Wissen in fesselnde Thriller, die nicht nur Spannung erzeugen, sondern auch gesellschaftliche Relevanz besitzen. Ihre Heldinnen sind klug, verletzlich und mutig – und stellen sich Intrigen, Machtspielen und ethischen Grenzfragen mit Entschlossenheit.

In ihren Romanen zeigt Maria Heinrich, wie nah Alltag und Abgrund beieinanderliegen – und wie viel Mut es braucht, sich dem Dunkel zu stellen.

Ihre Hobbys sind vielfältig, aber die besondere Liebe gilt den Reisen. Selbst geplant und individuell am Weg, macht sie sich auf in fremde Länder. Ob Afrika, Nordamerika, Australien oder Europa. Überall gibt es etwas zu entdecken und Menschen und ihr Leben kennenzulernen. Erlebnisse fließen in ihre Geschichten ein.

Leserinnen und Leser, die Authentizität, Tempo und emotionale Intensität schätzen, finden in Maria Heinrichs Büchern fesselnde Geschichten, die lange nachhallen.

*»Du weißt, WAS du tust – denke darüber nach,
WARUM du es tust!«*

– Simon Sinek –

KAPITEL 1

»Wunderbar.« Der schwarze Seidenhandschuh packte Anas Hand und drückte kräftig zu. »Lassen Sie uns beginnen, Frau Rubin.«

Überrascht starrte Ana die Frau in Schwarz einen Moment lang an. »Guten Tag, Frau Doktor Fiala.« Ihre Augen suchten ihre Chefin, die sie kurzfristig in ihr Büro beordert hatte, ohne ihr den Grund zu nennen.

Die CEO stand mit überkreuzten Armen mitten im Raum. Ihre aufrechte Haltung auf roten High Heels brachte ihr Designerkostüm zur Geltung. Ihr Lächeln schien Ana aufgesetzt. Hinter der Chefin hatte ihr Kollege Felix Hauptmann mit wohlwollendem Gesichtsausdruck Stellung bezogen.

»Wollen wir Platz nehmen, Frau Doktor, und uns einen Kaffee gönnen?« Die CEO machte eine einladende Geste in Richtung ihrer stahlblauen Besuchercouch.

Frau Fiala winkte ab. »Sehr freundlich, doch wir haben keine Zeit zu verschwenden.«

Dunkles Kostüm, Strümpfe und Handschuhe. Die Erkenntnis traf Ana wie ein Blitz. Die Medien hatten über die Firma Fiala & Sohn berichtet. Der Junior war tödlich verunglückt und irgendein Skandal hatte es in die Schlagzeilen geschafft.

Forschend blickte Ana ihre Chefin an. Sollte Pat wegen ihrer geplanten Knieoperation nicht eigentlich schon im Krankenstand sein?

»Frau Doktor Fiala ist in einer …«, die CEO zögerte, »schmerzlichen und herausfordernden Situation und benötigt umgehend unsere Unterstützung.«

Die nachfolgende Pause zog sich in die Länge. Unbehagen beschlich Ana. Erwartete Pat, dass sie Fragen stellte?

»Also. Es ist folgendermaßen«, meldete sich Frau Fiala mit rauchiger Stimme. Sie klang erstaunlich kräftig für ihre schmächtige Gestalt und verwischte den Eindruck von Zerbrechlichkeit. So kannte Ana die Firmenchefin, die vor zwei Jahren ihre Mannschaft und Fiala junior mit eiserner Hand geführt hatte.

»Mein Sohn ist kürzlich bei einem Unfall ums Leben gekommen. Ich stehe wieder allein mit meinem Unternehmen da. Auf mich kommen ISO-Zertifizierungen zu und uns ist ein IT-Projekt entgleist. Um die EDV hat sich in der Vergangenheit mein Sohn gekümmert, da habe ich mich nie eingemischt.«

Dieser Behauptung widersprach Ana gedanklich. Während ihres Auftrags war die resolute Dame allgegenwärtig gewesen und hatte sich wiederholt eingeschaltet.

»Ich möchte, dass Sie temporär meine IT führen.«

»Ich soll bei Ihnen IT-Leiterin werden?« Wie stellte die Kundin sich das vor? Ana war perplex.

»Frau Doktor Fiala möchte, dass du mit einem Team die offenen Punkte abarbeitest und die IT einstweilen leitest«, ergriff Felix das Wort. Ihr Kollege spielte Dolmetsch, darum hatte sie ihn nicht gebeten.

»Korrekt«, bestätigte Frau Fiala.

»Wie kommen Sie gerade auf mich?« Ana missfiel die Idee. Sie brauchte einen diplomatischen Weg, um abzusagen.

»Sie haben mein Unternehmen kennengelernt und mein Sohn war mit Ihrer Tätigkeit zufrieden. Das sind die besten Voraussetzungen, um ohne Vorlaufzeit loszulegen.«

»Okay«, sagte Ana gedehnt. »Darf ich Fragen stellen?« Sie musste Zeit gewinnen, um ihre Gedanken zu sortieren.

»Was wollen Sie wissen?«

»Sie erwähnten anstehende ISO-Zertifizierungen. Mehrere? Wie viel Vorlaufzeit haben Sie?«

»Zwei und die Prüfer starten nächsten Monat.« Ihre Antworten waren präzise. Die alte Dame dachte glasklar und brachte den Sachverhalt auf den Punkt.

Ana schluckte. »In zwei Wochen. Das ist knapp. Und welche Projektprobleme haben Sie?«

Frau Fiala sah sie streng an. »Wenn ich das wüsste, hätte ich sie bereits gelöst. Mein Sohn hat einen externen Projektleiter engagiert. Der Fertigstellungstermin verschiebt sich laufend und meine Mitarbeiter jammern über die chaotische Planung und ständig neue technische Komplikationen. Sie, meine Liebe, finden die Gründe heraus und bringen alles zu einem guten Ende.«

Ana biss sich auf die Lippen. »Ich kann nur versprechen, dass wir zügig den Status ermitteln, nicht aber, wie lange die Fertigstellung dauert.«

»Genau so machen wir es. Frau Rubin bindet unsere besten Spezialisten ein und löst Ihre Probleme.« Die CEO nickte erleichtert. Offenbar hatte sie mit heftigerem Widerstand gerechnet.

Ana erstarrte. Hatte sie zugestimmt? »Ich …«

»Wir stellen Frau Rubin unsere erfahrensten Fachleute an die Seite, Sie können sich auf uns verlassen, Frau Doktor.« Ihr Arbeitskollege sammelte Pluspunkte.

»Die Leitung der IT-Abteilung machen Sie nebenbei mit. Es fällt kaum Arbeit an. Wenn Sie möchten, bringen Sie auch eine Sekretärin mit, unsere verabschiedet sich nämlich demnächst in den Mutterschutz.«

Frau Fiala wandte sich an Pat. »Sie schicken mir Felix oder Ihren Vertriebsleiter mit einem Vertragsentwurf vorbei. Ich zähle darauf, dass Sie meine prekäre Situation nicht finanziell ausnutzen.«

Wie auf Befehl schüttelten Pat und ihr Stellvertreter die Köpfe. Frau Fiala duzte Felix. Seltsam, fand Ana. Noch dazu, wo er sie mit dem Doktortitel ansprach.

»Wunderbar, dann sind wir uns einig.« Die Befehlsausgabe war beendet. Die alte Dame streckte Ana erneut die Hand entgegen. »Ich freue mich auf die Zusammenarbeit. Wollen Sie gleich mit mir mitfahren?«

»Jetzt?«, rutschte es Ana heraus, während sie die Hand ergriff.

Offenbar sah sie völlig entgeistert drein, denn ein winziges Lächeln huschte über Frau Fialas Gesicht. »Je eher, desto besser. Kommen Sie zum Werk nach, die Adresse kennen Sie.«

»Ich. Ja. Äh«, stotterte Ana.

»Wie Sie gesagt haben: Die Zeit drängt. Das Vertragliche regeln wir parallel.«

»Das geht in Ordnung.« Pats Stimme unterbrach Anas Gedankenchaos. »Ana, am besten, du besprichst das Vorgehen mit deinem Team und fährst anschließend zur Frau Doktor. Du bist hiermit von der heutigen Geschäftsleitungssitzung entschuldigt und kannst die Zeit nutzen.«

Es war beschlossen. Pat und Frau Fiala beendeten das Gespräch. Ana fehlte eine Eingebung, wie sie die Entscheidung korrigieren konnte.

»Bis später, Frau Rubin.« Frau Fiala nickte ihr zu.

»Ich bringe Sie hinaus, Frau Doktor.« Felix sprang dienstbeflissen herbei.

»Mein Fahrer wartet unten. Wunderbar, dass du mich zu ihm begleitest. Frau Alt, es hat mich gefreut, Sie wieder einmal zu treffen. Ich wünsche Ihnen einen angenehmen Tag und alles Gute für Ihre Operation.«

Sobald sie mit Pat allein war, sank Ana ungefragt auf die Besuchercouch. »Wie soll das funktionieren? Ich kann nicht alles fallen lassen, woran ich arbeite, und mich ausschließlich um Frau Fiala kümmern. Was mache ich mit meinen anderen Kunden? Ich habe ohnehin alle Hände voll zu tun.« Sie hörte selbst, wie schrill ihre Stimme vor Aufregung klang.

»Ist mir klar. Doch wir können die arme Kundin so kurz nach diesem Schicksalsschlag nicht im Stich lassen.« Pat schaute bekümmert drein, was wenig zu ihr passte. »Das siehst du doch ein?«

»Wieso bist du eigentlich in der Firma? Du hast dich am Freitag für Wochen verabschiedet. Hast du die Operation verschoben?«

»Nein, die ist übermorgen. Heute wollte ich mich zu Hause vorbereiten. Frau Doktor Fiala hat mich angerufen und mir keine andere Wahl gelassen, als auf der Stelle herzufahren. Deshalb habe ich Felix zu dem Termin dazu gebeten. Als meine Vertretung unterstützt er dich während meiner Abwesenheit tatkräftig.« Pat schritt energisch zu ihrem Schreibtisch. Für sie war die Angelegenheit geregelt, für Ana noch nicht. »Wieso ist dir Frau Fiala wichtiger als andere Kunden?«

Ihre Chefin wandte sich ruckartig um und warf ihr einen strengen Blick zu. Zwischen ihren Augen bildete sich eine Falte. »Sie ist einflussreich. Akzeptier meine Entscheidung. Wir führen keine sinnlose Diskussion.«

Ana zögerte. Dann sagte sie leise: »Wir haben vereinbart, dass ich meine Überstunden reduziere. Mit diesem Zusatzauftrag muss ich mich klonen.« Sie stöhnte. »Die IT-Leitung zu übernehmen, obwohl ich von den Geschäften der Firma Fiala & Sohn nichts verstehe, ist verrückt. Warum gerade ich? Sie produzieren irgendwelche diffizilen Steuerungen.«

»Du kriegst das hin, Ana. Mit deiner Erfahrung. Du stellst eine Mannschaft nach deinen Wünschen zusammen. Karsten Fuchs nimmt dir alles Vertragliche ab und wenn du Unterstützung benötigst, wendest du dich vertrauensvoll an Felix.«

»Ach du meine Güte!«, fuhr Ana auf. »Karsten! Der flippt aus, wenn ich ihm die Mitarbeit an der Hausmesse streiche. Die beginnt nächste Woche.«

Pat zog die Augenbrauen in die Höhe. »Die Vorbereitung schafft er ohne dich. Deine Teilnahme ist allerdings erforderlich. Meine Abwesenheit wegen der OP ist unangenehm genug. Deine Kunden musst du begrüßen und deinen Vortrag halten. Frau Doktor Fiala wird Verständnis haben, dass du dir dafür Zeit abzweigst. Sie selbst hat sich verständlicherweise abgemeldet, schickt aber einen leitenden Angestellten.«

»Bestimmt kommt der Stellvertreter vom Juniorchef. Mir ist ein Rätsel, wieso Frau Fiala mich anfordert, er ist für die Leitung perfekt geeignet.«

Die CEO verzog verärgert ihr Gesicht. »Hör auf mit der Meckerei. Fühl dich geehrt, dass Frau Fiala dich und dein Team ausgesucht hat.«

Ana verdrehte die Augen. »Ihr habt mich total überrollt. Ich wollte ablehnen. Du hättest mich vorwarnen können.«

Eine steile Stirnfalte und gerötete Wangen warnten vor weiterem Einspruch. »Keiner von uns kann unter diesen Umständen ihre Wünsche zurückweisen. Organisiere dein Personal. Solltest du wider Erwarten überfordert sein, erarbeiten Felix und du eine Lösung.« Pat warf einen Blick auf die Uhr. »Ich gehe jetzt wirklich. Mach das Beste daraus, du hast mein volles Vertrauen.«

»Einen Augenblick noch.« Die Aufregung steigerte Anas Mut. »Du hältst mich seit Wochen hin. Du weißt, ich brauche dringend eine Auszeit. Wenn ich wegen dieses Einsatzes noch mehr arbeiten muss, möchte ich deine Zusage, dass du mein Sabbatical genehmigst.«

»Mhm«, seufzte Pat missmutig. »Ich habe gehofft, du kommst zur Vernunft. Ich sage es dir noch einmal: Die Unterbrechung schadet deiner Karriere, in die du so viel Energie investiert hast. Willst du alles wegwerfen? Ist es das wert?«

»Es ist mir ungeheuer wichtig. Außerdem verschwinde ich doch nicht für ewig und ich bin auch erreichbar. Für diesen Zeitraum lässt sich meine Abwesenheit organisieren. Bitte!«, drängte Ana.

»Und wenn dein Bereichsleiterjob dann anderweitig besetzt ist?«

Diese Drohung erwischte Ana kalt. Wie oft hatte sie ihr Privatleben zurückgestellt, um mit besonderer Leistung aufzufallen? Jeden Schritt hatte sie hart erkämpft. »Ja«, presste sie heraus.

Pats Gesicht verzog sich, als ob sie in eine Zitrone gebissen hätte. Ihre Lippen bildeten einen schmalen Strich. »In Ordnung, wenn du das Sabbatical nach dem Einsatz noch immer möchtest. Die Rahmenbedingungen definiere ich und du redest einstweilen mit niemandem darüber.«

Ana stieß einen leisen Freudenschrei aus. Am liebsten hätte sie ihre Chefin umarmt. »Danke, Pat!« In Gedanken sah sie sich bereits auf der Ranch bei ihrer Schwester. Auf einmal konnte ihre Aufgabe bei Frau Fiala nicht rasch genug beginnen.

KAPITEL 2

»Sie hat endlich ›Ja‹ gesagt!«

»Ana, bist du das? Wer hat ›Ja‹ gesagt?« Ihre Schwester klang verschlafen.

Herrje. Ana hatte wieder einmal die Zeitverschiebung vergessen. Ein Blick auf die Uhr verriet ihr, dass es in Quebec noch Nacht war.

»Entschuldige, dass ich dich geweckt habe. Ich bekomme das Sabbatical. Ich bleibe bei dir, bis du mich hinauswirfst.« Ana war überglücklich. Die Erfüllung ihres innigsten Wunsches war zum Greifen nahe.

»Deine Chefin hat wirklich zugestimmt? Unglaublich. Hast du schon einen Flug gebucht?«

»So einfach macht sie es mir nicht. Ich habe ein zusätzliches Projekt übernommen und muss es erfolgreich abschließen. Das ist ihre Bedingung.«

»Schade.« Regina klang furchtbar enttäuscht. »Wer weiß, was da noch dazwischenkommt.«

»Wie meinst du das?«

»Deine Chefin denkt sich bestimmt etwas aus, um dich davon abzuhalten. Eine Prämie, eine Gehaltserhöhung oder eine Beförderung.«

Ana schluckte, ließ sich aber ihre Hochstimmung nicht verderben. »Ich habe es dir versprochen, du kannst dich auf mich verlassen. Wie geht es dir?«

»Geht so, mach dir keinen Kopf. Erzähl mir lieber von dem Projekt. Ist es interessant?«

»Mäßig spannend, aber Hauptsache, es funktioniert.«

Die Schwestern plauderten, bis Anas Stellvertreterin zu ihr an den Stehtisch trat. Die strahlende Sonne hatte scharenweise Kollegen in den Innenhof gelockt. Munteres Stimmengewirr surrte in der Frühlingsluft und Ana genoss ihr Glücksgefühl.

»Interim Manager! Ab sofort. Zusätzlich zu deinem Job als Bereichsleiterin. Die haben dich ordentlich über den Tisch gezogen.« Manuela nahm einen Schluck vom Kaffee und verzog das Gesicht. »Heiß!«

»Was hätte ich tun sollen? Das Gespräch war vorbei, bevor ich überhaupt klar denken konnte!«

»Das Überfahren beherrscht unsere Oberchefin perfekt. Bald vermuten alle, du hättest dir diesen Kundeneinsatz selbst gewünscht.« Manuela zündete sich eine Zigarette an und zog genüsslich daran. »Und die Fiala hat keinen Hinweis gegeben, wieso sie auf einen externen IT-Leiter besteht? Das ist ungewöhnlich.«

»Es ist absurd. Sie übergeht einen geeigneten Stellvertreter. Hoffentlich steckt keine böse Überraschung hinter ihrem Wunsch.«

»Wir kriegen das gemeinsam hin. Ich komme mit dir. Wir verschaffen uns einen Überblick und teilen uns die Bereichsleiteraufgaben und die Fiala-Themen auf.«

Ana lächelte Manuela dankbar an. »So habe ich es mir vorgestellt. Du lässt mich nicht im Stich.«

»Im Gegenteil. Du wirst sehen, wir machen uns eine hervorragende Zeit. Ein Familienbetrieb als Abwechslung zu einem internationalen Konzern hat Charme. Ich übernehme die Zertifizierungen und du das angeschlagene Projekt. Als Cheftechniker setzen wir Bert ein, dann wird der Einsatz ein Riesenspaß.«

»Bei dir klingt der Auftrag nach einem Betriebsausflug«, grinste Ana. »Wer weiß, was auf uns zukommt.«

»Na, wie schwer kann das schon sein? Das erledigen wir mit links. Übrigens kenne ich bei Fiala eine Technikerin. Sie ist mit mir in die Schule gegangen und ist eine Nette.«

»Fein, gute Beziehungen helfen uns. Ich mache mir wegen Karsten Gedanken. Wir beide müssen unsere Unterstützung bei der Hausmesse auf ein Minimum reduzieren. Das wird ihm nicht behagen. Er ist telefonisch nicht erreichbar, so erfährt er die Planänderung brühwarm von Felix im Geschäftsleitungsmeeting.«

»Keine Bange. Dem Herrn Vertriebsleiter fällt ein ansehnlicher Vertrag ohne Vertriebsaufwand in den Schoß. Karsten wird zufrieden sein.«

»Hoffentlich. Bist du bereit? Ich maile dem Team die Neuigkeiten und cancle unser morgiges Meeting. Lass uns losfahren.« Ana dämpfte ihre Zigarette aus.

»Macht es dir nichts aus, mich am Abend heimzuführen?«, fragte Manuela.

Ana winkte ab. »Vergiss den Umweg von zehn Minuten. Ist doch praktisch, dass ihr in die Nähe gezogen seid.«

Während der Autofahrt zückte Manuela einen Notizblock und löcherte sie mit Fragen zu Fiala & Sohn.

Vor zwei Jahren hatte Anas Mannschaft die Infrastruktur der Mitarbeiter modernisiert. Zum Herzstück der Firma, der Produktion von Steuerungssystemen, hatten sie keinen Kontakt gehabt.

»Der Umgang mit der Seniorchefin ist schwierig, die ist ein harter Knochen. Sie hat zu allem eine Meinung und Widerspruch missbilligt sie. Ihre Angestellten hat sie im Befehlston geführt. Der verunglückte Juniorchef hatte im Gegensatz zu ihr häufig einen Scherz auf den Lippen. Sein Sohn hat jeden Nachmittag nach der Schule im Werk verbracht, obwohl er erst zehn oder elf Jahre alt war. Ich glaube, seine Frau hat gesundheitliche Probleme.«

Sie überquerten auf der Nordbrücke die Donau. Wie jeden Tag genoss Ana den spektakulären Blick auf die Weinberge von Nussdorf.

Mehr Erinnerungen drängten sich auf. »Fiala junior hielt sich meistens im Labor auf. Unser Projekt habe ich mit seinem Stellvertreter abgestimmt. Seinen Namen habe ich vergessen. Es gab eine extravagante Chefingenieurin und einen Leiter der Entwicklung. Mit ihnen hatten wir nur am Rande zu tun. Alles in allem eine angenehme Arbeitsumgebung und ein gelungenes Projekt. Hörst du mir überhaupt zu, Manuela?«, wandte sich Ana an ihre Kollegin, die konzentriert etwas am Handy las.

»Freilich. Ich habe die Familie gegoogelt und werde mit Beiträgen überhäuft«, beschwichtigte Manuela. »Frau Doktor Fiala war früher eine Partylöwin.«

Ana zog eine Grimasse. »Mich interessieren die Klatschspalten keine Spur.«

»Hat sie erwähnt, dass es zum Unfall ihres Sohnes Spekulationen gab? Der Hergang ist rätselhaft. Der Junior ist mit hundertsechzig auf der Geraden gegen einen Betonpfeiler geprallt.«

»Schrecklich.«

Ana konzentrierte sich auf den Autoverkehr, während Manuela am Handy weiterscrollte. »Wow! Das ist schräg.«

»Was hast du gefunden? Spann mich nicht auf die Folter. Mir ist beim Treffen mit Frau Fiala der Gedanke gekommen, dass es einen Eklat gab.«

»Kurz nach dem Unfall hat sich ein Mann gemeldet und behauptet, der uneheliche Sohn des Verstorbenen zu sein. Die Presse hat das ausgeschlachtet.«

»Und hat es gestimmt? Ist er der Sohn?«

Manuela vertiefte sich ins Handy. »Das ist ungeklärt. Anscheinend hat Frau Fiala einen Gentest abgelehnt und ihre Rechtsanwälte auf ihn angesetzt.«

»Das wird ihr auf Dauer nichts nützen. Aber jetzt hören wir mit den Klatschgeschichten auf, wir sind gleich beim Werk.«

Sie hatten die Autobahn in Stockerau verlassen und durchquerten ein Industrieviertel. Die schmale Asphaltstraße führte an Feldern und trostlosen Hallen vorbei. Sie bogen in einen Parkplatz ein, der an einen Wald grenzte. Ein moderner zweistöckiger Kasten stand vor ihnen.

»Das liegt aber entlegen«, bemerkte Manuela.

»Dabei sind seit meinem Projekt etliche Gebäude dazugekommen. In einigen Jahren sind die Wiesen bestimmt verbaut.«

»Gibt es in dieser Einöde überhaupt ein Kaffeehaus? Oder ein Restaurant?« Manuela schaute enttäuscht drein.

»Nur mit fahrbarem Untersatz erreichbar. Das Werk hat eine Kantine, in die fertiges Essen geliefert wird. Es entspricht nicht deinen Anforderungen als Spitzenköchin. Aber die Lage zwischen Feld und Wald ist doch idyllisch. Bald joggst du in den Pausen durch die Landschaft.« Ana grinste ihre Kollegin an, die Sport und Zahnarzt gleichermaßen schätzte. »Komm jetzt, ich bin gespannt, was uns erwartet.«

Die Glastüren öffneten sich automatisch und sie betraten den hellen Vorraum. Den Mittelpunkt bildete eine Ledergarnitur neben einem beleuchteten Springbrunnen. Dahinter hingen hölzerne Wegweiser. »Labor«, »Kantine« und »Mitarbeiterbüros« zeigten nach links, »Firmenleitung« nach rechts und »Management« nach oben.

Ana deutete zur Stiege: »Wir gehören hinauf. Am Ende des Ganges ist ein Aufzug, über die Stufen sind wir schneller.«

Im ersten Stock fanden sie sich auf einem flauschigen Teppich vor einem offenen Empfangsraum wieder. In diesen winkte sie eine etwa Dreißigjährige hinein, sie war hochschwanger und lächelte freundlich. Sie war dezent geschminkt und hatte ihre blonden Haare nach hinten gebunden.

»Guten Tag, Frau Rubin. Sie erinnern sich an mich? Wir sind uns vor zwei Jahren begegnet. Und Sie sind?«, wandte sie sich an Anas Begleiterin.

»Manuela Prince, guten Tag. Ich bin im Team von Frau Rubin.«

»Herzlich willkommen. Mein Name ist Evelyn Thorn und ich bin Empfangsdame, Assistentin und Mädchen für alles. Frau Doktor Fiala hat Sie angekündigt. Ich darf Sie im Zimmer von Herrn Fiala junior unterbringen.«

Sie schluckte schwer und schien einen Moment aus der Fassung zu geraten. Ihr Gesichtsausdruck zeigte tiefe Erschütterung. »Sie haben sicher von dem Unglück gehört«, flüsterte sie. »Wir können es noch gar nicht fassen.«

»Ihr Verlust tut uns schrecklich leid.«

Frau Thorn nickte und bewegte sich trotz ihres Schwangerschaftsbauches flink zur Tür neben ihrem Schreibtisch. »Wenn ich Sie hereinbitten darf.«

Das Zimmer war in grauen und blauen Farbtönen gestaltet. Geschmackvolle Möbelstücke und Schwarz-Weiß-Malereien auf hellgrauen Wänden schufen ein edles Ambiente.

»Dort befinden sich eine Küche und ein Badezimmer und gegenüber ist ein separater Eingang, damit Sie nicht permanent an mir vorbeimarschieren müssen. Wenn Sie für Ihre Arbeitsunterlagen mehr Platz brauchen, räumen Sie alles Störende in die Übersiedlungsboxen neben dem Drucker.«

Ein unangenehmer Geruch lenkte Ana ab. Sie schnüffelte unauffällig, während die Sekretärin weiterredete. »Den Aktenberg auf dem Tisch hat Ihnen die Chefin persönlich vorbereitet. Sie finden dort alles, was Sie für Ihre Aufgaben benötigen. Weiterführende Erklärungen folgen morgen durch unseren Herrn Huber.« Sie sah sie abwartend an.

Ana räusperte sich. »Vielen Dank, wir werden uns jetzt einrichten. Wissen Sie, ob Frau Fiala heute noch mit uns sprechen möchte?«

Die Augenbrauen der Assistentin wanderten in die Höhe. »Selbstverständlich. Die Frau Doktor erwartet Sie um siebzehn Uhr in ihrem Büro. Morgen um acht werden Sie der Belegschaft vorgestellt.« Ihre Nasenflügel bebten. »Ich öffne Ihnen die Terrassentür, hier wurde zu lange nicht gelüftet.«

Frau Thorn zog die Balkontür auf, schnupperte und kippte auch das Fenster daneben. »Wenn Sie etwas brauchen, melden Sie sich bei mir.«

»Ein Anliegen habe ich noch«, sagte Ana. »Es arbeitet ein externer Projektleiter im Haus. Richten Sie ihm bitte aus, dass ich morgen mit ihm den Status des Projektes bespreche.«

»Sie meinen Herrn Strauss. Er ist seit fünf Monaten bei uns tätig. Den Termin vereinbare ich. Ich wünsche Ihnen einen positiven Arbeitsstart bei uns.«

Kaum schloss sich die Tür hinter ihr, platzte Manuela heraus. »Ist das nicht fantastisch? Das ist das schönste Büro, das wir jemals hatten. Schau, uns gehört ein eigener Balkon. Und die Küche ist putzig. Ich habe dir versprochen, dass das ein Superauftrag wird.«

»Es ist traumhaft und stinkt erbärmlich«, stellte Ana fest.

»Ja, scheußlich. Vielleicht vermodern im Kühlschrank Lebensmittel, ich schaue nach.« Manuela zog die Schranktür auf, die Kühlfächer blitzten vor Sauberkeit. Sie tippte das oberste Fach des Küchenschranks an, das geräuschlos herausfuhr. Manuela stieß einen schrillen Schrei aus und deutete kreidebleich in die Lade.

Der Gestank explodierte förmlich. Ana hielt den Atem an, während sie sich näherte. Auf einer Folie lag eine Ratte auf dem Rücken. In ihrem Bauch steckte ein metallener Schaschlikspieß. Das Fell um die Einstichstelle war rot verfärbt.

Ana schluckte, um den Brechreiz zu unterdrücken. »Sieht nach Ritualmord an einem Nagetier aus.«

KAPITEL 3

»Was ist los?«, kreischte die Sekretärin und zwängte sich zwischen ihnen durch. »Ekelhaft! Was für eine Sauerei!«

»Die liegt da schon länger, die verwest bereits«, wisperte Manuela.

»Du musst nicht flüstern, sie hört dich nicht mehr.« Ana bemühte sich, die Situation zu entschärfen, was ihr einen bitterbösen Blick ihrer Kollegin einbrachte.

»Was müssen Sie von uns denken!«, empörte sich Frau Thorn.

Ana lächelte gequält. »Dass dieser Willkommensgruß missglückt ist.«

»Verzeihen Sie. Das tut mir unendlich leid. Wenn ich diesen Spaßvogel erwische, dreh ich ihm den Hals um.« Frau Thorn murmelte Entschuldigungen, während sie die vermoderte Ratte in die Folie wickelte und aufhob. Eine faulige Gestankwolke raubte ihnen den Atem.

»Bitte erzählen Sie das nicht der Frau Doktor. Sie würde mich dafür verantwortlich machen.«

»Unsinn, Sie tun sich wohl nicht selbst so was Grausiges an. Den makaberen Scherz behalten wir für uns und gönnen dem Übeltäter keine Genugtuung.«

»Danke!« Die Sekretärin wirkte erleichtert.

»Mir ist schlecht, ich muss kotzen«, jammerte Manuela.

Ana schüttelte sich. »Komm, Arbeit ist die beste Ablenkung.« Sie zeigte auf den Berg von Mappen. »Lass uns Platz schaffen. Ich schlage vor, wir räumen die Bücher aus dem Wandregal in die Umzugskartons.«

Manuela schnitt ihr eine Grimasse. »Du gehst zur Tagesordnung über? Interessiert dich nicht, wer uns die Ratte untergejubelt hat?«

»Soll ich für die Tätersuche einen Detektiv engagieren?«

»Das Viech erinnert mich an eine Voodoopuppe.«

»Dann hoffen wir, dass sich kein Zauber gegen uns richtet. Mit dem geschmacklosen Streich wollte jemand die Sekretärin ärgern. Lass uns loslegen.«

Unwillig murrend folgte ihr Manuela.

Sie zogen die ersten Bücher aus dem Regal und packten sie in eine Übersiedlungskiste, als eine Frau hereinkam und zu Ana trat. »Oh, schon mitten in der Arbeit. Darf ich Ihnen helfen?«

Die Frau zog Anas Blick auf sich. Dunkles Haar mit grün gefärbten Strähnen fiel ihr über die Schultern. Eine Mini-Creole glänzte auf dem Nasenflügel. Der eng geschnittene Arbeitsmantel endete oberhalb des Knies und ein Schlangenkopftattoo zeichnete sich unter den Seidenstrümpfen ab.

Sie streckte Ana mit breitem Grinsen die Hand hin. Den Handrücken zierte ein schwarzer Schmetterling. »Ich bin Gabriele Schön, die leitende Laborratte.« Ihr Händedruck war fest. »Willkommen im Klub!«

Plötzlich riss sie die Augen auf. »Manuela!« Sie fiel Anas Arbeitskollegin um den Hals. »Dich habe ich nicht erwartet.«

»Ich nehme an, das ist deine Schulkollegin?«, unterbrach Ana die stürmische Begrüßung.

»Du hast von mir erzählt! Das freut mich. Normalerweise sehen wir uns nur alle paar Jahre beim Maturatreffen.«

Gabriele Schön war nicht nur die Chefingenieurin, sondern auch eines der extrovertiertesten Geschöpfe, das Ana jemals kennengelernt hatte. Nach fünf Minuten wussten sie, dass Frau Schön ledig war und in Stockerau beim Bahnhof wohnte. Außer bei Schnee fuhr sie täglich mit dem E-Scooter in die Firma.

Während die Chefingenieurin tatkräftig beim Einpacken half, gab sie Anekdoten aus dem Firmenleben zum Besten. Pointiert beschrieb sie ihre Kollegen und machte sich auch über sich selbst lustig. Zwischendurch stellte sie ihnen indiskrete Fragen nach ihren Gehältern und Partnern. Doch diesem sonnigen Geschöpf mit dem extravaganten Aussehen konnte niemand böse sein.

»Fertig. Was spielt sich auf eurer Hausmesse ab?«

Verwirrt schauten Manuela und Ana auf.

»Was ist? Haben Sie wen anderen erwartet? Für mich ist es auch überraschend. Die Chefin schickt heuer mich. Also, was ereignet sich dort und muss ich was vorbereiten?«

»Wir sind hocherfreut, wenn Sie heuer teilnehmen, Frau Schön. Ihnen werden die neuesten Technologien in Livedemos vorgestellt und Sie erleben die KI hautnah. Bringen Sie Ihre Neugierde mit.«

»Klingt spannend. Ich lasse euch jetzt allein, damit ihr euch eingewöhnen könnt. Wir treffen uns spätestens morgen bei der öffentlichen Gesichtswäsche. Lasst die

Fenster offen, hier stinkt es unmenschlich.« Laut lachend winkte sie ihnen zum Abschied zu.

»Wow«, sagte Ana in die plötzliche Stille. »Stellst du dir so eine Chefingenieurin vor? Die redet wie ein Wasserfall.«

»Gewaltig«, kicherte Manuela, »Gabriele ist energiegeladen wie eine Rakete vor dem Start.«

Eine Minute vor dem Termin klopften Ana und ihre Stellvertreterin an die Tür mit dem Schild »Geschäftsleitung«.

Zur Antwort bekamen sie ein kräftiges »Kommen Sie herein«.

Die zierliche Seniorchefin thronte hinter einem riesigen Mahagonischreibtisch mit goldenen Verzierungen. Die Kästen waren aus dunklem Holz, ebenso der Parkettboden. Der Raum hätte in ein Schloss besser als in ein Industriegebäude gepasst.

Als krasser Kontrast sprangen Fotos von Sportautos an allen Wänden in die Augen. Der Mann neben den Schmuckstücken war Fiala junior.

»Nehmen Sie Platz, meine Damen. Ich schätze Ihre Pünktlichkeit. Unsere Assistentin wird uns unverzüglich Kaffee reichen.«

Frau Fiala übergab ihnen Ausweise und Schlüssel. »Sie können sich bis zweiundzwanzig Uhr frei im Haus bewegen und bei Bedarf sogar im Labor. Von den Robotern und den Steuerungen halten Sie sich fern. Falls Sie einen Nachteinsatz planen, informieren Sie mich vorher.«

Die Seniorchefin räusperte sich. »Ich möchte ein paar Punkte klarstellen, bevor ich Sie morgen der Belegschaft vorstelle. Das Wichtigste vorab: Mich belästigen dauernd Journalisten. Wenn Ihnen so ein Schmierfink über den Weg läuft, sagen Sie kein Wort und unterrichten mich unmittelbar.«

»Selbstverständlich sprechen wir nicht mit der Presse. Darauf können Sie sich verlassen, Frau Doktor.« Mit festem Tonfall legte Ana Überzeugung in ihre Antwort.

»Zweitens: Seit dem Unfall meines Sohnes herrscht nicht nur Trauer im Unternehmen. Es hat beunruhigende Vorfälle gegeben. Büros wurden durchsucht und einmal wurde trotz Objektbewachung nächtens Alarm ausgelöst. Ich vermute einen Versuch von Werkspionage. Sie müssen wissen, dass wir an diesem Standort die Prototypen unserer Steuerungssysteme erzeugen. Deshalb läuft die Produktion normalerweise bis zweiundzwanzig Uhr, danach ist das Haus verlassen.«

»Das ist neu für mich. Sie haben noch ein anderes Produktionswerk?«

»Zwei sogar. Dort läuft die automatisierte Herstellung unserer Steuereinheiten für den Markt, aber das tut hier nichts zur Sache. Versperren Sie vertrauliche Unterlagen. Beschränken Sie Ihr Interesse auf Ihren Auftrag und schalten Sie mich sofort ein, falls etwas Ungewöhnliches vorfällt. Haben wir uns verstanden?«

»Natürlich. Sie können auf uns zählen.«

Frau Fialas eindringlicher Vortrag wurde von der Sekretärin unterbrochen, die ein Tablett mit Kaffee hereintrug. Sie schenkte ein und sagte leise: »Ich habe die Umzugskartons wegschaffen lassen. Ihr Büro ist aufgeräumt.«

»Ich dachte, das ist längst erledigt. Sie sollten alle persönlichen Gegenstände meines Sohnes zu mir bringen und die Räumlichkeiten für Frau Rubin vorbereiten, Frau Thorn.« Frau Fialas Tonfall klang gereizt.

»Wir brauchten zusätzlichen Platz für die Projektunterlagen und haben die Informatikbücher von der Stellage geräumt. Frau Thorn war so nett, uns zu helfen.« Ana war es ein Bedürfnis, die hochschwangere Sekretärin in Schutz zu nehmen.

Diese lächelte sie überrascht an und wich zurück. Dabei warf sie der Seniorchefin einen Blick zu, in dem Ana Feindseligkeit erkannte. Im nächsten Augenblick war Frau Thorn verschwunden.

Die Seniorchefin schaute ihr missmutig nach. »Als Letztes möchte ich Martin Huber ansprechen«, fuhr sie fort. »Er war seit Jahren die rechte Hand meines Sohnes. Tobias hatte einen Narren an ihm gefressen. Ich hingegen traue ihm nicht zu, die IT erfolgreich zu führen. Das ist einer der Gründe, weshalb ich Ihre Firma beauftragt habe. Herr Huber soll sich ausschließlich um den laufenden Betrieb kümmern. Akzeptieren Sie nicht, falls er sich einmischt.« Frau Fiala lehnte sich zurück und musterte sie eindringlich.

Als keine weitere Erklärung kam, erkundigte sich Ana: »Wird uns Herr Huber Schwierigkeiten bereiten?«

»Das unterbinde ich«, erwiderte die Seniorchefin. »Das war es schon. Wunderbar. Trinken Sie in Ruhe Ihren Kaffee aus. Morgen geht es mit voller Kraft ans Werk. Ihr Erfolg ist ein Baustein für die Zukunft meines Unternehmens.«

Manuela warf Ana einen konsternierten Blick zu. Diese zog ihre Schultern leicht in die Höhe. Sie war von der frostigen Ansprache der alten Dame ebenfalls irritiert. Was für eine ungewöhnliche Begrüßung zum Start eines Auftrags. Ob Frau Fiala verbittert war und sich überfordert fühlte? Sie musste einiges über siebzig Jahre alt sein.

Ana bedauerte die leidgeprüfte Firmenchefin. Sie würde daher nicht jedes Wort auf die Waagschale legen, sondern professionell vorgehen und firmeninternen Zwist meiden.

Beim Hinausgehen wurde ihr Blick vom Porträt des verunglückten Juniorchefs angezogen. Im Eingangsbereich flackerte ein Teelicht davor, ein goldener Pokal stand daneben.

»Wieso hast du ihr nichts von der Ratte erzählt?«, zischte Manuela.

»Weil sie auch ohne Tierkadaver aufgewühlt genug ist«, flüsterte Ana. »Sie tut mir leid.«

»Na ja. Trotzdem braucht sie nicht auf die Sekretärin losgehen und über den Herrn Huber herzuziehen«, empörte sich Manuela.

Darin waren sie sich einig. Ein ungutes Gefühl beschlich Ana. »Wie stark sie betont hat, dass wir uns auf unsere Aufgabe konzentrieren sollen. Klang das nach: Mischt euch nicht in meine Angelegenheiten ein, sonst gibt es Ärger?«

»Mhm. Ätzend und stinkreich. Hast du die Autos auf den Fotos gesehen? Die kosten ein Vermögen.«

Ana nickte. »Spektakuläre Flitzer. Der Junior war ein Autonarr. Das hat ihm kein Glück gebracht.« Ihr lief eine Gänsehaut über den Rücken.

KAPITEL 4

Punkt acht Uhr folgten Ana und Manuela Frau Fiala in die Kantine. Die Seniorchefin trug einen schwarzen Hosenanzug, der sie noch zierlicher machte. Eine Perlenkette unterstrich ihre vornehme Erscheinung.

Sie marschierte mit kräftigen Schritten an den dicht besetzten Tischreihen vorbei. Schlagartig verstummte das Stimmengewirr. Ana fühlte von allen Seiten neugierige Blicke.

Zwei überdimensionale Porträts schmückten die weiße Wand. Frau Doktor Fiala und ihr Sohn. Sein Bild war mit einem Trauerflor verziert.

Die Seniorchefin stellte Ana und Manuela vor und ersuchte ihre Angestellten, sie bestmöglich zu unterstützen. »Wir machen eine schwere Zeit durch und es ist beruhigend, kompetente Hilfe im Haus zu haben.« Ihr Blick schweifte über die Zuhörer. »Hat jemand Fragen?«

Ein Sessel kratzte über den Boden und ein Mann sprang auf. Ana erkannte Fialas Stellvertreter. Sein Sakko ähnelte einer Patchworkdecke. Er hatte schon vor zwei Jahren eigenwillige Kleidungsstücke getragen.

»Eine Frage habe ich in der Tat! Was bringt es, externe Berater durchzufüttern? Die halten uns höchstens mit ihren abgehobenen Techniken auf.«

Ana sah Köpfe zustimmend nicken, andere wandten ihr Gesicht verlegen ab.

»Herr Huber!« Die Seniorchefin warf ihm einen bösen Blick zu.

»Wenn Sie mir die Verantwortung für die Projekte übertragen, kostet das nichts extra.« Hubers Gesicht glühte.

Ana war von seiner heftigen Aussage unangenehm berührt, doch sie bewunderte seinen Mut, Frau Fiala vor versammelter Mannschaft die Stirn zu bieten.

»Die Damen sind Spezialisten und wir benötigen ihr Know-how. Ich erwarte auch von Ihnen professionelles Verhalten gegenüber unserer Partnerfirma. Frau Rubin übernimmt ab sofort das Management der IT und berichtet an mich. Damit sind Sie von dieser Bürde befreit und können sich um den laufenden Betrieb kümmern.«

Herr Huber krümmte sich, als ob ihm die Seniorchefin einen Stoß in den Magen versetzt hätte. Dass ihm Ana als IT-Leitung vorgesetzt wurde, realisierte er offensichtlich erst in diesem Augenblick. Er schnappte nach Luft. »Aber …«

»Sie erteilen den Damen die Berechtigungen und führen sie durch die Dokumentation. Danke für Ihre Kooperation.«

Bevor Herr Huber etwas erwidern konnte, drehte sich Frau Fiala zu Ana. »Frau Rubin, seien Sie versichert, dass das Team Sie ausnahmslos tatkräftig unterstützt.«

Ana glaubte, dass sie nun ebenfalls ein paar Worte an die Belegschaft richten sollte und setzte zum Reden an.

»Ich denke, für den Augenblick ist das Wesentliche ausgesprochen. Alle gehen wieder an ihre Arbeit«, fuhr die Seniorchefin fort. »Nur Frau Doktor Schön und Herrn Diplomingenieur Moser ersuche ich, bei uns zu bleiben.«

Die Mitarbeiter erhoben sich unverzüglich und verließen schweigend die Kantine.

Ihre Disziplin erinnerte Ana an eine Kirchenprozession. »Von Fiala kann Pat noch einiges an herrischem Gehabe lernen«, amüsierte sie sich.

Herr Huber rauschte mit hochrotem Gesicht an ihr vorbei und würdigte sie keines Blickes. Seine öffentliche Demütigung hatte ihn sicherlich nicht zu Anas Freund gemacht.

Kaum hatte sich der Saal geleert, erklärte die Seniorchefin: »Frau Schön ist die leitende Ingenieurin und meistens im Labor anzutreffen. Herr Moser ist unser Chef der Forschung und Entwicklung. Sein Büro liegt neben Ihrem. Gemeinsam mit Herrn Huber, dessen Auftritt Sie bitte ignorieren, bilden sie zu dritt mein Managementteam.«

Gabriele Schön strahlte Selbstbewusstsein aus. Sie überragte die Seniorchefin auf Pumps mit Plateauabsatz. Verschwörerisch zwinkerte sie Ana zu und sagte: »Schön, Sie kennenzulernen. Viel Erfolg mit der IT.«

Zu Herrn Moser musste Ana aufschauen. Er war der Größte in der Runde und lächelte sie freundlich an. Rings um sein linkes Auge war die Haut lila und gelb verfärbt.

»Dem hat jemand ein Veilchen verpasst«, staunte Ana. Der Mann trug einen gepflegten Bart und kurz geschnittene braune Haare. Sein grauer Anzug mit modischer Krawatte gab ihm einen schneidigen Touch. Ein fescher Kerl, der sichtlich Sport trieb. Seine kühle Hand drückte ihre kräftig und hielt sie eine Spur zu lange fest. »Erwin Moser, sehr erfreut. Ich entschuldige mich für meinen Kollegen Martin

Huber. Nehmen Sie es ihm nicht übel. Er ist seit dem Unglück völlig durch den Wind. Wenn Sie Fragen haben, stehe ich Ihnen jederzeit zur Verfügung.« Wieder lächelte er. »Ich hoffe, Sie haben Fragen.«

Frau Fiala schien sich plötzlich an etwas zu erinnern. Suchend drehte sie sich um. »Wo ist Luis?«

»Hier, Großmutter!« Ein schlaksiger Junge von etwa zwölf Jahren näherte sich mit ungelenken Bewegungen.

»Luis! Du bist ja erwachsen geworden! Ich hätte dich um ein Haar nicht wiedererkannt«, rief Ana.

Der junge Mann verdrehte die Augen und stellte sich neben seine Großmutter. Sie reichte ihm bis zur Schulter. Mit seinen Armen hielt er den Oberkörper umschlungen und seine geschlossenen Lippen bewegten sich.

»Wo warst du?«, zischte Frau Fiala. »Luis macht bei uns Ferialpraktikum, auch wenn ihn der Gesetzgeber noch für zu jung hält. Er erweitert seinen Horizont, um fit für die Zukunft zu sein. In einigen Jahren leitet er dieses Unternehmen. Ich möchte, dass Sie ihn unter Ihre Fittiche nehmen, Frau Rubin. Mein Enkel ist begabt, was die Informatik anbelangt, und wird seinen Beitrag leisten, aber noch viel mehr von Ihnen lernen. Sind Sie einverstanden?«

Da ein Widerspruch ohnehin ausgeschlossen war, nickte Ana. »Selbstverständlich gerne. Es bereitet mir Freude, wenn wir zusammenarbeiten, Luis.«

Der Junge musterte sie mit ausdrucksloser Miene. Nur sein Kiefer bewegte sich in einem ununterbrochenen Kauen. Plötzlich zwinkerte er ihr zu.

»Wunderbar. Genug geschwätzt. Gehen wir an die Arbeit.« Beim Vorbeigehen vernahm Ana: »Ich setze mein volles Vertrauen in Sie, enttäuschen Sie mich nicht.« Frau Fiala wartete keine Antwort ab.

Ana setzte sich als Letzte in Bewegung. Da fühlte sie ein Kribbeln. Jemand beobachtete sie. Sie drehte sich um. Da war niemand. Manuela verließ soeben hinter Gabriele Schön die Kantine. Merkwürdig. Ana war überzeugt, dass jemand sie anglotzte, doch der Saal schien leer zu sein.

Sie zuckte zusammen und hätte beinahe aufgeschrien. Ein roter Punkt tanzte auf ihrem Bauch. Kroch langsam nach oben und zog einen Kreis bei ihrem Herzen. Immer weiter tanzte das Rot auf ihrem Körper. Dann setzte es sich in der Mitte fest. Ana wagte keine Bewegung und starrte wie hypnotisiert auf das Glühen.

Ihr fiel ein Film ein. Ein Pärchen im Fadenkreuz eines Killers. Da erlosch der intensive Strahl. Ana verharrte regungslos. Würde der Punkt zurückkehren? Mühsam löste sie den Blick von ihrer Kleidung und drehte sich hektisch um die eigene Achse.

Im Seitenausgang zeichnete sich im Halbschatten undeutlich eine Gestalt ab. Ana machte zwei Schritte vorwärts. Da schloss sich der Türspalt und sie war alleine.

Ana schnappte nach Luft. Sie hatte bis jetzt den Atem angehalten.

»Kommst du, Ana?«, hörte sie Manuela rufen.

Die Anspannung fiel von Ana ab und sie lachte verhalten. Das war bestimmt ein Pointer gewesen, wie sie ihn selbst für Präsentationen benutzte. Sie hatte wegen eines

Laserpunktes an einen Killer gedacht. Es war an der Zeit, dass sie ihren Nerven mehr Erholung gönnte. Noch immer grinsend eilte sie Manuela nach und ignorierte ihr Herzklopfen.

»Das ist eine seltsame Truppe mit einer Frau Feldwebel«, flüsterte ihre Kollegin und schnitt eine Grimasse. »Die Stimmung ist irgendwie morbid und ich finde die Seniorchefin unausstehlich.«

Hinter Manuela tauchte Luis auf und starrte sie an. Hatte er die Bemerkung über seine Großmutter verstanden? Ana zog ihre Kollegin mit sich. »War der Junge beim Verlassen der Kantine in deiner Nähe?«, murmelte sie.

»Keine Ahnung, ich habe mit Gabriele geplaudert. Wieso fragst du?«

Da sich Manuela über die Ratte maßlos empört hatte, beschloss Ana, ihr Erlebnis zu verschweigen. »Unwichtig.«

»Ich nehme den Besprechungstisch und du den Schreibtisch«, verkündete Manuela im Büro. Ana machte es sich auf dem gepolsterten Ledersessel bequem. Gedankenverloren betrachtete sie den Arbeitsplatz des verstorbenen Juniorchefs. Das abstrakte Gemälde auf der gegenüberliegenden Wand hing ein wenig schief. In der Ecke lechzte ein Gummibaum nach Wasser und dahinter glänzte ein schicker Metallkasten. Das war wohl ein Schlüsselkästchen.

Der Pokal und die rote Vase auf dem Schreibtisch rissen sie aus der Versunkenheit. Schaudernd erinnerte sich Ana an den roten Punkt auf ihrem Herzen. Dieser Streich hatte ihr Angst eingejagt.

Lächerlich. Was sollte ihr denn in dem belebten Gebäude passieren? Vermutlich hatte sich Luis diesen »Scherz« erlaubt und wartete auf ihre Reaktion, um sich zu amüsieren. Diese Genugtuung würde sie ihm nicht gönnen.

KAPITEL 5

»Die gigantischen Porträts der Chefitäten sind gruselig, da schmeckt mir kein Essen. Der tote Juniorchef geistert noch herum«, riss Manuela sie aus ihren Gedanken.

»Österreichischer Rundstrecken-Pokalsieger«, murmelte Ana.

»Was?«

»Das ist die Gravur auf dem Pokal vor mir. Der Juniorchef war ein Rennfahrer.«

»Echt? Er war ein Steuerungsentwickler. Wie passt das zusammen?«

Statt ihr zu antworten, ging Ana in die Küche. Erfreut entdeckte sie einen geflochtenen Korb auf dem Hängeschrank. In diesen legte sie den Pokal und die Vase. Dazu packte sie den Inhalt der Schreibtischladen. Ein Aftershave, eine Aktenhülle mit Blättern, Notizblöcke und ein gerahmtes Foto, auf dem sich die Seniorchefin und ein asiatischer Businessmann die Hände schüttelten und Fiala junior applaudierte. Zuletzt wanderten Werbematerial mit dem Logo der Firma, ein Schlüsselanhänger, Lineale und Kugelschreiberhalter in das Gefäß.

Unter dem amüsierten Blick von Manuela schwang sie den Korb. »Ich verstaue die persönlichen Gegenstände auf dem Küchenkasten, dann hat es sich ausgegeistert.«

Im gleichen Augenblick öffnete sich die Tür und Luis stand vor ihnen. Hatte er ihre Worte gehört, weil sein Blick über den Schreibtisch glitt? Hätte sie den Pokal seines Vaters dabehalten müssen?

»Ich soll etwas lernen und mich bei Ihnen melden«, stellte der junge Mann lakonisch fest und kaute weiter.

»Perfektes Timing. Wir sichten den Aktenberg, den uns deine Großmutter vorbereitet hat. Alles, was für die ISO-Zertifizierungen interessant ist, übernimmt meine Kollegin. Die Projektunterlagen kommen zu mir, der Rest auf einen extra Stoß.«

»Geht klar, Frau Rubin. Ich weiß aber nicht, was eine ISO-Zertifizierung ist.«

»Sag bitte Du zu uns, sonst komme ich mir alt vor.« Manuelas Bemerkung entlockte ihm ein Grinsen.

Zwei Stunden später legte Manuela die letzte Flügelmappe auf einen Stapel. »Wegen uns hätten sie den Wald nicht roden müssen, ich lese lieber online und für den Auditor wäre es ebenfalls sinnvoll.«

»Meine Großmutter ist altmodisch, sie besteht auf Papier. Alle Unterlagen sind auch im Netz verfügbar. Wenn ihr wollt, zeige ich sie euch.« Luis klang gelangweilt.

Eine weitere Stunde später lehnte sich Ana zurück. »Also, nur ein Teil der Dokumente ist online. Den Rest fordern wir an. Die Projektunterlagen sind dürftig. Luis, ist es vorstellbar, dass uns Leseberechtigungen fehlen?«

Der Junge zuckte mit den Achseln und kaute.

»In ein paar Minuten beginnt mein Termin mit dem externen Projektleiter. Wie heißt er?«

»Strauss«, antworteten Manuela und Luis gleichzeitig.

»War Herr Strauss bei unserer Vorstellung anwesend?«

Der Junge schüttelte den Kopf und fragte: »Macht ihr nie Pause? Ich habe Hunger.«

»Ich auch«, schloss sich Manuela an.

»Geht ihr was essen, ich spreche mit Herrn Strauss. Im Anschluss könntet ihr bei Herrn …« Ana zögerte. Ihr Namensgedächtnis war grottenschlecht und in dieser neuen Arbeitsumgebung störte sie das. »Beim Stellvertreter die fehlenden Onlinedokumente anfordern.«

»Huber«, riefen Manuela und Luis wiederum zeitgleich und lachten auf. »Huber mit Patchworkdecke«, fügte Manuela kichernd hinzu, was ihr einen rügenden Blick von Ana einbrachte. »Ich werde seine negative Haltung gegenüber Consultants nachhaltig verbessern.« Sie zwinkerte ihr zu.

»Projektleiter Strauss und Stellvertreter Huber. Irgendwann merke ich es mir. Und jetzt verschwindet zum Essen.«

»Weibliche Consultants, die Herrn Huber das Fürchten lehren«, fügte Luis mit todernster Miene hinzu. »Er zittert wie Espenlaub.«

Ana amüsierte seine Ausdrucksweise und lächelte ihnen hinterher. Luis taute auf, ihre Teamarbeit würde klappen.

Sie ordnete die Unterlagen auf dem Besprechungstisch. Das Gespräch mit dem Projektleiter war ihr wichtig. Von der Qualität der Zusammenarbeit hing das Gelingen ihres Auftrags wesentlich ab.

»Guten Tag, Ana Rubin«, sagte eine Männerstimme.

Klopfte hier niemand an? Entgeistert starrte Ana den Mann an, der am Türrahmen lehnte, eine Hand lässig in der Hosentasche. Mit der zweiten hielt er einen dicken Papierstoß.

»Die Freude ist ganz meinerseits«, feixte er.

Ana räusperte sich. »Guten Tag, Harald. Mit dir habe ich nicht gerechnet.«

»Kein Problem, der Name Strauss ist keine Seltenheit. Du trittst also an, um die Firma Fiala zu retten.«

»So dramatisch erscheinen mir die Probleme bisher nicht. Du verantwortest das Power-Systems-Projekt?«

Mit unbewegtem Gesicht musterte er Ana. »Ich leite es.«

Ana ordnete blitzschnell ihre Gedanken. Professionelles Verhalten war angesagt. »Danke fürs Kommen, nimm bitte Platz. Ich möchte die Eckpunkte des Projekts besprechen. Zusätzlich habe ich eine Frageliste vorbereitet, die du bitte bis zum nächsten Termin mit Inhalt füllst.«

»Wofür?« Harald Strauss verkrampfte sich.

»Für die anstehenden Entscheidungen benötige ich Einblick. Die Überprüfung der Projektplanung übernehme ich selbst, für das technische Assessment ziehe ich einen Spezialisten hinzu.«

»Mit Besprechungen vergeudest du Zeit und sie liefern keinen Mehrwert.«

Ana spürte, wie der Ärger ihren Hals einschnürte. Um keine Emotionen zu zeigen, starrte sie Harald Strauss konzentriert an. Sein stechender Blick durchbohrte sie.

»Frau Doktor Fiala hat mich beauftragt, das Projekt rasch einem positiven Ende zuzuführen. Ich zähle auf deine professionelle Unterstützung.« Sehr gut. Ihre Stimme war gelassen geblieben und nicht schrill geworden.

Ihr Gegenüber schaute bitterböse drein. Seine Wangen leuchteten rot, aber er nickte zustimmend. Die erste Runde ging an Ana.

»Hast du die Projektunterlagen im System abgelegt? Wir haben nur diesen veralteten Projektplan gefunden.«

»Für Administrationsscheiß habe ich keine Zeit, mich beschäftigen technische Herausforderungen. Aber ich habe dir ein Kilo Information mitgebracht, das kannst du lesen, wenn du Beschäftigung brauchst.« Er knallte den Papierstoß vor ihr auf den Tisch.

»Nimm das wieder mit. Ich ersuche dich, dir die erforderliche Zeit zu nehmen. Ich erwarte bis morgen alle wichtigen Dokumente in einer sinnvollen Struktur online abgelegt.«

Das Nicken blieb aus, aber Ana nahm sein Schweigen als Zustimmung. Die nächste Stunde quälten sie sich von Frage zu Frage. Ana ärgerte sich über die flapsigen Antworten, die er in komplizierte Formulierungen hüllte. Hoffentlich war das Projekt weniger in Schieflage, als es sich auf den ersten Blick darstellte, sonst würde es ein böses Erwachen für Frau Fiala geben.

»Lassen wir es für heute gut sein. Hier sind die vorbereiteten Fragen. Die Terminvereinbarung läuft wieder über Frau Thorn.«

»Wenn Blicke töten könnten, würde ich jetzt umfallen«, dachte Ana. »So funktioniert das nicht«, platzte sie heraus. »Können wir die Vergangenheit ruhen lassen und das Projekt gemeinsam hinkriegen?«

»Wie stellst du dir das vor? Du hast mich meinen Ruf gekostet und meine Karriere zerstört. Erwartest du, dass ich dich anhimmele?« Der Hass in seinen Augen war greifbar.

Das war eine Katastrophe. Irgendwie musste sie ihn bei der Vernunft packen. »Du hast alkoholisiert am Arbeitsplatz einen Kollegen angegriffen und ihn verletzt. Das ist eine Straftat. Wir haben auf seinen Wunsch von einer Anzeige abgesehen und nur die Kündigung ausgesprochen.«

»Du hast mich fristlos hinausgeworfen. Damit hast du mir jede Chance auf eine adäquate Anstellung gestohlen. Das verzeihe ich dir nie.« Mit einem grimmigen Blick sprang er auf.

Anas Magen verkrampfte sich, als Harald aus ihrem Büro stürmte.

Seufzend trat sie auf den Balkon und zündete sich eine Zigarette an. Der Eckbalkon schaute direkt auf Bäume und seitlich auf den Parkplatz. »Was für ein Mist«, knurrte sie.

»So schlimm?« Manuela stellte sich zu ihr. Ana nickte.

»In diesem Fall überbringe ich die nächste Hiobsbotschaft: Herr Huber, der Stellvertreter, war ›not amused‹, als ich ihn auf die fehlenden Dokumente angesprochen habe. Dabei habe ich behutsam gefragt, ob er eventuell ein paar Leseberechtigungen vergessen hat. Er hat klargestellt, dass er weder vergesslich noch unser Sekretär ist.«

»Wir müssen diese Bande zur Kooperation bewegen, sonst scheitern wir an unserem Auftrag.« Ana hörte die Sorge in ihrer Stimme.

»Ich habe den Huber mit einem Charmeangriff besänftigt und gebeten, nochmals nachzusehen. Wäre doch gelacht, wenn ich ihn nicht herumkriege.« Manuela klang wild entschlossen. »Aber sein Sakko ist geil. So was habe ich noch nie gesehen und er traut sich, damit arbeiten zu gehen.«

»Strauss ist Harald Strauss.«

Manuela riss Augen und Mund auf. »Unser Strauss?«

»Ja.« Ana unterstrich ihre Aussage mit einer resignierten Geste.

»So ein … Käse. Wie war er drauf?«

Ana spürte noch die Wut in seinen Augen. »Er war nüchtern und bockig. Ich schätze, er wird uns das Leben schwer machen.«

»Er wird dir beweisen wollen, dass die Kündigung falsch war.«

Ana stöhnte leise. »Wo hast du Luis gelassen?«

»Stell dir vor, der Bub hat ein eigenes Büro! Ein Eckzimmer, fast so groß wie unseres und cool eingerichtet. Sieht so aus, als ob bereits der nächste Chef in den Startlöchern scharrt.«

»Mhm. Mit zwölf. Seiner Großmutter gefällt das sicher. Ich fände es altersgerechter, wenn er zum Fußballspielen abgerauscht wäre.«

»Da bin ich deiner Meinung. Er verbringt Unmengen Zeit im Werk.« Manuela zündete sich ebenfalls eine Zigarette an. »Sein verstorbener Vater ist sein strahlender Held. Beim Essen hat Luis erzählt, dass er an einem selbst denkenden Auto gearbeitet hat. Er fehlt ihm schrecklich.« Bedrückt schauten sie auf den Wald.

»Mir ist klar, dass das ein schlechter Moment ist, aber ich frage trotzdem. Kann ich dich für heute allein lassen und morgen erst am Nachmittag herkommen?«, unterbrach Manuela die Stille. »Karsten hat einen Hilferuf ausgestoßen. Bei der Vorbereitung der Hausmesse gibt es Ärger und Felix macht ihm das Leben schwer. Eine von uns beiden muss hin.«

KAPITEL 6

»Ist Karsten sauer?«

»Sehr, aber nicht auf uns. Dem Felix hat er die Hölle heißgemacht. Es war aber echt übertrieben, dass dieser Auftrag innerhalb von Stunden starten musste.«

»Stimmt. Frau Doktor schnippt mit dem Finger, Pat und Felix hüpfen im Takt. Vermutlich sitzt unsere Auftraggeberin in einflussreichen Gremien. Felix quält bestimmt Karsten mit seiner Manie, alles im Detail zu diskutieren. Hilf du Karsten, ich halte hier die Stellung.«

»Ist gut. Übrigens hat er mich gefragt, ob Pat dir für diesen Sondereinsatz eine Prämie zugesagt hat. Wie viel kriegst du?«

Pat hatte ihr das Versprechen abgenommen, über das Sabbatical Stillschweigen zu bewahren. Unruhe im Team und bei den Kunden war unbedingt zu vermeiden. Doch Manuela anzulügen war keine Option.

»Kein Geld. Sie erfüllt mir einen Wunsch. Welchen verrate ich dir ein andermal. Wie gelangst du ohne fahrbaren Untersatz in die Firma zurück?«

»Karsten ist bereits auf dem Weg«, antwortete Manuela mit Unschuldsmiene. »Er ist in ein paar Minuten da. Wenn du Zeit hast, möchte er den Vertragsentwurf mit dir besprechen.«

»Passt.«

»Wann verrätst du mir, was dir Pat versprochen hat?« Auf einmal klang Manuela angespannt. »Du verlässt uns doch nicht und machst im Ausland Karriere?«, stieß sie hervor.

Ana schüttelte den Kopf. Sie musste ihre Kollegin bald einweihen, bevor das Geheimnis ihr Verhältnis belastete.

»Schönen Tag, die Damen. Hier kommt euer größter Fan.« Herein trat Karsten und lächelte sie an.

»Danke, ebenfalls. Du bist unser liebster Vertriebsleiter.« Ana freute sich, Karsten zu sehen.

»Alles klar, ihr habt nur einen. Habt ihr entschieden, wen von euch ich entführen darf?«

»Manuela unterstützt dich zumindest bis morgen Mittag. Macht dir Felix das Leben schwer?« Ana betrachtete ihren Kollegen. Bildete sie sich das ein, oder sah er bedrückt aus?

»Geht so. Können wir beide den Vertrag unter vier Augen besprechen?«

»Ich habe schon verstanden, ihr wollt wieder einmal allein sein. Geheimniskrämer!« Leicht verschnupft zog Manuela ab.

»Nanu, ich dachte, das wird ein Standardvertrag ohne Schnörkel. Habe ich etwas übersehen?«

»Darum geht es nicht. Ich habe ein Problem.« Karsten setzte sich. »Das bleibt vertraulich zwischen uns?«

»Ja, natürlich. Was ist los?« Ana spürte, wie der Vertriebsleiter mit sich rang.

»Dieser Vertrag mit Fiala. Der ist ein Geschenk des Himmels. Du weißt, dass wir ein miserables Quartal haben und ich unter massivem Druck stehe, weil sich die großen Projekte verschieben.«

Ana blickte ihn mitfühlend an. Wenn es schlecht lief, fanden sich rasch Kritiker und welche, die einem den Job streitig machten.

»Der Fiala-Vertrag würde mir die Luft verschaffen bis zur nächsten Unterschrift.«

»Deshalb haben wir gehofft, dass du uns unser Verschwinden so knapp vor der Hausmesse verzeihst.« Ana lächelte ihn an, doch Karsten wirkte weiterhin besorgt.

»Die Bonitätsprüfung ist in die Hose gegangen. Fiala & Sohn ist nicht kreditwürdig.«

»Scheiße!«

»Du sagst es. Ich brauche den Vertrag trotzdem.«

Ana verkrampfte sich. Der Vertriebsleiter hatte eine Idee und sie war überzeugt, dass sie Probleme mit sich brachte.

»Schau mich nicht so an.« Karsten blies hörbar die Luft aus. »Wenn du nicht mitmachen willst, vergessen wir meinen Vorschlag und ich nehme euch beide mit zurück.«

Statt einer Antwort deutete Ana ihm weiterzusprechen.

»Wir definieren den Vertrag als Ergänzung zu deinem Auftrag vor zwei Jahren. Unter dieser Voraussetzung ist keine Bonitätsprüfung vorgeschrieben.«

In Ana überschlugen sich die Gedanken. Das war die berühmte graue Zone, die sie hasste. Ging alles gut, wurde man von den paar Eingeweihten für die Risikobereitschaft gefeiert. War Fiala am Schluss zahlungsunfähig, hatten sie ein Personalverfahren am Hals, das sogar in eine Kündigung münden konnte. »Merkt das keiner?«

»Außer dir überprüft es nur Pat stichprobenartig und sie fällt aus.«

»Was ist mit Felix?«

Karsten verdrehte die Augen. »Traue ich ihm nicht zu.«

Wenn Ana korrekt vorging, blieb das Sabbatical bei ihrer Schwester ein Traum. Monate würden vergehen, bis sich erneut eine Gelegenheit bot. So viel Zeit hatte sie nicht.

»Wir machen das.« Ihre Stimme verriet ihren Gefühlstumult.

»Wirklich? Du bist ein Schatz!«

»Nein!« Sein fassungsloser Blick war schwer zu ertragen. »Ich muss dir etwas erklären.« Sie kämpfte mit aufsteigender Panik. »Ich …«

»Was hast du? Ich möchte dich nicht …«

»Ich habe Pat versprochen, den Mund zu halten. Aber ich will … Sie hat mir ein Sabbatical zugesagt, wenn wir das Projekt erfolgreich schaffen. Mir ist das so wichtig. Wegen Regina.«

Karsten brauchte nur Momente, um den Zusammenhang zu verstehen. Er nickte und stand auf. »Abgemacht. Ich bringe jetzt den Vertrag zu Frau Doktor Fiala.«

Aufgewühlt begann Ana mit dem Studium der Akten. Mit jedem Dokument verbesserte sich ihre Stimmung eine Nuance. Bis zum Tod des Juniorchefs waren die Unterlagen vorbildlich aufbereitet und auch danach brauchbar. Womöglich würden sie die Zertifizierungen unkomplizierter erlangen, als sie befürchtet hatte.

Ihr Blick streifte erneut das schief hängende Gemälde. »Pedant«, murmelte sie und trat näher. Ihre Fingerspitzen hielten unterhalb des Bilderrahmens inne. Kurz entschlossen schlüpfte sie aus den Schuhen und kletterte auf den Sessel. Sie zog an dem Holzrahmen, der mit einem Ruck näherkam. Na toll, jetzt hing die Kreation schräg. Ana rückte den Rahmen weg und stieß einen leisen Schrei aus, als ihr das Bild entgegenkippte.

Vor Schreck ruderte sie mit den Armen, um sich in der Höhe zu halten und starrte ungläubig auf die Wand. Das Kunstwerk war an einem Metallgestell angebracht, das sie durch ihre Berührung verdreht hatte. Dahinter glänzte die quadratische Tür eines Wandtresors.

Der Tresor ging sie nichts an. Behutsam schob sie das Gemälde in seine ursprüngliche Position zurück.

In diesem Moment klopfte es und zeitgleich marschierte Frau Thorn ins Büro, dicht gefolgt von Luis. Mit offenem Mund glotzte die Assistentin Ana an und stoppte so unvermittelt, dass der Junge in sie hineinstolperte. Diesen Augenblick nutzte Ana, um vom Sessel zu steigen und in ihre Schuhe zu schlüpfen.

»Ja, bitte?«, stieß sie hervor. Die Augen von Frau Thorn wanderten zwischen Ana, dem Stuhl und dem Bild hin und her.

»Es hing schief«, murmelte Ana. »Was gibt es denn?«

»Böse Nachrichten.« Die Sekretärin hielt ihr einen Zettel entgegen und schaute noch immer zu dem Bild.

»Dieses Schreiben hat Luis an Ihrer Tür entdeckt und heruntergerissen. Er wollte es vernichten. Doch ich denke, Sie haben das Recht, es zu lesen.«

Luis zappelte mit unglücklicher Miene neben Frau Thorn und beobachtete Ana. Er kaute wieder einmal.

Ana warf einen Blick auf das Stück Papier. Sprachlos fixierte sie die Buchstaben, bis sie zu tanzen begannen. »Verschwindet, solange ihr noch könnt! Sonst …!« stand da in fetter Druckschrift. Darunter glänzte ein leuchtend roter Punkt.

»Und?«, hörte sie die Stimme von Luis.

»Was und?«, zischte sie. Ihre Augen wurden von dem Rot angezogen. War das Blut oder ein Lacktropfen? Jemand hatte sich Mühe gegeben, sie einzuschüchtern und war erfolgreich. Sie erschauderte.

»Was machst du damit?«, bohrte Luis weiter.

Gute Frage. Das war ein bösartiger Scherz zu viel. Ana spürte Empörung hochsteigen. »Weißt du, wer das geschrieben hat?« Sie musterte den Buben.

Er wich keinen Millimeter zurück. »Da ist wohl jemand sauer auf dich.«

»Da hat wohl jemand Dreck am Stecken«, ahmte sie seinen Tonfall nach. Sofort bereute sie ihre Reaktion. Sie durfte sich nicht provozieren lassen.

»Wie meinen Sie das? Wer hat Dreck am Stecken?«, mischte sich Frau Thorn ein.

»Entweder ein Idiot sekkiert uns, oder jemand will uns loswerden, weil er etwas zu verbergen hat.« Während des Sprechens wurde sich Ana der Tragweite bewusst.

Womöglich war das keine Geschmacklosigkeit, sondern jemand meinte es ernst. Die Ratte, der rote Punkt auf ihrem Herzen und jetzt eine Drohung mit Blutstropfen. Der Raum fühlte sich plötzlich eng an.

»Aus diesem Blickwinkel habe ich es noch nicht betrachtet«, murmelte Frau Thorn nachdenklich. »Sie haben gerade erst in der Firma begonnen und können sich unmöglich bereits einen Feind gemacht haben.«

Ana schob die Unterlippe vor. Die Assistentin hatte offenbar keine Ahnung von der Vergangenheit von Harald Strauss.

»Zeigst du das Schreiben meiner Großmutter?«, fragte Luis.

Ana überlegte. Die Warnung zu ignorieren war leichtsinnig. Doch sie Frau Fiala zu übergeben, würde ihr nachdrücklich Gewicht verleihen und womöglich Auswirkungen auf ihren Auftrag haben. Das musste sie vermeiden. »Das überdenke ich. Wir erfüllen die Wünsche deiner Großmutter, egal ob es dem anonymen Schmierfinken passt oder nicht.«

»Sheesh«, bestätigte Luis und bearbeitete unbeirrt seinen Kaugummi.

»Finde ich gut. Ich halte die Augen offen. Wenn ich denjenigen erwische, erlebt er was.« Frau Thorn unterstrich ihre Entschlossenheit mit eindeutiger Geste.

»Danke für die Unterstützung. Bestimmt gibt derjenige auf, wenn wir uns nicht einschüchtern lassen.« Ana strich den Zettel glatt und legte ihn auf die Schreibtischplatte. »Es war richtig, dass Sie mir das Schreiben gebracht haben. Es bleibt bitte einstweilen ein Geheimnis unter uns dreien.«

Die Sekretärin nickte zustimmend.

»Ehrenwort«, schloss sich Luis an.

Ana brauchte Frischluft. »Luis, ich vertrete mir kurz die Beine. Wollen wir danach die Unterlagen vom Power-Systems-Projekt gemeinsam durcharbeiten? Ich zeige dir, wie ich einen Plan überprüfe. Morgen ist der nächste Termin mit Herrn Strauss. Du darfst teilnehmen.«

»Okay«, sagte der Junge gedehnt. Mit einem Blick auf den Papierstapel murmelte er: »Ich muss spätestens um acht zu Hause sein.«

»Das ist mehr als genug Zeit für die Vorbereitung. Wie kommst du heim, holt dich jemand ab?«

Luis schüttelte den Kopf. »Ich bin wie immer mit dem Fahrrad da.«

»Ich verabschiede mich für heute. Angenehmen Abend«, wünschte Frau Thorn.

KAPITEL 7

Beklommen atmete Ana die Frühlingsluft tief ein. Die Drohung nagte an ihren Nerven. Jemand wollte sie an der Arbeit hindern.

Würde Harald Strauss so weit gehen, um sie loszuwerden? Aus Angst, dass Ana ihn blamierte? Seit dem Tod des Juniorchefs hatte er unkontrolliert gewaltet. Doch als Externer war er dem Risiko ausgesetzt, dass sein Vertrag kurzfristig beendet wurde, und Frau Fiala war bestimmt nicht zimperlich.

Oder hingen die Drohungen mit der Zertifizierung zusammen? Hatte jemand Sorge, dass Ana einen Fehler oder sogar Betrug aufdeckte? Oder das ganze Theater war doch ein Bubenstreich und Luis steckte dahinter. War das wirklich der Fall, war er der geborene Schauspieler.

Der Einsatz für die Firma Fiala & Sohn entwickelte sich komplizierter als angenommen, aber sie würde nicht aufgeben. Um Luis nicht warten zu lassen, eilte Ana retour.

Der Arbeitsplatz der Sekretärin war bereits verwaist. Ana nestelte ungeduldig in ihrer Tasche, bis sie den Schlüssel erwischte. Als sie ihre Sachen ablegte, stockte sie. Etwas stimmte hier nicht.

Das abstrakte Gemälde hing schräg und der Schlüsselkasten stand einen Spalt offen. Mit einem Ruck riss sie ihn auf. Es reihten sich fünf Schlüssel aneinander, die restlichen

Haken waren leer. Hatte sich jemand an den Schlüsseln zu schaffen gemacht?

Es trommelte an der Tür und Luis stürmte herein. »Ich habe geklopft«, verkündete er.

Ana sah, wie er den Kopf verdrehte und zu dem abstrakten Bild schielte.

»Setz dich hierhin, wir beide müssen reden.«

Schlagartig verkrampfte sich die Haltung des Jungen und er setzte zur Flucht an. Doch dann zog er den Kopf ein und schlich mit hängenden Schultern zum Besprechungstisch.

»Warst du in meinem Büro, während ich weg war?«

Trotzig schob er die Unterlippe vor und fixierte die Tischplatte.

»Luis, du hast das Gemälde verschoben. Sag mir, warum.« Ana hörte den scharfen Ton in ihrer Stimme.

Da lief eine Träne seine Wange hinunter. Das hatte sie nicht beabsichtigt. Mitgefühl überfiel Ana und sie setzte sich neben ihn. »Tut mir leid, dass ich dich angefahren habe.« Sie legte ihre Hand auf seine. Das war eine kleine Kinderhand und im Moment war sie eiskalt.

Mehr Tränen rannen sein Gesicht hinunter und tropften auf Anas Finger. Sie fühlte einen Kloß in ihrem Hals. »Was ist passiert? Lass mich dir helfen.«

Sekunden vergingen, bis er flüsterte: »Du darfst nichts der Großmutter erzählen.«

»Versprochen. Dein Geheimnis bleibt unter uns.«

Luis sah sie aus tieftraurigen Augen an. »Ich habe nicht gewusst, dass mein Vater einen Tresor im Büro hat. Ich kenne nur den in der Villa.«

Ana nickte schweigend.

»Ich habe ihn nicht aufgebracht.«

Als Luis stumm blieb, fragte sie leise: »Was suchst du denn?«

»Irgendwo muss sein Brief an mich sein.«

»Du suchst einen Brief? Von deinem Vater?«

Luis schluchzte auf. »Außer Großmutter behaupten alle, er hat sich selbst getötet. Das würde Papa nie tun, und schon gar nicht, ohne mir einen Abschiedsbrief zu schreiben.«

»Ich dachte, dein Vater hat einen Autounfall gehabt?«

»Eh. Er ist mit hundertsechzig ungebremst gegen die Tunneleinfahrt geprallt. Auf der Geraden. Papa war ein super Autofahrer und hat Pokale gewonnen. Nie im Leben hat er so einen blöden Unfall gebaut.«

»Vielleicht hatte der Wagen ein technisches Gebrechen.«

»Es wurde nichts festgestellt. Aber vom Wrack war fast nichts übrig. Es ist komplett ausgebrannt. Papa ist verbrannt!«

Luis lehnte sich an Ana und umklammerte ihre Hand, während er heftig schluchzte. Sie legte ihren Arm um seine Schulter.

Als der Weinkrampf abklang, sagte sie: »Du vermutest, dass im Tresor ein Abschiedsbrief liegt. Hat kein Schlüssel gepasst?«

Luis richtete sich erstaunt auf. »Wieso Schlüssel? Der Tresor hat eine Zahlenkombination, aber mein Geburtstag war falsch. Nichts hat funktioniert.«

»Wofür warst du am Schlüsselkasten?«

»Da war ich nicht.«

»Wie bist du überhaupt ins Büro gelangt? Ich habe abgesperrt. Hast du einen eigenen Schlüssel?«

»Nein.« Seine Unterlippe zitterte.

Seine Verzweiflung rührte Ana. »Ich verrate nichts deiner Großmutter, Ehrenwort. Sag mir, wie du hereingekommen bist.«

»Die Thorn hat einen Schlüssel. Den habe ich mir ausgeborgt. Sie legt ihn über Nacht in ihre Lade.«

Ana seufzte. »Das widerspricht jedem Datenschutz. Das muss sich ändern.« Die Assistentin hatte ihr selbst das Drohschreiben überbracht und ließ dennoch den Schlüssel herumliegen.

»Zurück zu dem Schreiben. Weshalb suchst du einen Brief, wenn du überzeugt bist, dass dein Vater sich nicht selbst …?« Ana brachte es nicht übers Herz, den Satz zu beenden.

Der Junge schnappte nach Luft. »Weil. Na ja. Wir haben zu Ostern ein Gespräch geführt. ›Von Mann zu Mann‹ hat Papa es genannt. Er hat mir erklärt, dass er für mich vorgesorgt hat. Egal, wie es weitergeht. Ich brauche mir keine Sorgen machen, weil er das Geld für meine Ausbildung abgesichert hat.«

Das war eine unerwartete Wendung. Auf einmal ging es um Geld und sofort fiel Ana die fehlgeschlagene Bonitätsprüfung ein. Hatte Fiala & Sohn gröbere Finanzprobleme? »Und?«, fragte sie nach, da Luis stumm vor sich hinstarrte.

»Papa hat eine Lebensversicherung für mich abgeschlossen. Aber die Versicherung weigert sich zu zahlen, weil sie Selbstmord nicht ausschließt. Großmutters Anwälte sagen, es ist kompliziert.«

Ana begriff. Das Kind litt nicht nur unter dem Tod des Vaters, sondern hatte Angst vor der Zukunft.

»Papa hätte mir das nie angetan, einfach zu verschwinden. Wenn es keinen Brief gibt, ist es kein Selbstmord.«

Luis presste die Lippen zusammen und sah Ana auffordernd an. Er verlangte ihre Zustimmung. Sie nahm seine Hand. »Ob es ein Unfall war, kann ich nicht sagen. Aber ich bin sicher, dass dich dein Vater geliebt hat und dich versorgen wollte.«

Wie half man einem Kind, mit dieser Katastrophe umzugehen? Er brauchte Klarheit, was zum Tod seines Vaters geführt hatte. Möglicherweise wusste Heinz einen Rat. Als Leiter einer Wiener Mordkommission hatte er vielleicht Informationen zu dem Fall.

»Ich kenne jemanden mit einflussreichen Kontakten bei der Polizei. Vielleicht erfahre ich, was die Ermittlungen ergeben haben.«

Luis zeigte keine Reaktion. Kontakte waren ihm egal. Sie musste sich mehr anstrengen. »Soll ich dir dabei helfen, zu klären, ob es ein Schreiben von deinem Vater gibt?« Kaum hatte Ana das Angebot ausgesprochen, ärgerte sie sich. Ihre Pflicht war, ihren Vertrag zu erfüllen und nicht, sich bei der Familie Fiala einzumischen. Seine Großmutter hatte beste Kontakte und wusste, was zu tun war.

Der Junge schmiegte sich einen Augenblick an und nickte. »Wie kriegen wir den Tresor auf?«

Ana lachte laut. »Ich knacke keinen Tresor für dich. Frag deine Großmutter. Die kennt den Code vermutlich.«

»Warum hat sie mir nicht von dem Tresor erzählt?«

Weil er wahrscheinlich unwichtig war. Oder Frau Fiala hatte den Abschiedsbrief gefunden und hatte triftige Gründe, ihn Luis vorzuenthalten.

»Frag sie und gib ihr die Chance, es dir zu erklären.«

»Sie hat mich beim Stöbern in der Villa erwischt und geschimpft.«

»Wenn du bei mir die Kästen umdrehst, schimpfe ich auch.«

Ihren Scherz ignorierte Luis. »Sie hat es ›Hirngespinste‹ genannt und mir verboten, weiterzusuchen. Ich glaube eh nicht, dass Papa einen Brief im Großmutterteil versteckt hat. Seit dem Frühling ist die Tür abgeschlossen und nur sie darf sie öffnen.«

Wovon sprach Luis? Ana zog ihre Stirn in Falten.

Luis erklärte: »Es gibt im Erdgeschoss eine Verbindungstür zwischen den Wohnungen, aber Großmutter hat uns das Durchgehen verboten. Wir müssen außenrum gehen und anläuten.« Verschmitzt grinste er und flüsterte: »Papa hat mir im Keller einen Durchgang gezeigt, den kennt Großmutter nicht. Sie geht nie nach unten, weil es ihr unheimlich ist.«

Ana schloss die Augen. Was hatte sie sich mit ihrem Angebot eingebrockt? Sie wollte endlich weiterarbeiten. »Luis, deine Großmutter meint es gut mit dir. Sprich vernünftig mit ihr, dann wird sie dir den Inhalt des Tresors zeigen.«

»Fährst du mit mir zur Angelhütte?« Der Junge ließ nicht locker.

»Zu welcher Angelhütte?«

»Die gehört meinem Vater. Zum Entspannen hat er gesagt. Mich hat er ein paarmal mitgenommen. Sie hat zwei Zimmer und davor schwimmt ein Steg zum Angeln im Wasser. Wenn dir Kälte nichts ausmacht, darfst du hineinspringen.«

»Wo liegt dieser Fischteich?«

»Wenn ich es genau wüsste, würde ich hinradeln, aber so traue ich mich nicht. Papa und ich sind Richtung Tulln gefahren und in einen Feldweg eingebogen. Neben unserer Hütte gibt es noch zwei andere, wir teilen uns den Teich und das Gebüsch rundherum. Führst du mich bitte hin?«

Ana überlegte. Es fühlte sich seltsam an, mit dem Enkel der Kundin eine Angelhütte zu besuchen. Andererseits, was war dabei? Die Hütte gehörte seiner Familie. Wenn er unbedingt vorbeischauen wollte, warum nicht? Sie würde ihm vorher klarmachen, dass das ihre einzige Hilfestellung bleiben würde.

Bevor sie zusagen konnte, heulte eine Sirene auf.

»Ist das ein Feueralarm?«, brüllte Ana, um den Lärm zu übertönen. Sie schnupperte besorgt, stellte aber keinen Brandgeruch fest.

Luis horchte konzentriert. »Das ist ein Produktionsalarm, ein Roboter hat ein Problem. Die Lautsprecher sind in den Büros der leitenden Angestellten.« Er packte Ana am Oberarm. »Komm mit, wir müssen nachschauen, da dürfen nur wir hin.«

Ana folgte ihm. Der Junge sprang die Stufen hinunter. Sonst war niemand zu entdecken. Waren alle bereits nach Hause gegangen? Luis hielt ihr die Tür mit dem Schild »Labor« auf.

Überrascht sah sie sich um. Sie hatte sich eine schmutzige Produktionshalle mit Förderbändern und Maschinen vorgestellt. In Wirklichkeit hatte der Raum tatsächlich etwas Laborhaftes an sich. Klinisch rein und futuristisch anmutend. Auf Inseln arbeiteten unterschiedliche Roboter in großzügigem Abstand voneinander. Manche standen still, andere führten monoton die gleichen Bewegungen aus.

Ein schriller Schrei ließ Ana zusammenfahren. Am Ende der Halle sah sie Luis mit jemandem kämpfen. Erschrocken rannte sie los. Es war kein Kampf. Eine Frau mit langen Haaren hing schräg unter einem Roboter und wurde von ihm durchgerüttelt. Ihr Arbeitsmantel hatte sich in der Maschine verfangen. Luis zerrte an ihr und wurde mitgeschüttelt. Ein Metallteil senkte sich und Gabriele heulte herzzerreißend auf.

»Ausschalten!«, keuchte die Chefingenieurin, während sie vor- und zurückgeworfen wurde. Da sah Ana das Blut. Es drang durch den weißen Ärmel.

Auf dem Apparat war ein großer roter Knopf. »Das ist bestimmt der Notschalter«, dachte Ana und klopfte hektisch darauf. Der Roboter bewegte sich weiter. Wieder und wieder drückte Ana auf den Knopf. Es half nichts. Die Bewegungen der Maschine schienen immer schneller zu werden. Gabriele Schön kreischte.

»Gibt es hier einen Sicherungskasten?«, schrie Ana.

Luis rappelte sich auf und zeigte zu einem Glaskasten. Gleichzeitig stürmten sie hin. Er riss die Tür auf. Vor ihnen reihte sich ein Heer von Schaltern auf. Nur einer war rot. Ohne zu zögern drückte Ana ihn.

In der nächsten Sekunde standen sie in der Dunkelheit. Das Surren der Maschinen verstummte nach und nach und es wurde still.

Da flammte ein Lichtschein auf. Luis hatte sein Handy gezückt. Er leuchtete ihnen den Weg zurück zu Frau Schön.

Erleichtert erkannte Ana, dass sich die Chefingenieurin befreit und aufgesetzt hatte. Sie presste ihre Hand auf den Oberarm, auf dem der rote Fleck rasch größer wurde.

»Sind Sie schwer verletzt?«, fragte Ana.

»Es tut höllisch weh, aber ich werde es überleben«, quetschte die Frau hervor.

»Du blutest immer ärger!«, kreischte Luis, Frau Schön zuckte zusammen.

»Ruhig, Luis. Ruf die Rettung. 144. Wir brauchen einen Arzt.«

Luis verhielt sich wie ein Erwachsener. Er wählte den Notruf und erklärte, was passiert war. »Der Rettungswagen kommt gleich«, verkündete er.

Ana hatte ihre Strickweste ausgezogen und um den Arm der Frau gebunden.

»Die wird nicht zu retten sein«, keuchte die Ingenieurin, als sie Blut durchsickern sah.

»Soll nichts Schlimmeres geschehen«, tröstete sie Ana.

»Was zum Teufel ist hier los?«, brüllte eine Männerstimme. Im Licht der Tür zeichnete sich eine Gestalt ab.

»Keine Sorge! Sie lebt!«, rief Ana, um ihn zu beruhigen.

Ein Handylicht blitzte auf und der Mann trat näher. Der Strahl glitt über die Ingenieurin zu Ana und landete auf Luis. Dann erfasste er den geöffneten Sicherungsschrank.

»Welcher Volltrottel hat den Strom abgeschaltet?« Seine Stimme bebte.

KAPITEL 8

Die Chefingenieurin kauerte auf dem Boden, kalkweiß an eine Betonsäule gelehnt. Neben ihr hockte Luis und presste Anas Strickweste gegen ihren Arm.

Herr Huber lief wie aufgezogen im Vorraum des Werks auf und ab. »Es ist untersagt, sich der Maschine zu nähern und es war schwachsinnig, den Strom abzuschalten!«

»Hören Sie endlich mit der Schreierei auf«, keifte ihn Ana an. Es war der Stellvertreter, der sie in der Dunkelheit gefunden hatte, und er tobte noch immer vor Wut.

»Ich habe schon fünfmal gesagt, dass der Roboter Frau Schön umgebracht hätte, wenn wir ihn nicht gestoppt hätten.« Herr Huber war ein wichtiger Mitarbeiter des Kunden. Nur diese Tatsache hinderte sie daran, die deftigen Worte hinauszubrüllen, die ihr im Kopf herumschwirrten.

»Was ist denn hier los? Luis, bist du in Ordnung?« Die beißende Stimme von Frau Fiala ließ Ana zusammenzucken. Die Seniorchefin trat zu ihnen, dicht gefolgt vom Chef der Entwicklung.

»Diese blöde K… Person hat das Labor stromlos gesetzt, einfach abgedreht. Ich hatte noch keine Gelegenheit, den angerichteten Schaden festzustellen.« Der Stellvertreter schnaubte vor Ärger.

»Was hätte ich sonst tun sollen? Der Roboter hat auf Frau Schön eingestochen und der Notknopf hat nicht funktioniert«, protestierte Ana lautstark. »Hätte ich warten sollen, bis er sie ersticht?«

»Sie reden Mist! Jedes Modell hat eine Abschaltvorrichtung.«

»Sind Sie taub? Der Not-Aus-Knopf geht nicht!«, schrie Ana. »Soll ich es buchstabieren?«

»Sie haben schlampig gedrückt, Not-Aus funktioniert immer! Ihre Idiotie kostet uns ein Vermögen, das müssen Sie uns ersetzen.« Herr Huber trat dicht an Ana heran. Ohne Zeugen wäre er wohl handgreiflich geworden.

»Martin, benimm dich.« Herr Moser legte eine Hand auf seinen Arm, die er ärgerlich abschüttelte.

Zornig verteidigte sich Ana. »Wo waren Sie denn, als der Alarm losging? Warum haben Sie nicht eingegriffen, wenn Sie alles besser wissen, Herr Huber?«

»Schluss damit!« Die Schärfe in Frau Fialas Stimme beendete die Diskussion. »Welches Modell?«

»Figur101!«, knurrte Huber.

»Was?«, zischte Frau Fiala und sie und Herr Moser drehten sich zu Frau Schön. Diese hatte den Kopf eingezogen und schien nichts von der Aufregung mitzubekommen.

»Keine Ahnung, was sie dort verloren hatte«, keppelte Herr Huber.

Der Entwicklungschef starrte noch einen Augenblick zu Frau Schön und murmelte dann zu Frau Fiala: »Das klären wir, sobald sie wieder fit ist.«

In diesem Moment ertönte die Sirene eines Einsatzfahrzeuges.

»Sie haben die Rettung gerufen?« Frau Fiala klang fassungslos.

Bisher war Luis schweigend am Boden gehockt. Nun sprang er auf. »Großmutter, das war ich. Ich habe die Rettung gerufen. Gabriele blutet stark, sie braucht einen Arzt.«

Sofort entspannten sich die Gesichtszüge der alten Frau und ihre Stimme wurde mild. »Klar, wenn dich die Erwachsenen im Stich lassen, musst du handeln. Du bist ein tapferer junger Mann.«

Luis grinste verschmitzt.

»Ich schlage vor, wir trennen uns von Frau Rubin. Ich wusste, dass uns diese Consultants nichts als Ärger bringen.« Herr Huber musterte Ana mit Abscheu.

Das war unerhört. Wie kam dieser Mensch dazu, sie ungerechtfertigt anzugreifen und zu beleidigen? Herr Huber wollte sie um jeden Preis loswerden. Ana fehlten die Worte.

Wieder trat der Entwicklungschef zu ihm. »Es reicht, Martin. Frau Rubin hat bestimmt nur helfen wollen und nicht absichtlich etwas falsch gemacht.«

»Ich habe überhaupt nichts falsch gemacht«, zischte Ana erbost. »Der Ausschalter hat nicht reagiert.«

»Ruhe jetzt.« Frau Fiala strahlte Eiseskälte aus. »Die Rettungsleute und Frau Schön übernehme ich. Luis, du wartest in deinem Büro und fährst nachher mit mir nach Hause. Herr Moser, Sie machen sich ein erstes Bild vom entstandenen Schaden. Alle anderen gehen nach Hause. Jetzt sofort! Wir sprechen morgen.«

Ana würgte »Bis morgen« heraus und hastete die Stiegen hinauf. Die Bürotür stand offen – so, wie sie sie beim Ertönen des Sirenengeheuls zurückgelassen hatte. Ein ungutes Gefühl beschlich sie und sie betrachtete das Zimmer aufmerksam. Alles war auf seinem Platz, das Bild hing weiterhin schief.

Ihr Herz klopfte heftig und sie hörte das Pochen des Pulses in ihren Ohren. Wütend stampfte sie auf. Sie hatte die Frau gerettet! Statt eines Dankes wurde sie beleidigt. Ein Kunde durfte ziemlich viel, doch das überschritt ihre Toleranzschwelle. Am nächsten Tag würde sie ihnen beweisen, dass der Notknopf defekt war.

Eine leichte Unsicherheit überkam sie. Womöglich hatte sie wirklich zu schwach gedrückt. Nein, sie hatte mit voller Kraft draufgeschlagen. Oder?

Aufgewühlt schnappte sie ihre Handtasche. Wieder einmal versteckte sich der Schlüssel zwischen ihren persönlichen Sachen. Ungeduldig suchten ihre Finger, bis sie den kleinen Gegenstand erwischte. Beim Einstecken fuhr sie daneben und der Schlüssel fiel klirrend auf den Boden. »Ich lege mir besser einen Anhänger zu, sonst verlier ich das Ding«, nahm sie sich vor.

Auf dem Parkplatz half ein Sanitäter der Chefingenieurin gerade in den Rettungswagen. Es erschien Ana als positives Zeichen, dass sie nicht auf eine Tragbahre verfrachtet worden war. Ihre Blicke trafen sich. Frau Schön bewegte ihre Lippen und flüsterte ihr etwas zu.

Erwartungsvoll schaute sie Ana an. Diese schüttelte den Kopf und die Ingenieurin wiederholte die Lippenbewegungen.

»Danke und Sie haben Recht? Womit denn?« Die Tür des Rettungswagens schlug zu und Ana schaute ihm verwirrt nach. Meinte Frau Schön den Not-Aus-Schalter? Wie war es überhaupt zu dem Unfall gekommen? Weshalb näherte sich die erfahrene Ingenieurin dem Roboter so knapp, dass sein Greifarm ihren Mantel erwischte?

Nicht einmal der Anblick ihres Jaguar-Cabrios konnte Ana nach den Ereignissen trösten. Normalerweise liebte sie es, mit ihrem Gefährt mit offenem Verdeck durch die Landschaft zu gondeln.

Das Autodach blieb an diesem Abend geschlossen. Aufgeregt tippte Ana die Nummer von Felix. Als temporärer Vorgesetzter musste er über die Schwierigkeiten informiert werden, bevor es zu einer Kundenbeschwerde kam. Lieber hätte sie mit Pat gesprochen, aber die war mittlerweile im Spital.

»Guten Abend, Ana. Was gibt es Neues?«, begrüßte sie Felix.

Ana holte tief Luft und schilderte den Unfall. »Dieser Huber gibt mir die Schuld und behauptet, dass ich Schaden angerichtet habe und sie mich haftbar machen. Der hat von Anfang an beabsichtigt, uns Consultants loszuwerden. Ihm kommt jeder Grund gelegen«, beendete sie ihren Wortschwall.

»Mhm. So was können wir gar nicht gebrauchen.«

»Das weiß ich auch. Was hätte ich anderes tun sollen, als der Frau zu helfen? Beim Sterben zuschauen?«

»Beruhige dich, Ana. Als Erstes entschuldigst du dich in der Früh. Soweit ich verstanden habe, hat Frau Fiala noch kein böses Wort an dich gerichtet. Warten wir ab, wie sie die Sache morgen sieht, dann reden wir weiter. Jetzt entspann dich. Ich wünsche dir trotz allem einen schönen Abend.«

Missmutig fuhr Ana dahin. Wie erwartet war Felix keine große Hilfe. Sie war nicht einmal dazugekommen, ihm von dem Auftritt ihres ehemaligen Mitarbeiters Harald Strauss zu erzählen. Dass sie dem Enkel der Kundin Unterstützung bei der Suche eines Abschiedsbriefes versprochen hatte, hätte sie ihm sowieso nicht verraten.

Aufgebracht klopfte Ana mit dem Knöchel aufs Lenkrad. So ein Mist. Das war kein idyllischer Spaziergang in einem mittelständischen Unternehmen, wie Manuela vorhergesagt hatte. Ana zwang sich durchzuatmen. Sie musste es schaffen, versagen war keine Option. Ihre Schwester brauchte sie bei sich und zwar bald. Also Augen zu und durch.

KAPITEL 9

»Nehmen Sie es nicht persönlich.« Die alte Dame sah Ana streng an. »Ich bin zu dem Ergebnis gekommen, dass ich an Ihrer Stelle genauso gehandelt hätte. Frau Schön hat sich in Gefahr gebracht, mein Enkel hat Sie zu ihr geschleppt und Sie haben eingegriffen. Herrn Huber werde ich wegen seines Verhaltens Ihnen gegenüber zurechtweisen.«

»Bitte richten Sie Herrn Huber aus, dass die Angelegenheit für mich erledigt ist. Wir waren alle erschrocken und durcheinander.« Wenn ihre Kundin ihr nichts vorwarf, war Ana auch großzügig. »Aber der Ausschalter hat wirklich nicht funktioniert.«

»Sie haben den Knopf in der Aufregung zu zaghaft gedrückt. Herr Moser hat ihn getestet, er reagiert einwandfrei. Die Schuld liegt ausschließlich bei Frau Schön. Sie erhält eine Verwarnung, da sie sich gegen mein Verbot der Figur101 genähert hat.«

Ana schwieg betroffen. Ihr tat Gabriele Schön leid, doch sie hatte kein Recht, das Urteil der Firmenchefin zu kritisieren. Unternehmen brauchten ihre eigenen Regeln für reibungslose Abläufe. »Geht es Frau Schön gut?«

»Sie wurde nach der Verarztung aus dem Spital entlassen und arbeitet heute wieder.« Frau Fiala erhob sich. »Somit haben wir diesen ärgerlichen Zwischenfall geklärt. Sorgen

Sie dafür, dass die Audits anstandslos über die Bühne gehen. Die Zertifizierungen sind enorm wichtig, ohne sie verlieren wir Kunden.«

»Wir schaffen das. Ich habe noch eine Frage.« Frau Fiala verzog das Gesicht. Ihre Auftraggeberin vermittelte Ana das Gefühl, lästig zu sein, obwohl Erkundigungen Teil ihres Jobs waren. »Was bedeutet Figur101?«

Frau Fiala sah sie überrascht an. »Unsere Innovationen erhalten in der Entwicklung Ziffern und heißen in diesem Stadium ›Figur‹ – sobald sie für die Produktion freigegeben sind, wird daraus ein ›Modell‹.«

Bevor Ana nachhaken konnte, weshalb Figur101 speziell war, verkündete Frau Fiala: »Ich veranstalte um vier eine kleine Feier für Frau Thorn im engen Kreis. Sie hat Geburtstag und es ist gleichzeitig die Verabschiedung, weil sie demnächst den Mutterschutz antritt. Sie freut sich bestimmt, wenn Sie teilnehmen.«

»Danke für die Einladung. Ich komme sehr gerne.«

»Wunderbar. Um vier in meinem Büro.« Sie wandte sich ab und murmelte: »Danke, dass Sie sich um meinen Enkel kümmern, er hält große Stücke auf Sie.«

Kaum hatte die Seniorchefin das Zimmer verlassen, stürmte Luis herein.

»Klopfen?«, ermahnte Ana.

Demonstrativ stelzte der Junge hinaus, polterte gegen die Türplatte und trat grinsend wieder ein. »Besser? Hast du gehört? Gabriele ist topfit. Wo ist Manuela?«

»Manuela bleibt heute in unserer Firma, weil sich dort die Arbeit stapelt.«

Der Bub verzog sein Gesicht. »Schade. Sie hat versprochen, mir die ISO-Zertifizierung zu erklären.«

»Das übernehme ich und du hilfst mir bei der Vorbereitung. Als Erstes müssen wir dem Auditor euer Unternehmen vorstellen, dafür erstellen wir eine Präsentation. Dann prüfen wir, dass eure wichtigsten Arbeitsabläufe sauber dokumentiert sind.«

»Was bedeutet das?« Luis schaute interessiert drein.

»Für den Auditor muss nachvollziehbar sein, wer was macht, wie ihr Ergebnisse überprüft und im Fall eines Fehlers handelt. Aus einem Fehler zu lernen sichert die Qualität eurer Produkte.«

Luis bohrte den Zeigefinger in seine Lippe. Er dachte angestrengt nach. »Aus einem Fehler, wie ihn gestern Gabriele und der Roboter gemacht haben?«

Er war schlau und hörte aufmerksam zu. »Genau. Das ist ein gutes Beispiel. Die Figuren und Modelle bestimmen euren Geschäftserfolg.« Ana schmunzelte, als er sie bewundernd anblickte. »Eure Fachausdrücke hat mir deine Großmutter vorhin beigebracht.«

»Hat sie dir auch erzählt, dass wir schon mal einen Roboterunfall gehabt haben?«

»Nein, das hat sie nicht.«

»Das war zu Ostern. Mein Vater hat mir einen Ausflug auf die Rax versprochen. Daraus wurde nichts, weil sich ein Techniker bei einer Figur verletzt hat. Mehr hat mir Papa nicht verraten, obwohl ich ihn gelöchert habe. Er hat pausenlos telefoniert und war tagelang grantig.«

»Willst du diesen Unfall als Beispiel für die ISO bearbeiten? Wir suchen die Dokumentation und haben damit die Vorlage für den gestrigen Vorfall.«

Luis nickte aufgeregt. Sie hatte sein Interesse gewonnen.

Eine Stunde später schauten sie sich enttäuscht an. Sie hatten nur unbedeutende Mängel gefunden, aber über Ostern gab es keinen Eintrag.

»Das ist nicht gut, oder?« Luis war konzentriert bei der Sache.

»Nein, das ist schlecht. Die Kleinigkeiten sind alle hervorragend dokumentiert. Das gefällt jedem Auditor. Aber der Unfall zu Ostern ist ein Loch in der Dokumentation und gefährdet die Zertifizierung, falls es bemerkt wird.«

»Was müssen wir jetzt tun?«, fragte Luis wissbegierig.

»Wir holen Herrn Huber zur Unterstützung. Als Stellvertreter deines Vaters ist er mit den Abläufen vertraut.«

Wenige Minuten später erschien Herr Huber in einem knallorangen Blazer. Sichtlich bemüht, ihren Streit vom Vortag zu übergehen, grüßte er korrekt und erkundigte sich nach ihren Wünschen. Ana betrachtete fasziniert seine orange-schwarzen Schuhe – sie passten perfekt zum Sakko. Sie musste zugeben, dass die ungewöhnliche Kleidung Herrn Huber gut stand. Abgelenkt erklärte sie ihm ihr Anliegen.

Herr Huber schüttelte den Kopf. »Ich weiß von keinem Problem zu Ostern. Ich war auf Urlaub, aber das hätte mir der Chef erzählt.«

»Doch. Da war ein Unfall, ich bin total sicher«, beharrte Luis.

»Okay, junger Mann. Ich schau, was ich tun kann. Gib mir zehn Minuten Zeit.«

Luis knackte mit den Knöcheln und malträtierte seinen Kaugummi. Es dauerte länger, bis Herr Huber zurückkam.

»Luis, ich finde keinen Hinweis auf einen Vorfall, du musst dich irren.«

Luis bekam einen hochroten Schädel und er setzte sich kerzengerade auf. Eine Kaugummiblase knallte.

Ana warf blitzschnell ein: »Waren Sie in die Fehlerdokumentation immer involviert?«

»Erstellt wurde sie vom Chef. Meine Aufgabe war, jeden Fehlerbericht gegenzulesen, bevor wir ihn ins Netz gestellt haben. Ich denke, dass es ein Irrtum ist und Sie Ihre Zeit sinnvoller einsetzen sollten.«

Ana ignorierte die Bemerkung. »Dokumentieren Sie den Unfall von Frau Schön?«

»Nein, meine Liebe, Sie sind im Moment die verantwortliche Managerin. Das hat Frau Doktor Fiala deutlich gemacht.«

Ana nickte. Nach außen war Herr Huber bemüht, doch sein Ärger saß tief.

Luis krallte sich an der Tischplatte fest, seine Wangen glühten. Als Herr Huber die Tür zuschlug, platzte er heraus: »Wieso lügt er?«

»Luis, er war auf Urlaub. Ich glaube, Herr Huber weiß wirklich nichts. Warte hier, ich erkundige mich bei eurem Entwicklungschef.«

Ana spürte den neugierigen Blick von Frau Thorn, als sie bei Herrn Moser klopfte. Dieser bat sie liebenswürdig in sein Zimmer. Er hatte sein Sakko abgelegt. Unter dem taillierten Hemd zeichneten sich Muskeln ab. »Frau Rubin, welche Freude. Haben Sie den Schreck von gestern Abend überwunden?«

»Guten Morgen. Die Aufregung hat sich gelegt. Danke für Ihr Eingreifen.«

»Messen Sie den Emotionen keine Bedeutung bei, in der Forschung ist jeder Zwischenfall ein Drama. Wie kann ich Ihnen helfen?«

»Ich habe eine Frage zu den Abläufen. Was wissen Sie über einen vergleichbaren Unfall während der Osterfeiertage?«

Der Entwicklungschef riss die Augen auf. »Wie kommen Sie auf die Idee, dass es zu Ostern einen Unfall gab?«

»Wir arbeiten an der ISO-Dokumentation und Luis hat den Vorfall als Vorlage eingebracht.«

Herr Moser legte seine Finger auf die Lippen und zog die Augen zu Schlitzen zusammen. Das betonte die tiefe Verfärbung um das Auge. Er musste einen heftigen Schlag abbekommen haben. Ana biss sich auf die Lippe. Es war indiskret, sich nach der Ursache der Beule zu erkundigen.

»Mhm. Nein. Beim besten Willen nicht. Es gab keinen Unfall. Ich habe zwar hauptsächlich im Homeoffice gearbeitet, aber Tobias hätte mich umgehend geholt.« Er schüttelte den Kopf. »Nein. Da verwechselt Luis etwas.«

»Ganz bestimmt?«

»Ja. Wenn ich Ihnen einen Rat geben darf: Jagen Sie nicht den Geschichten des Buben nach, er hat eine blühende Fantasie. Wenn ich Sie nicht überzeugen kann, fragen Sie Frau Thorn. Unser guter Geist weiß alles, was im Haus vor sich geht.«

Ana lächelte ihn an. »Danke für Ihre Zeit und entschuldigen Sie die Störung.«

»Sie sind jederzeit willkommen, Frau Rubin. Sie stören mit keinem Anliegen, im Gegenteil.« Herr Moser hielt ihr galant die Tür auf und eine Wolke herbes Eau de Toilette hüllte sie ein.

Um das Thema endgültig abzuschließen, suchte Ana die Sekretärin auf, die ihr interessiert entgegenblickte. »Liebe Frau Thorn. Sie haben den Ruf, bestens über die Firmengeschehnisse informiert zu sein. Gab es zu Ostern einen Unfall im Labor?«

»Frau Rubin, ich habe vom gestrigen Missgeschick gehört. Glücklicherweise ist es ohne schlimme Folgen für Frau Schön ausgegangen. Sie hat Ihr mutiges Eingreifen in den höchsten Tönen gelobt.«

»Das ist nett. Und zu Ostern? Was war da?«

»Gar nichts.«

Ana sah Frau Thorn prüfend an. Diese hielt ihrem Blick stand.

»Niemand hat sich verletzt? Sind Sie absolut sicher?«

»Hundertprozentig.«

Mehr konnte Ana nicht tun. »Danke für die Auskunft. Äh. Da wäre noch etwas.«

Die Sekretärin musterte sie neugierig.

»Wäre es möglich, dass Sie mir Ihren Büroschlüssel zu unserem Büro aushändigen, solange wir hier arbeiten?«

Frau Thorn schaute betroffen drein. »Aber ich … Ja, natürlich. Ich bringe ihn hinüber.«

Luis reagierte trotzig, als sie ihm das Ergebnis ihrer Erkundigung mitteilte. Mit bitterböser Miene und vorgeschobener Unterlippe war er den Tränen nahe. Der Kaugummi tauchte zwischen den Lippen auf und verschwand wieder.

»Jetzt ärger dich doch nicht so. Vielleicht hast du deinen Vater missverstanden. Das ist doch nicht weiter schlimm«, versuchte Ana ihn zu beruhigen.

»Nein! Ich irre mich nicht. Die lügen alle«, knurrte er bockig. »Warte! Er fällt mir ein.« Der Junge zappelte aufgeregt. »Klein, nein Kurz. Der Techniker hat Kurz geheißen. Er war neu bei uns und hat sich mit Hunden ausgekannt.«

»Du glaubst, dieser Kurz hatte einen Unfall? Wo ist der Mann? Können wir mit ihm reden?«

»Der arbeitet nicht mehr bei uns«, triumphierte Luis. »Nach Ostern war er weg. Das muss er sein.«

»Bist du dir sicher?«

Luis ruderte ungehalten mit den Armen. »Sag ja nicht, dass ich eine blühende Fantasie habe.«

Ana biss sich auf die Lippe. Genau das hatte sie sich soeben gedacht.

»Mein Vater hat von einem Unfall gesprochen. Er hat bestimmt den Kurz gemeint.«

Ana unterdrückte ein Stöhnen. Der Bub bastelte sich seine Wahrheit zurecht. Auf dem Tisch türmte sich Arbeit, sie wollte endlich weitermachen. Dafür musste sie Luis beruhigen. »Schau, wenn es einen Vorfall gab, ist er glimpflich ausgegangen und aus diesem Grund kann sich keiner erinnern. Das ist doch gut so. Deshalb spielt er für die Zertifizierung keine Rolle. Such dir ein anderes Beispiel aus, das wir durcharbeiten.«

»Nein! Ich will den Unfall von Ostern bearbeiten!«

»Du bist echt … hartnäckig.« Warum war es dem Buben so wichtig, seine Behauptung zu beweisen? Ana beschloss, mitzuspielen und ihn mit Tatsachen zu überzeugen. »Habt ihr eine Personalabteilung? Die muss bei jedem Arbeitsunfall informiert werden.«

»Um Personalangelegenheiten und die Gehaltsverrechnung kümmert sich Frau Hannelore. Die sitzt ein paar Zimmer weiter. Komm!« Er sprang auf und strahlte Ana erwartungsvoll an.

KAPITEL 10

»Das ist der letzte Versuch.« Hoffentlich gab Luis danach Ruhe. Demonstrativ stöhnend folgte Ana dem jungen Mann, der an Frau Thorn vorbei zu einer anderen Tür lief und dahinter verschwand.

Die ältere Dame schaute den zappelnden Buben durch eine Hornbrille ernst an. »Wie stellst du dir das vor, Luis? Du kannst nicht hier hereinstürmen und Personaldaten abfragen.«

Der Junge wippte mittlerweile so hektisch, dass Ana eingriff. »Entschuldigen Sie. Mein Name ist Ana Rubin und Luis unterstützt mich bei der Vorbereitung der ISO-Zertifizierung. Wir benötigen die Auskunft, ob es zu Ostern einen Arbeitsunfall gab.«

Die Frau entspannte sich. »Gab es nicht. Reicht das?«

»Nein«, quietschte Luis auf. »Herr Kurz hatte einen Unfall, das müssen Sie doch wissen! Schauen Sie nach!«

Die Stirn der Frau legte sich in tiefe Falten. Plötzlich schien ihr bewusst zu werden, dass sie den Sohn des verstorbenen Juniors nachsichtig behandeln sollte, und ihr Gesicht hellte sich auf. »Ohne indiskret zu sein, kann ich dir mitteilen, dass Herr Kurz seinen Probemonat zu Ostern vorzeitig beendet hat. Das ist für die Firma unangenehm, kommt aber vor. Er hat sich den Job anders vorgestellt. Er war so höflich, eine Kündigungsmail zu schicken, andere bleiben ohne Erklärung fern.«

»Also kein Unfall und kein Krankenstand, Herr Kurz hat selbst entschieden, das Vertragsverhältnis zu lösen«, stellte Ana fest.

»Genau, und jetzt entschuldigen Sie mich, ich muss mich um die Gehaltsabrechnungen kümmern.«

»Können wir Herrn Kurz anrufen?« Luis war wie besessen.

»Nein, Luis. Die Daten von ehemaligen Angestellten sind vertraulich. Bitte hör mit diesem Unsinn auf.« Frau Hannelore war inzwischen aufgebracht.

Ana bedankte sich und zerrte den sich sträubenden Luis mit sich. Im Büro sagte sie: »Beenden wir das Thema bitte? Wir müssen uns endlich konzentrieren.« Im nächsten Moment tat Luis ihr leid, wie er so hektisch vor ihr hin- und herwippte.

Luis hatte Tränen in den Augen, seine Stimme überschlug sich: »Ihr seid gemein! Ihr glaubt mir nicht, weil ich noch nicht ganz erwachsen bin.« Er stürmte hinaus und ließ die Tür ins Schloss krachen.

Der Junge war anstrengend, aber sie mochte ihn gern. Seine Hartnäckigkeit imponierte ihr. Jetzt brauchte er Zeit, um sein Temperament abkühlen zu lassen.

Ana wandte sich ihren eigentlichen Aufgaben zu. Sie ergänzte die Unterlagen für den Auditor. Diese waren bereits aussagekräftig und sie kam zügig voran. Sie konnte diesen Teil des Auftrags ohne Unterstützung erledigen.

»Hallo Karsten! Ich habe eine gute Nachricht für dich. Ich schaffe die Vorbereitung für die Zertifizierung einstweilen allein, Manuela kann weiterhin dich entlasten.«

»Hi Ana. Lieb, dass du an mich denkst. Wir haben mit den Aufbauarbeiten alle Hände voll zu tun und Felix sorgt für immer mehr Chaos, weil er sich ständig einmischt. Manuela wird enttäuscht sein, dass du sie nicht ins Werk holst. Ihr fehlt euer hübsches Chefbüro.«

Zwischendurch steckte Frau Thorn ihren Kopf zur Tür herein und bat um die Vase. In der Hand hielt sie einen Strauß lila Flieder. Intensiver Duft breitete sich aus.

Ana schaute die Sekretärin verwundert an.

»Die rote Vase, die auf dem Schreibtisch stand. Die verwende ich immer, wenn uns jemand Blumen schenkt.«

»Die Vase«, sagte Ana gedehnt. Was hatte sie bloß mit der gemacht? War sie in einem Übersiedlungskarton gelandet? Nein, die lag im Korb auf dem Küchenkasten. »Ja, natürlich.«

In der Küche kletterte Ana auf die Arbeitsfläche und hob den Behälter herunter. Vorsichtig leerte sie die Sachen auf den Besprechungstisch und überreichte die Vase der Assistentin.

Als sie den Korb wieder einräumte, entdeckte sie unter den Werbegeschenken einen Schlüsselanhänger mit Flaschenöffner. Ana befestigte ihn am Büroschlüssel der Firma Fiala & Sohn. So konnte sich dieser nicht mehr in ihrer Tasche verstecken.

Was war das für ein Dokument in der Aktenhülle, das sie auf den Küchenkasten befördert hatte? Sie überflog ein paar Zeilen. Es sah wichtig aus und wurde womöglich noch gebraucht. Sollte sie es aufheben oder jemandem übergeben? Am einfachsten Frau Fiala bei der Geburtstagsfeier. Oder waren die Arbeitsunterlagen besser bei Herrn Huber aufgehoben? Frau Fiala würde der Sekretärin Vorwürfe machen, dass nachträglich Unterlagen von ihrem verstorbenen Sohn aufgetaucht waren. Das konnte die Stimmung bei der Geburtstagsfeier deutlich trüben.

Unschlüssig kopierte Ana die Blätter und schob sie in die Handtasche. Das Original legte sie auf den Besprechungstisch und vertiefte sich wieder in ihre Arbeit.

Als Luis auftauchte, empfing sie ihn entspannt. »Du kommst gerade recht. Erstellen wir gemeinsam die Präsentation? Ich benötige dich als Insider.«

Luis strahlte über das ganze Gesicht. »Er heißt Klaus Kurz, ist dreißig Jahre alt und wohnt in Langenzersdorf. Er ist auf Facebook. Ich habe alles notiert.« Er legte den Notizzettel auf ihre Tastatur und schob ihr sein Handydisplay unter die Nase. Ein junger Mann mit einer dunklen Hornbrille schaute direkt in die Kamera. »Sein Handy funktioniert leider nicht.«

»Du hast diesen Kurz angerufen?«, fragte Ana verblüfft. Der Kleine war für Überraschungen gut.

»Ja, klar. Er hat sein Kontaktprofil in Facebook offen zugänglich, dort steht seine Nummer.«

»Das ist unvorsichtig von ihm. Was willst du ihm denn sagen?«

»Ich will seine Bestätigung, dass er einen Unfall hatte, und ihn fragen, wie das passiert ist.« Luis hob seinen Zeigefinger. »Er ist nicht erreichbar, es klingt nach einer Störung«, sagte er stolz, »aber ich habe ihm auf Facebook eine Nachricht geschickt, hoffentlich schreibt er zurück.«

»Gut gemacht. Wir beide konzentrieren uns in der Zwischenzeit auf die Firmenpräsentation. Einverstanden?« Ana hoffte inständig, dass Luis sich ablenken ließ.

Der Junge nickte zufrieden. »In dem Aktenstoß liegt eine alte Präsentation. Die können wir verwenden.«

»Bestens. Du bist mir eine große Hilfe.«

Zur Mittagspause von Luis, der mit seiner Großmutter in der Kantine verabredet war, hatten sie die Präsentation überarbeitet. Ana bemerkte, dass Luis immer wieder verstohlene Blicke auf sein Handy warf. Seine Miene wurde jedes Mal betrübter.

»Er wird dir irgendwann antworten, lass ihm Zeit«, versuchte sie ihn zu vertrösten.

»Ich fürchte, das wird nichts«, entgegnete er niedergeschlagen. »Sein letzter Post ist mehrere Wochen alt.« Mit traurigem Gesicht verabschiedete er sich zum Mittagessen.

Ana schüttelte ratlos den Kopf. Luis steigerte sich in diesen angeblichen Unfall hinein. Sie brauchte dringend eine Lösung, um seinen Seelenfrieden wiederherzustellen.

Ein beunruhigender Gedanke schoss ihr durch den Kopf. Ihr Prinzip war, Auditfragen umfassend und wahrheitsgemäß zu beantworten. Das hatte ihr immer Erfolg beschert. Falls der Auditor das Thema Unfallbehandlung ansprach, was bei einem Produktionsbetrieb üblich war, wollte sie ebenso ehrlich antworten. Doch was war die Wahrheit?

Mit dem ersten Läuten meldete sich Felix Hauptmann. Ihr einstweiliger Chef war überrascht, so bald von ihr zu hören. »Rufst du wegen gestern an? Will sich Frau Doktor Fiala über dich beschweren?«

»Grüß dich. Mit unserer Kundin ist alles bestens, das Missverständnis hat sich geklärt. Es geht um einen möglichen Unfall, der undokumentiert ist. Ich möchte deine Sichtweise, wie ich vorgehen soll.«

Sie schilderte ihm die Diskussion. »Außer Luis scheint niemand von einem Unfall zu wissen. Soll ich Frau Fiala involvieren? Falls etwas vorgefallen ist, hat ihr Sohn sie bestimmt informiert.«

»Auf keinen Fall!« Das war eine klare Ansage. »Die Frau Doktor hat derzeit wirklich größere Sorgen, die darfst du nicht zusätzlich belasten.«

»Da stimme ich dir grundsätzlich zu. Aber wenn ich das Thema ignoriere und der Auditor darauf stößt, gefährde ich die Zertifizierung.«

»Aus meiner Sicht ist das Risiko gering. Höchstwahrscheinlich irrt sich der Enkel von Frau Doktor Fiala. Der Bub ist vom Tod seines Vaters traumatisiert. Hör nicht auf seine Geschichte, mit dem geht die Fantasie durch und er genießt deine Aufmerksamkeit. Beschäftige ihn irgendwie, lenk ihn ab. Aber vor allem lass die Frau Doktor in Ruhe!«

Ana schob unschlüssig die Unterlippe vor, was ihr Gesprächspartner natürlich nicht sehen konnte. »Danke, Felix, für deine Meinung. Ich wünsche dir einen schönen Tag.«

»Protokollier den gestrigen Unfall. Dann erzählst du dem Auditor über geplante Verbesserungsmaßnahmen und gut ist es. Bis bald.«

Neben der Tastatur lag noch der Zettel mit den Daten von Herrn Kurz. Gedankenverloren zerknüllte Ana ihn und bugsierte ihn in den Papierkorb.

Doch mit ihrer Konzentration war es vorbei. Immer wieder fiel ihr der aufgeregte Luis ein. Seufzend fischte sie den Papierfetzen aus dem Kübel. Kurz entschlossen wählte sie die Nummer. »Der Teilnehmer ist derzeit nicht erreichbar«, tönte ihr entgegen. Sie stopfte den Zettel in ihre Tasche. Nervös klopften ihre Finger auf die Tischplatte. Nur einen einzigen Blick wollte sie auf Facebook werfen und dann würde sie ihre Zeit sinnvoll nutzen.

Sein Profil war wirklich öffentlich zugänglich. Herr Kurz hatte als Beschäftigung »Engineer bei Fiala & Sohn« eingetragen. Sogar ein Selfie mit dem Werk im Hintergrund hatte er gepostet.

Ana wischte durch seine Einträge. Kurz hatte regelmäßig Fotos veröffentlicht. Die meisten zeigten ihn beim Sport oder mit einem Schäferhund. Auf dem letzten Bild trainierte das Tier in einer Hundeschule. Ana las das Datum des Beitrages: Achtundzwanzigster März. Neugierig schlug sie den Kalender auf. Das war Gründonnerstag gewesen.

Was hatte Herrn Kurz dazu bewegt, knapp danach zu kündigen und seitdem Facebook zu meiden?

Anas Magen knurrte. Sie hatte in der Früh nur einen Kaffee zu sich genommen.

Als ob sie durch die Wand gehorcht hätte, ertönte: »Mahlzeit, Frau Rubin!« Gabriele Schön strahlte sie an. An diesem Tag trug sie statt des Arbeitsmantels einen schwarzen Minirock und eine Jeansjacke. Hinter ihr standen der farbenprächtige Herr Huber und der athletische Herr Moser. Das Managementteam lächelte unbefangen, als ob es nie eine Auseinandersetzung gegeben hätte. »Wir haben uns überlegt, dass wir nach dem gestrigen Ereignis ein beruhigendes Mittagessen benötigen. Schließen Sie sich uns an? Sie sind unser Gast. Der Chinese ist dran.«

Ana erhob sich. »Mahlzeit! Ich freue mich, dass Sie auf den Beinen sind, Frau Schön. Geht es Ihnen wirklich gut?«

Die Ingenieurin streckte ihren rechten Arm hoch. Der Ärmel ihrer Jeansjacke spannte sich und verbarg, was darunter steckte. »Ich bin so gut wie neu. Ich düse schon wieder mit dem Scooter. Der Arzt sagt, ich habe Glück gehabt, dass kein großes Blutgefäß getroffen wurde. Die Stiche sind genäht und ich habe eine Tetanusimpfung bekommen. Ist Manuela da? Kommen Sie beide mit uns mit?«

Bevor Ana dankend ablehnen konnte, flüsterte Frau Schön: »Bitte geben Sie mir keinen Korb.«

Eigentlich hätte Ana ihre Pause lieber allein verbracht. Doch sie war auf die Mitarbeit der Manager für einen erfolgreichen Auftrag angewiesen. Ein Neustart nach der Eskalation am Vorabend war eine Chance. »Gerne, das passt jetzt gut. Allerdings nur ich, weil die Kollegin andere Termine wahrnimmt.«

»Super, gewonnen!«, rief die Ingenieurin ihren Kollegen zu. »Herr Moser, Herr Huber, ich kriege jeweils zwanzig Euro. Fein, das ist mehr, als ich beim Chinesen ausgebe.« Sie zog an Anas Ärmel. »Kommen Sie, ich fahre bei Ihnen mit. Sie haben mit Abstand das schickste Auto auf dem Parkplatz.«

Ana grinste, als sie den Führungskräften nacheilte. Sie mochte Gabriele Schön, die Frau war erfrischend.

KAPITEL 11

Während der Fahrt unterhielten sich die beiden Frauen unbefangen. Ana beschloss, die Gelegenheit zu nutzen.

»Ich habe Unterlagen gefunden, braucht die noch jemand oder soll ich sie wegwerfen?« Sie zupfte die Papiere heraus und reichte sie ihrer Beifahrerin. Frau Schön überflog die Tabelle. Statt sie zurückzugeben, begann sie einzelne Zeilen zu studieren. »Haben Sie noch mehr Seiten?«

»Nein. Sind die Blätter wichtig? Ich wollte sie Ihrem Entwicklungschef zeigen.«

Frau Schön schien etwas entgegnen zu wollen, überlegte es sich aber anders. Sie zog ihr Handy aus der Jackentasche und fotografierte die Zettel. Dann schob sie die Blätter in Anas Tasche zurück.

Merkwürdiges Verhalten. »Fehlen die Unterlagen jemandem?«, wiederholte Ana.

»Schauen wir, was Herr Moser dazu sagt.« Sie dehnte ihre Schultern. »Appetit habe ich. Ich bin gespannt, welches Tagesgericht heute auf der Karte steht. Hoffentlich Glasnudeln.«

Ana staunte über den plötzlichen Themenwechsel. Das konnte sie ebenfalls. »Hat Frau Fiala Sie wirklich abgemahnt?«

»Das hat die Chefin Ihnen erzählt?« Frau Schön schaute schockiert drein.

»Wieso ist es der Chefingenieurin verboten, sich Figur101 zu nähern?« Als sie keine Antwort erhielt, stieß Ana hervor: »Sie wissen, dass der Not-Aus-Schalter nicht funktioniert hat. Stimmt's?«

Das Schweigen lag schwer in der Luft. Irritiert beschloss Ana, ihren Mund zu halten. Eine Zeit lang fiel kein Wort.

Frau Schön spielte mit ihren Fingern. »Ich bin die Gabriele. Ich mag es lieber informell, wenn wir schon heikle Themen bequatschen.«

Eigentlich war das Ana nicht recht. Sie bevorzugte bei den Kunden korrekten Abstand. Doch zurückweisen wollte sie die extrovertierte Ingenieurin auf keinen Fall. »Mit Vergnügen. Ich bin die Ana.«

Gabriele Schön lächelte sie an. »Ich arbeite gerne für Frau Fiala«, begann sie zögerlich. »Die Arbeit ist interessant und sie bezahlt zum marktüblichen Gehalt erhebliche Gewinnbeteiligungen für die Manager.«

Ana wartete gespannt, weshalb sie ihr das erzählte.

»Ausgaben schmälern den Gewinn.«

Die Aussage erinnerte Ana an die Drohungen. Waren das Versuche, sie zu verscheuchen, um die externen Kosten zu senken? Was für ein kindisches Verhalten.

»Die Gewinne sind in den letzten Quartalen dramatisch geschrumpft. Der Juniorchef hat Unsummen in die Forschung investiert, doch es fehlen die bahnbrechenden Produkte.«

»Und?«

»Der Juniorchef hat bei der Weihnachtsfeier verkündet, dass wir endlich vor dem Durchbruch stehen.« Sie räusperte sich. »Jetzt ist er tot und niemand weiß, wo unsere Entwicklungsergebnisse sind.«

»Herr Moser auch nicht?«, staunte Ana. »Der ist doch der Entwicklungschef.«

»Angeblich war er nur punktuell involviert und der Chef hat das Masterdokument allein geführt. Keiner findet es. Die Seniorchefin hat jeden Winkel im Werk umgedreht und die Thorn tagelang herumgehetzt. Die arme Seele hatte keine Ahnung, was sie eigentlich sucht.«

»Seine Mutter weiß nicht, wo ihr Sohn die Firmenpapiere aufbewahrt? Obwohl sie zusammenarbeiten? Das ist doch eigentümlich.«

»Wie wahr. Irgendetwas muss zwischen ihnen vorgefallen sein.«

Ana überlegte. »Du vermutest, dass die Unterlage mit seiner Erfindung zusammenhängt. Hast du deshalb die Zettel fotografiert?«

Frau Schön zuckte die Schultern. »Bitte kein Wort zu den anderen.«

»Ich verstehe absolut nicht, wieso jeder abstreitet, dass der Not-Aus-Schalter von Figur101 kaputt ist.«

»Vergiss es.«

»Wer darf mit Figur101 arbeiten?«

»Ausschließlich der Moser. Er behauptet, nur eine verbesserte Sensorik zu entwickeln. Nichts Aufregendes, doch superempfindlich. Die Chefin hat zugestimmt, dass niemand hindarf.«

Sie trafen gleichzeitig mit den Kollegen im Restaurant ein und wählten einen Ecktisch.

»Was machen Sie, wenn Sie nicht gerade bei uns die IT aus dem Schlamassel ziehen?«, eröffnete Herr Moser die Fragerunde.

»Unsere IT ist nicht im Schlamassel. Der Chef hat nur den falschen Projektleiter eingestellt«, fuhr ihn Herr Huber an.

Das war kein gelungener Start. Die Spannung zwischen den Managern war ihr unangenehm und Ana versuchte, sie abzulenken: »Ich leite einen Bereich für innovative Konzepte. Wir spezialisieren uns auf künstliche Intelligenz und Automatisierung.«

»Was hat dich zu uns verschlagen?« Frau Schön musterte sie forschend. »Zertifizierungen und ein Chaosprojekt sind wohl keine angemessene Aufgabenstellung für dich.«

Ana spürte, dass Herr Moser und Herr Huber sie überrascht betrachteten. Das Duzen war ihnen aufgefallen. Diplomatie war gefragt, weil sie davon ausging, dass ihre Aussagen bei der Seniorchefin landeten. »Frau Fiala hat mich verlangt, weil ihr Sohn zufrieden war. Es handelt sich um typische IT-Herausforderungen, bei denen wir Kunden unterstützen, sie effizient zu bewältigen.« Eine Antwort wie aus dem Vertriebskatalog, ihre Chefin wäre stolz auf sie.

»Ist das üblich, dass eine Bereichsleiterin beim Klienten arbeitet?« Herr Huber sah sie durchdringend an.

»Bei uns machen die Manager regelmäßig Kundeneinsätze, um serviceorientiert zu bleiben.«

Der Kellner unterbrach die Fragestunde. Sie bestellten von der Tageskarte, es gab tatsächlich Glasnudeln.

»Jetzt habe ich eine Frage«, beeilte sich Ana. Sie holte die gefundenen Papiere heraus. »Diese Unterlagen sind aufgetaucht. Benötigt die jemand?«

Drei Hände griffen gleichzeitig danach. Sie rückte die Unterlage ein wenig in Gabrieles Richtung. Aufmerksam betrachtete die Ingenieurin die erste Seite, als ob sie sie noch nie gesehen hätte. »Das sieht wie der Beginn unserer Testprotokolle aus. Sobald sie erfolgreich abgearbeitet sind, wird das Produkt für den Markt freigegeben. Unser Standard sozusagen.« Sie zwinkerte Ana zu. »Damit kannst du beim Auditor Eindruck schinden.« Sie las eine Zeile laut vor und schüttelte den Kopf. »Dieses Protokoll kenne ich nicht. Ist vielleicht von Figur101.«

Herr Moser zerrte an dem Papier, bis Gabriele losließ. »Wenn es um Figur101 geht, gehört es zu mir. Geben Sie her. Das ist nicht witzig.«

»Ein Testprotokoll von Figur101?«, fragte Herr Huber interessiert. »Woher haben Sie das, Frau Rubin?«

»Es ist beim Zusammenräumen im Schreibtisch aufgetaucht.«

»Haben Sie noch etwas gefunden?« Alle drei sahen sie gespannt an.

»Vermissen Sie etwas?«, stellte Ana die Gegenfrage.

»Nein, keineswegs«, versicherte Herr Moser. »Dieses Dokument ist veraltet. Aber alle Forschungsergebnisse müssen korrekt entsorgt werden.« Er packte das Papier, als ob er es zerreißen wollte.

Mit einem »Nicht!« entwendete Herr Huber ihm die Zettel und steckte sie blitzartig in die Sakkotasche. »Wenn die beim Chef im Büro waren, bewahren wir sie sicherheitshalber auf.«

»Unsinn! Ich kenne doch meine eigenen Entwicklungsunterlagen!«

»Ordnung muss sein. Denken Sie an die Zertifizierung.«

Beide Männer hatten das Kinn leicht vorgeschoben. Zwei Alphatiere, die auf ihren Status beharrten.

Einen Augenblick lang glaubte Ana, der Entwicklungschef würde laut werden. Seine Finger krallten sich in seine Oberschenkel. Doch dann zuckte er die Schultern. »Wie Sie meinen. Aber lassen Sie nichts herumliegen.«

Die Speisen wurden serviert und keiner kam auf die Papiere zurück. Die Stimmung blieb angespannt und sie aßen schweigend.

»Wie war der Juniorchef als Vorgesetzter?«, unterbrach Ana die nervige Stille. »Ich habe ihn vor zwei Jahren kennengelernt, doch wir hatten wenig Kontakt.«

»Weil Sie sich mit mir vorliebnehmen mussten. Dumm gelaufen«, spottete Herr Huber. Er wirkte gereizt. »Diesmal tauchen Sie bei uns als Chefin auf. Was wollen Sie tatsächlich bei uns?«

»Ich erledige den Auftrag von Frau Doktor Fiala und danach verabschiede ich mich wieder.« Ana ärgerte sich, dass sie sich verteidigte.

»Es ist sinnlos, auf meinen Job zu spitzen. Möchte ich nur mal erwähnen. Sie verstehen gar nichts von Steuerungssystemen.«

»Sie schon?« Frau Schön lachte den Stellvertreter über das ganze Gesicht an. »Um auf deine Frage zurückzukommen.

Tobias Fiala war ein vorbildlicher Chef. Ein topausgebildeter Techniker. Er war die innovative Kraft des Unternehmens und hat es im Markt weit vorangebracht. Das organisatorische und finanzielle Drumherum interessierte ihn wenig. Dafür hatte er seine Mutter und Herrn Huber.«

»Mich haben Sie ausgelassen. Bin ich unwichtig?« Herr Moser spielte den Beleidigten.

»Nie würde ich wagen, Sie zu missachten, verehrter Kollege. Sie beide steckten doch Tag und Nacht zusammen. Sogar in der Freizeit.«

Klang Gabriele eifersüchtig?

»Wir haben als Team erfolgreich entwickelt. Zum Wohle der Firma.« Herr Moser warf Frau Schön einen vernichtenden Blick zu. »Vergessen wir einen Augenblick die Arbeit. Sie haben ein bezauberndes Auto, Frau Rubin. Ein Sechszylinder? Baujahr 1970?«

»Da kennt sich einer aus.« Ana deutete eine Verbeugung an. »Baujahr 1971.«

»Sind Sie mir gnädig und nehmen mich auf eine Spazierfahrt mit?« Herr Moser lächelte sie charmant an.

»Ich bin überzeugt, dass Frau Rubin Wichtigeres vorhat.« Frau Schön setzte eine unschuldige Miene auf.

»Und ich bin überzeugt, dass Frau Rubin ihre Entscheidungen selbst fällt«, konterte Herr Moser und zwinkerte Ana zu.

Sie wurde aus diesem Managementteam nicht schlau. Einmal wirkten sie wie eine eingespielte Mannschaft, im nächsten Augenblick hätte sie geschworen, dass die drei einander nicht ausstehen konnten.

»Womit haben Sie sich im Gesicht verletzt?«, versuchte Ana von sich abzulenken.

»Angeblich ein Türstock!«, feixte Gabriele. »Oder war es doch ein eifersüchtiger Ehemann?«

Herr Moser antwortete verdrossen: »Ein unbedeutendes Missgeschick.«

Ebenfalls kein neutrales Thema. Ana kam ein Gedanke. »Dieses Inhaltsverzeichnis.« Das Mienenspiel der Manager offenbarte, dass sie sich auf brisantes Terrain wagte. »Wo befindet sich der Inhalt des Testprotokolls?«

»Das ist eine gute Frage«, stellte Frau Schön fest.

Im selben Augenblick stieß Herr Huber aus: »Damit brauchen Sie sich nicht befassen, das sind Firmeninterna und haben nichts mit IT zu tun.«

»Da gebe ich Ihnen ausnahmsweise recht, Herr Huber«, schloss sich der Entwicklungschef an.

»Also bitte! Ana ist keine Betriebsspionin.« Gabrieles scharfer Tonfall ließ sie zusammenzucken. »Mich interessiert ebenfalls, wieso ein Inhaltsverzeichnis ohne Protokoll auftaucht. Noch dazu ausgedruckt. Wo ist die digitale Version?«

»Es wäre sinnvoll, zu überprüfen, ob der Chef weitere Unterlagen bei sich aufbewahrt hat.« Herr Huber blickte Ana auffordernd an.

»Das ist meine Aufgabe, es geht schließlich um meinen Verantwortungsbereich.« Herr Moser schaute konsterniert. Im nächsten Moment glätteten sich die Gesichtszüge und er lächelte Ana an. »Darf ich Sie demnächst besuchen? Frau Thorn hat die Ablage aussortiert und der Chefin übergeben. Womöglich hat sie noch mehr übersehen.«

»Das bezweifle ich, aber selbstverständlich können Sie sich jederzeit persönlich davon überzeugen.« Ana machte einen zerknirschten Gesichtsausdruck. »Manchmal schieße ich mit meinen Fragen übers Ziel hinaus. Das ist mein Berufsrisiko. Tut mir leid.« Sie war ins Lokal mitgegangen, um Vertrauen aufzubauen, nicht um die Kundenmanager zu verärgern.

Herr Moser reagierte mit einem breiten Grinsen. »Ihr Interesse ehrt uns.« Er sah Ana tief in die Augen. Flirtete der Entwicklungschef mit ihr? »Wenn Sie ein schlechtes Gewissen haben, nehmen Sie mich zur Wiedergutmachung in Ihrem entzückenden Auto mit.«

»Suchen Sie eigentlich noch immer nach diesem ominösen Unfall?«, wechselte Herr Huber abrupt das Thema. »Frau Rubin glaubt nämlich, dass der Roboter zu Ostern auch schon wen gebissen hat«, erklärte er Gabriele Schön.

Diese zog eine empörte Grimasse. »Gebissen? Das ist geschmacklos. Ohne Ana wäre es gestern schlimm für mich ausgegangen. Ich bin dankbar, dass sie eingegriffen hat.« Sie drehte sich zu Ana. »Zu Ostern? Da war ich Schifahren.«

»Erinnerst du dich an Herrn Kurz? Klaus Kurz?«, wandte Ana ein. Täuschte sie sich, oder zuckten alle zusammen?

»Klar, das war der engagierte junge Mann bei Ihnen, Herr Moser. Der sich so unerwartet vom Acker gemacht hat.« Die Chefingenieurin musterte den Entwicklungschef mit spöttischer Miene.

Dieser knurrte: »Von engagiert ist keine Rede. Es war nicht der richtige Job für ihn. Erfreulicherweise hat er selbst die Konsequenz gezogen, sonst hätte ich es mit Ablauf des Probemonats getan.«

»Aber«, setzte Frau Schön an, »mir erschien er eifrig.«

»Seit wann beurteilen Sie meine Mitarbeiter?«, murrte Herr Moser und wandte sich an Ana: »Aus welchem Grund erkundigen Sie sich nach Klaus Kurz?«

»Der Name ist im Zusammenhang mit Ostern gefallen«, wich Ana aus.

»Wieso …?«, begann Frau Schön, wurde jedoch von Herrn Huber abrupt unterbrochen.

»Lassen Sie uns zurückfahren, wir sind bereits über der Zeit.«

Auf der Rückfahrt saß Gabriele Schön mit verschränkten Armen auf dem Beifahrersitz und schwieg. Als Ana ihr mitteilte, dass sie anhielt, um Blumen für die Geburtstagsfeier zu besorgen, zuckte sie mit den Schultern. Ana warf ihr immer wieder Blicke zu, doch die Ingenieurin wirkte vollkommen abwesend.

Als sie vor dem Werk einparkte, fragte Ana leise: »Habe ich dich verärgert?«

Gabriele machte eine abwehrende Geste und kletterte aus dem Wagen. »Du hast mir die Augen geöffnet. Hör besser auf, zu neugierig zu sein.« Mit einem Krachen fiel die Tür ins Schloss.

KAPITEL 12

Bestürzt rief Ana ihre Stellvertreterin an. »Ich fürchte, ich habe deine Schulfreundin gegen mich aufgebracht und weiß nicht, wodurch.«

Natürlich musste sie Manuela erzählen, was sich während des Mittagessens zugetragen hatte.

»Das war alles? Dann frage ich mich auch, was Gabriele verstimmt hat. Noch dazu, wo du sie am Vortag gerettet hast. Sie wird sich hoffentlich wieder einkriegen. Sonst rede ich mit ihr, sobald ich bei euch bin. Wann soll ich beim Werk auftauchen?«

»Ich brauche leider Bert dringender als dich. Er muss das Projekt von Strauss technisch durchleuchten, damit wir Maßnahmen einleiten können.«

»Äh. Den Bert brauchen wir hier.«

»Hilft nichts, er muss herkommen. Ihr sucht bitte eine andere Lösung.« Ohne Berts technisches Know-how war sie Harald Strauss ausgeliefert. Das war inakzeptabel.

»Echt jetzt? Ober sticht Unter?« Manuela klang beleidigt.

»Sorry, ich habe keine Alternative. Bitte schick ihn morgen her.« Bevor Manuela weiter diskutieren konnte, beendete Ana das Telefonat. Das war schlecht gelaufen. Die Freundschaft mit ihrer Kollegin erschwerte unliebsame Maßnahmen.

Entschlossen schob Ana die Gedanken zur Seite. Sie beabsichtigte, den Blumenstrauß an der Assistentin vorbeizuschmuggeln. Im Kofferraum würde er verwelken. Vorsichtig schlich sie die Treppe hinauf. Schon war es passiert. Vor ihr stand die Sekretärin und sah erwartungsvoll auf die verhüllten Blumen.

»Frau Thorn. Ich wollte Sie überraschen, aber das ist bei Ihrem wachsamen Auge unmöglich.« Ana zupfte das Papier ab und hielt ihr den Strauß entgegen. »Herzlichen Glückwunsch zum Geburtstag!«

»Danke, Frau Rubin! Ich habe große Freude, dass Sie an mich denken, obwohl wir uns noch nicht so gut kennen. Ich liebe diese schönen Frühlingsblumen.« Die Assistentin nahm einen Glaskrug von ihrem Tisch. »Den habe ich mir von der Kantine geliehen. Ich hole Sie zur Feier ab.«

Frau Doktor Fiala eröffnete das gesellige Beisammensein mit einer Ansprache. Sie betonte, wie zuverlässig die Sekretärin arbeitete und dass sie der Firma fehlen würde. Obwohl die Seniorchefin passende Worte sprach, klangen sie geschäftsmäßig und wenig herzlich. »Sobald der Nachwuchs da ist, müssen Sie uns besuchen«, schloss sie ihre Rede ab und hielt ein Sektglas hoch.

»Danke für Ihre Worte, Frau Doktor. Sie können sicher sein, dass ich mich melde, sobald mein Sohn geboren wurde. Davon wird mich nichts abhalten.« Frau Thorn wandte sich an die Kollegen und prostete ihnen mit einem Glas Wasser zu. Luis hatte einen Schluck Sekt eingegossen bekommen und strahlte vor Stolz.

Glückwunschkarten wurden vorgelesen und im Kreis aufgestellt. Das fand Ana nett. Frau Thorn schnitt eine

Torte mit rosa Zuckerguss an und reichte jedem ein Stück. Herr Moser zückte sein Handy und schoss Fotos.

Bald gesellte er sich zu Ana und verstrickte sie in eine angeregte Unterhaltung über Autos. Er besuchte Oldtimermessen und spielte mit dem Gedanken, selbst einen zu erwerben. »Ist es für Sie in Ordnung, wenn ich morgen wegen der Unterlagen bei Ihnen vorbeischaue?«

»Benötigen Sie länger? Vereinbaren wir einen Termin.«

»Das erledigen wir nebenbei.«

Nach kurzer Zeit zog sich Frau Fiala zurück, forderte aber ihre Angestellten auf, weiterzufeiern.

Die Personalverrechnerin stellte sich zu ihnen. »Ich heiße übrigens Hannelore Klug. Ich fürchte, ich habe verabsäumt, mich vorzustellen, als Sie bei mir waren. Luis war so aufgeregt, da habe ich meine guten Manieren vergessen. Hat sich inzwischen alles in Wohlgefallen aufgelöst?«

Bevor Ana antworten konnte, hörte sie Luis laut und deutlich hinter sich: »Gar nichts hat sich aufgeklärt, aber wir fragen Herrn Kurz selbst!«

Auf einmal war es still im Raum. Das Stimmengewirr und das Gelächter waren verstummt. Alle Augen waren auf den Buben gerichtet.

»Was ist mit Herrn Kurz?« Frau Schön sah Luis gespannt an.

Der Junge erschrak über so viel Aufmerksamkeit und bekam glühend rote Wangen. »Bald weiß ich, was passiert ist. Er erzählt uns bestimmt alles.« Luis Stimme wurde hoch und piepsig. Ana hielt den Atem an.

Gabriele runzelte die Stirn. »Du sprichst in Rätseln. Verstehst du, was er meint?« Sie schaute Ana an. Plötzlich war

Ana der Mittelpunkt des allgemeinen Interesses. Herr Huber bewegte sich vorwärts. Das Orange seiner Jacke rückte bedrohlich nahe und Ana warf ihm einen warnenden Blick zu. Was sollte sie entgegnen? Hilfesuchend blickte sie zu Herrn Moser, doch der starrte sie mit zusammengekniffenen Augen an.

Sie räusperte sich. »Ja …« In diesem Moment läutete ihr Handy. Das war Glück. Mit einem Blick auf das Display murmelte sie: »Tut mir leid, da muss ich rangehen. Luis, kommst du mit? Wir wollen die Präsentation fertigstellen.« Ohne eine Antwort abzuwarten, eilte Ana hinaus.

Auf dem Gang drückte sie den Anruf weg. Für die Statusabfrage von Felix war später Zeit. Im Augenblick beschäftigte sie die heftige Reaktion auf den Namen Kurz. Im Raum hatte jeder auf die Erklärung von Luis gelauert. Womöglich hatte der Junge doch recht, dass es einen Vorfall gegeben hatte und nicht darüber geredet werden durfte.

»Ana, bist du taub?«, brüllte Luis ihr ins Ohr.

Sie zuckte zusammen und wirbelte ihr Handy abwehrend durch die Luft. »Erschreck mich nicht so, Luis!«

»Ich habe dich dreimal angesprochen, du warst völlig weggetreten. Hast du eine schlechte Nachricht erhalten?«

»Was? Nein!« Sie suchte eine Ausrede. »Es ging nur um meine Arbeit. Da ist ein Problem aufgetreten, über das ich nachgedacht habe.«

»Ach so«, flüsterte Luis enttäuscht. »Ich habe gehofft, du hast etwas von Herrn Kurz erfahren. Er hat mir noch immer nicht geantwortet. Müssen wir die Präsentation echt noch verbessern?«

»Ehrlich gesagt, nein, die ist bereits großartig. Das war ein Vorwand, um dich von der Feier wegzulotsen. Ich wollte verhindern, dass du dich da drinnen weiter aufregst.«

»Die sind blöd, aber ich werde es ihnen zeigen. Papa hat gesagt, ich soll zu meiner Meinung stehen. Auch wenn ich in der Minderheit bin.« Luis' Wangen liefen rot an.

»Da stimme ich deinem Vater zu.« Ana sprach sanft auf ihn ein. »Er hat dir aber vermutlich auch erklärt, dass es manchmal sinnvoll ist, den Mund zu halten und abzuwarten.«

»Und das ist jetzt so ein Fall?«

Ana nickte. »Ich denke, ja.«

»Ich hasse es, auf etwas zu warten. Fahren wir zu Papas Angelhütte?«

Sie stöhnte leise. »Jetzt? Es ist bereits nach fünf.«

»Bitte! Das ist nicht spät und es ist noch lange hell. Wir düsen hin, ich schau nach und dann kommen wir sofort zurück. Bitte!«

Ana verdrehte die Augen. Ehrlicherweise hatte sie ohnehin keinen Kopf mehr für Akten. Da konnte sie genauso gut mit Luis spazieren fahren.

»Wenn du mir versprichst, dass du mich morgen in Ruhe arbeiten lässt.«

»Versprochen! Und ich unterstütze dich ganz viel dabei!«

»Hast du überhaupt einen Schlüssel von der Hütte?«

Mit stolzem Gesichtsausdruck zog er einen Schlüssel aus der Hosentasche und hielt ihn ihr vor die Nase.

»Dann los, bevor ich es mir anders überlege. Wir treffen uns in fünf Minuten bei meinem Cabrio.«

»Noch einen schönen Abend.« Gabriele und Herr Moser stiegen an ihnen vorbei die Treppe hinauf und betrachteten sie neugierig.

»Danke, ebenfalls.« Hoffentlich hatten die beiden ihr Gespräch nicht belauscht. Gabriele Schön blieb abrupt stehen und räusperte sich. »Ich habe die gewünschten Informationen für die Zertifizierung zusammengestellt. Können wir sie gleich besprechen?«

Ana schaute die Chefingenieurin verblüfft an. Wovon sprach sie? »Ich … äh … muss noch etwas unternehmen.«

»Keine Eile. Heute sind die monatlichen Überprüfungen an der Reihe, da arbeite ich bis am Abend. Melde dich, sobald du Zeit hast, ich warte auf dich.« Gabriele hielt den Blickkontakt und nickte ihr zu. Dann stieg sie mit dem wartenden Moser nach oben.

Was wollte die Chefingenieurin von ihr? Sie hatte nervös gewirkt. Ana wäre ihr am liebsten nachgegangen. »Eines nach dem anderen«, ermahnte sie sich. »Zuerst erfülle ich Luis seinen Wunsch und danach rede ich mit Gabriele, bevor ich es mir zu Hause bequem mache.« Im Büro fand sie alles unauffällig vor. Dennoch kontrollierte sie, dass die Balkontür versperrt war. Sie holte die Tasche und den Autoschlüssel und beeilte sich, auf den Parkplatz zu kommen.

Luis und Herr Moser umrundeten gerade ihr Fahrzeug und lobten es in den höchsten Tönen. Jeden Zentimeter schienen sie zu betrachten und Herr Moser besah sogar die Radkästen. Über so viel Enthusiasmus schmunzelte Ana.

Sie liebte ihren Oldtimer, aber die Radkästen hatten sie noch nie interessiert.

»Einfach prächtig«, betonte der Entwicklungschef. »Ich hoffe, dass ich wie der junge Mann bald in den Genuss komme, mit diesem fantastischen Gefährt und seiner schönen Besitzerin auszufahren.«

»Du musst halt Ana so tüchtig wie ich bei ihrer Arbeit helfen.« Luis strahlte vor Stolz, als er auf den Beifahrersitz kletterte.

Ana lächelte und öffnete das Verdeck.

»Erwin ist neidisch«, verkündete Luis.

»Du verstehst dich gut mit Herrn Moser«, stellte Ana fest, während sie aus dem Parkplatz kurvte.

»Ja, der ist in Ordnung. Er erzählt mir immer lustige Witze.«

»Hat er dich gefragt, wo wir hinfahren?«

»Nö. Ich habe nur gesagt, dass wir herumfahren. Sonst erfährt womöglich meine Großmutter von unserem Ausflug.«

»Dann los. Woran kannst du dich erinnern?«, fragte Ana den Jungen. »Seid ihr über die Autobahn gefahren?«

»Nein, aber wir sind zweimal drunter durch. In Stockerau sind wir im Kreisverkehr abgebogen und über die Geleise gefahren.«

»Das ist als Ausgangspunkt gut. Von dort fahren wir Richtung Tulln. Was weißt du noch?«

»Da war eine Kirche und beim gelben Feuerwehrhaus sind wir links abgebogen.«

Auf der Landstraße fuhren sie unter der Autobahn durch. Angestrengt hielt Ana nach einer Kirche Ausschau. Enttäuscht verließen sie den Ort.

»Kommt dir irgendetwas bekannt vor?«

»Wie denn? Die Felder schauen alle gleich aus.«

Im übernächsten Dorf jubelte Luis auf. »Da vorne, das ist die Kirche! Du musst links hineinfahren.«

Tatsächlich entdeckte sie das gelbe Feuerwehrhaus und bog in eine schmale Gasse ein. Hinter den letzten Wohnhäusern ging der Asphalt in eine staubige Sandstraße über. Bei jedem abzweigenden Feldweg stoppte Ana, doch Luis schüttelte jedes Mal den Kopf. In der Ferne tauchte die Autobahn auf.

»Dort unten durch, dann links, rechts, links«, verlangte Luis aufgeregt.

Hinter der Unterführung wechselten sich Gebüsch und Wiesen ab.

»Da vorne beim Marterl rechts, bis wir anstehen. Dann geht's links zu unserer Hütte.«

Als sie aus dem Auto kletterten, fröstelte Ana. Es war mittlerweile nach achtzehn Uhr und die Sonne hatte sich hinter Wolken versteckt. Gut, dass der Junge eine Trainingsjacke trug. Er rannte sofort zu der Holzhütte.

Ana sah sich um. Die Hütte erschien geräumig und war dunkelbraun gestrichen. Sie sah gepflegt aus. Um den Tisch davor standen Bänke. Der Blick auf den Steg war idyllisch. Die beiden anderen Hütten konnte sie nur erahnen, aber ihre Stege ragten weit ins Wasser.

Eine Bewegung auf der gegenüberliegenden Seite des Teiches erregte ihre Aufmerksamkeit. Saß drüben jemand? Vielleicht beobachtete der Nachbar die ungewöhnlichen Besucher.

Jetzt musste sie nach dem Buben schauen, der hoffentlich nicht die Hütte auf den Kopf stellte. Durch die offen stehende Tür trat sie in eine rustikale Wohnstube. »Luis?«

KAPITEL 13

Aus dem hinteren Raum ertönte ein Stöhnen. »Luis?« Der Junge lag eingerollt auf einem Doppelbett und schluchzte. Der Grund dafür stach ins Auge. Auf dem Sessel lagen Höschen und ein Push-up-BH. Schwarz mit Spitzen und ausgesprochen sexy.

Ana setzte sich zu dem Buben und legte ihre Hand auf seinen Arm. »Hey«, murmelte sie, worauf er noch lauter weinte. Luis wirkte manchmal so erwachsen und dann doch wieder wie ein Kind. Jetzt war er ein heulender Bub, der sich an das Kopfpolster klammerte.

Sie ließ ihren Blick neugierig schweifen. Die Hütte war ein Liebesnest. Abgesehen von der Damenunterwäsche standen Schminkutensilien auf der Kommode und ein Duft von Parfum hing in der Luft. Der Junge hatte ein Abschiedsschreiben seines Vaters gesucht und unvorbereitet den Ort einer Affäre gefunden. Ana beschlich schlechtes Gewissen. Warum hatte sie sich auf dieses Unterfangen eingelassen? Sie war schuld, dass der ohnehin gebeutelte Bub noch unglücklicher war. Fürs Babysitten war sie ungeeignet.

»Komm, fahren wir zurück, bevor du jemandem abgehst.« Sanft zog sie Luis in die Höhe. Mit hängendem Kopf schlich er aus dem Schlafzimmer. Ana beeilte sich und ließ ihn keine Sekunde aus den Augen. Der Schlüssel steckte außen, sie sperrte die Hütte ab und lief ihm nach.

Sollte sie reden oder ihn in Ruhe lassen?

Luis nahm ihr nach ein paar Minuten die Entscheidung ab. »Deshalb hat er mich im Herbst nicht mit hierhergenommen, obwohl ich gebettelt habe. Er war mit einer Frau da. Dabei hat er immer betont, wir müssen Rücksicht auf meine Mama nehmen. Das ist so gemein.«

»Was ist denn mit deiner Mutter?«, fragte Ana vorsichtig.

»Sie hat Repressionen.«

»Was?« Ana überlegte. »Meinst du Depressionen?«

Er nickte. »Sie nimmt haufenweise Medikamente und ist meistens müde. Oft weint sie ohne Grund und sie geht nirgends mit mir hin.«

»Das tut mir leid. Depressionen sind eine schlimme Krankheit.«

»Wer ist die Frau? Woher kennt mein Vater sie?«

Sie schwieg in der Hoffnung, dass Luis das Thema beendete.

»Papa war dauernd in der Firma. Ansonsten war er zu Hause oder hat Ausflüge mit mir unternommen. Wann hatte er Zeit für eine Geliebte?«

Schwierig zu beantworten. Möglicherweise war es keine Beziehung, sondern eine flüchtige Bekannte oder Dates aus dem Internet. Doch das würde sie mit dem Jungen nicht erörtern.

»Womöglich arbeitet sie bei uns im Werk. Dann haben sie sich jeden Tag gesehen, ohne dass ich es gemerkt habe.«

Ihr fiel die attraktive Gabriele ein. Sie hatte bei der Vorstellung betont, dass sie unverheiratet war. Und vom Juniorchef hatte sie beim Chinesen richtiggehend geschwärmt.

War sie seine Geliebte gewesen? Das würde Luis zusätzlich belasten, weil er Gabriele mochte. »Es bringt nichts, dass du herumrätselst. Versuch, das Thema abzuschließen und dich auf die Zukunft zu konzentrieren.«

Ein grimmiger Blick traf sie. »Wie soll ich das tun? Von meinem Vater habe ich keinen Abschiedsbrief, dafür die Reizwäsche seiner Freundin.«

Oha. Ana schluckte.

»Wegen dieser blöden Kuh habe ich das Schlafzimmer nicht durchsucht. Kehren wir um.«

»Sicher nicht. Es ist nach sieben. Du musst schleunigst heim.«

»Morgen?«

»Nein! Es ist ungesund für dich, weiter nach einem Abschiedsschreiben zu suchen. Ich verstehe, dass es schlimm ist, nicht zu wissen, was passiert ist. Aber wenn du dich hineinsteigerst, wirst du womöglich krank.«

»Krieg ich dann auch Depressionen?«

Ana fasste ihm leicht auf die Schulter. »Nein, Luis, die bekommst du nicht. Hör auf mich und lass es bleiben.«

»Ich muss zurück!«, brüllte er plötzlich.

»Luis, bitte …«

»Ich habe meine Trainingsjacke liegen gelassen. Die brauche ich. Sofort!«

Ana verwünschte ihren Ausflug. Sie näherten sich bereits der Firma. Seufzend hielt sie an. »Hat es Zeit bis morgen?«

»Nein!«

»In Ordnung, wir fahren zurück. Wo liegt die Jacke? Die Hütte betrete nur ich. Du wartest im Auto.«

»Sie ist auf dem Bett.«

Ana gab Gas. Kaum bremste sie auf dem Parkplatz vor dem Teich, sagte Luis: »Wir haben vergessen, abzusperren.«

Überrascht sprang sie aus dem Wagen. Die Hüttentür stand weit offen. Zögernd schlich sie näher. »Hallo? Ist da jemand?« Keine Antwort.

Sie nahm ihren Mut zusammen und streckte den Kopf hinein. Erschreckt schrie sie auf. Laden standen offen, Bücher und Geschirr lagen am Boden, überall Chaos. »Hallo?« Wieder hörte sie nichts, aber womöglich lauerte jemand im Inneren.

Sie fühlte eine Bewegung hinter sich und bevor sie reagieren konnte, stürmte Luis an ihr vorbei in die Hütte. Sie sprang hinterher.

»Wer war das?« Luis zappelte erregt. Bevor sie ihn erreichte, rannte er ins Schlafzimmer und Ana blieb dicht dahinter.

Auch hier lag alles durcheinander auf dem Bett und auf dem Boden. Der Kasten stand offen, Kleiderhaken mit Hemden standen heraus. Eine Nachttischlampe war umgekippt.

»Wir müssen sofort weg.« Anas Stimme klang so bestimmt, dass Luis folgte. Sie schnappte ihn an der Hand und zerrte ihn ins Freie. Energisch schleppte sie ihn bis zum Cabrio und drückte ihn hinein. Hektisch schloss sie das Verdeck. Als der Riegel einklinkte, fühlte sie sich ein wenig sicherer.

»Wir holen die Polizei, das ist ein Einbruch.«

»Ich will hier nicht warten, ich habe Angst. Lass uns rasch abhauen!«

Luis hatte recht. Wenn sich der Einbrecher noch in der Nähe aufhielt, waren sie im Auto in Gefahr. Ihre Sicherheit ging vor. »Verdammt!«, stieß Ana aus und startete. In einem fort starrte sie in den Rückspiegel. Es war kein Verfolger zu sehen.

Der Junge zitterte am ganzen Körper. Trotz alledem schaffte er es, ihr den Weg zur Villa seiner Großmutter anzusagen, in der er mit seiner Mutter lebte.

»Was fällt Ihnen ein, sich in unsere Privatangelegenheiten einzumischen!« Frau Doktor Fiala brüllte Ana an. Sie hatte jeden Grund dazu. Was hatte sich Ana nur dabei gedacht? Sie senkte ihren Kopf noch tiefer.

»Sie schleppen meinen Enkel zur Angelhütte meines Sohnes und schnüffeln herum!«

»Das stimmt nicht, Großmutter!«, nutzte Luis eine Atempause. »Ich habe sie gebeten, nein, ich habe ihr angeschafft, mich zum Teich zu führen. Und Ana hat draußen gewartet, während ich drinnen war.« Er war ein mutiger junger Mann. Nicht jeder hätte gewagt, der zornbebenden Frau zu widersprechen.

»Halt den Mund, Luis«, keifte diese ihn an. »Ich werde mich bei Pat Alt über Sie beschweren, Frau Rubin.«

Das hatte Ana erwartet. Schicksalsergeben nickte sie.

Frau Fiala scheuchte sie mit der Hand in die Villa. »Was haben Sie in der Hütte gemacht? Was wollen Sie von uns?«

Ana zögerte. Sie wollte den Abschiedsbrief nicht erwähnen, um Luis nicht zu verletzen.

»Ich wollte zur Hütte, nicht Ana.« Luis hatte sich gerade aufgerichtet und schaute auf seine Großmutter hinunter. Er verteidigte Ana. »Weil«, er schnappte nach Worten. »Weil ich mich dort am besten an meinen Vater erinnern kann.«

Seine Großmutter sackte merkbar zusammen und stützte sich mit der Hand auf den Esstisch. »Ach, Luis. Du kannst überall an deinen Vater denken, dafür brauchst du doch nicht zum Angelteich.«

»Papa war so gerne dort. In der Hütte riecht es noch nach ihm.« Seine Stimme zitterte.

Das war nicht wahr. Es hatte nach Frauenparfum gerochen. Der Junge war ein begnadeter Schauspieler und kannte die Schwachstellen seiner Großmutter.

»Sehen Sie, wie durcheinander der arme Bub ist? Das hätten Sie verhindern müssen. Es ist unprofessionell von Ihnen, Privates mit Beruflichem zu vermischen.«

»Es tut mir leid. Ich möchte mich nochmals entschuldigen. Ich wollte Ihrem Enkel eine Freude bereiten und habe nicht genug nachgedacht.«

»Bitte sei nicht böse, Großmutter! Ana kann wirklich nichts dafür, sie hat mir nur meinen Wunsch erfüllt«, bettelte Luis.

Die alte Dame schüttelte unwillig den Kopf. »Du bist manchmal nervtötend.« Zärtlich fuhr ihre Hand durch seine Haare. »Dir werden die Frauen früher oder später auch zu Füßen liegen.«

Anas Magen zog sich zusammen. Spielte die alte Dame auf das Liebesnest an? Musste sie ihr von dem Fund erzählen?

»Rufen wir jetzt die Polizei wegen des Einbrechers, Großmutter?«

Frau Fiala stand unbeweglich da. Sie überlegte. »Nein. Die Anzeige hat Zeit bis morgen. In der Hütte ist nichts

Wertvolles zu holen. Du gehst sofort rüber zu deiner Mutter, die wird sich schon wundern, wo du bleibst.«

Sein Blick wanderte zwischen seiner Großmutter und Ana hin und her. Er fügte sich und schlenderte mit einem leisen »Gute Nacht« weg.

Ana erwartete das nächste Donnerwetter. Doch die alte Dame hatte ihren Ärger herausgeschrien. Sie schritt zum Biedermeiersekretär und schenkte aus einer Kristallflasche etwas in einen funkelnden Becher.

»Möchten Sie auch?«, wandte sie sich überraschend an Ana.

»Vielen Dank. Aber nein, ich bin mit dem Auto da.«

Frau Fiala nickte zustimmend. »Setzen Sie sich endlich nieder.«

KAPITEL 14

»Haben Sie beim Teich jemanden getroffen?«

»Ob der Einbrecher schon bei der Hütte war, als Luis hineinging? Das glaube ich nicht. Obwohl …«

»Was?« Nun klang die Stimme von Frau Fiala wieder aggressiv. »Haben Sie jemanden gesehen?«

»Einen Augenblick habe ich gedacht, es beobachtet uns ein Spaziergänger von der gegenüberliegenden Seite des Teichs. Aber beim zweiten Blick war er verschwunden, es war wohl nur eine Täuschung.«

»War in der Hütte etwas auffällig?«

Mist. Jetzt musste sie sich festlegen. Wusste Frau Fiala von der Geliebten? Die Dessous lagen sichtbar herum. Irgendwer würde sie finden, Ana sagte besser gleich die Wahrheit.

»Also nicht«, seufzte Frau Fiala. »Vergessen wir diese leidige Angelegenheit. Ich habe Vertrauen in Ihre Arbeit. Dass Sie mich hintergangen haben, enttäuscht mich. Aber ich kann nachempfinden, dass mein Enkel Sie um den Finger gewickelt hat. Wenn Sie versprechen, ihn in Zukunft vor Gefahr zu beschützen, bin ich nochmals gnädig und verzeihe Ihnen. Ich schätze es, dass Sie dem Buben mehr Zeit als notwendig schenken. Er mag Sie, er himmelt Sie regelrecht an.«

Ana zögerte keine Sekunde. »Es war dumm von mir, Luis' Wünschen ohne zu überlegen nachzukommen. Ab sofort gehe ich kein Risiko mehr ein. Ich mag ihn auch sehr.«

Erleichtert verließ sie die herrschaftliche Villa. Frau Fiala würde am nächsten Tag den Einbruch anzeigen. Ihr war wichtig, dass der Vorfall diskret behandelt wurde, um der Presse keine neuen Schlagzeilen zu liefern.

Beim Eintreffen war Ana zu angespannt gewesen, um die Pracht zu bewundern. Jetzt bestaunte sie die riesige Biedermeiervilla. Die orangegelbe Fassade blitzte in der tief stehenden Sonne. Geschwungene Gaupen schmückten das steile Dach und eine weiße Marmortreppe führte in den parkartigen Garten. Das Haus strahlte trotz zur Schau gestelltem Reichtum eine heimelige Atmosphäre aus.

»Was hast du ihr versprochen?«, zischte es neben ihr.

»Was machst du da, Luis? Du solltest zu deiner Mutter gehen.«

»Die schläft. Hast du meiner Großmutter zugesagt, mir nicht mehr zu helfen?« Luis starrte sie intensiv an. »Sag schon!«

»Luis, ich …«

»Du bist gemein. Ich habe geglaubt, du bist meine Freundin. Du, du … Verräterin!« Bevor Ana etwas erwidern konnte, rannte er hinter eine Hecke.

Das hatte sie davon, dass sie sich in Dinge einmischte, die sie nichts angingen. Nun waren alle enttäuscht von ihr. Noch nie hatte ein Kundenauftrag sie in eine so unangenehme Situation manövriert. Das würde ihr kein weiteres Mal passieren.

Mittlerweile verschwand die Sonne hinter dem Horizont. Ana war erschöpft und wünschte sich nach den Ereignissen in ihr ruhiges Zuhause. Doch im Werk wartete Gabriele Schön auf sie und Ana hatte keine Telefonnummer, um ihr abzusagen. Sie musste hin, um die Chefingenieurin persönlich auf den nächsten Tag zu vertrösten.

Langsam fuhr sie die Straße entlang und starrte in die anbrechende Dunkelheit. Sie rieb sich ihre tränenden Augen. Beim Einbiegen in den Parkplatz nahm sie einen Umriss auf dem Asphalt wahr. Da saß ein Tier oder es lag ein Gegenstand auf der einsamen Fahrbahn.

Im Schritttempo querte sie die Parkfläche und stellte ihr Cabrio direkt vor das Eingangstor. Um diese Zeit benötigte sie ihren Ausweis für die elektrischen Tore.

Die Eingangshalle war durch ein gedämpftes Nachtlicht beleuchtet, im Gebäude herrschte völlige Stille. Allein fühlte sich Ana bei Nacht schon in der eigenen Firma unwohl. Die fremde Umgebung verursachte Beklemmung.

»Du bist so ein Hasenfuß«, schimpfte sie und zwang sich, die Tür zum Labor aufzudrücken. Die Halle war grell erleuchtet, nur wenige Roboter waren in Bewegung. Mit Schaudern warf sie einen Blick in Richtung Figur101. Sie stand still.

»Gabriele?«, fragte Ana zaghaft. Als sich nichts tat, rief sie lauter: »Gabriele? Ich bin jetzt da.« Sie lauschte angestrengt, doch außer dem Brummen von Geräten vernahm sie nichts.

Zögerlich schritt sie an den Robotern entlang. Ihre Beklommenheit wuchs mit jedem Schritt. Als sie zurück am Ausgangspunkt ankam, war ihr klar, dass sie allein im Labor war. Alles in ihr wollte aus dem einsamen Gebäude hinaus. Unbestimmte Angst ergriff zunehmend von ihr Besitz.

Zurück im schummrigen Vorraum brach ihr der kalte Schweiß aus und sie rannte los. Die Schritte dröhnten in ihren Ohren. Bei der Glastür zitterte ihre Hand, als sie den Ausweis hinstreckte. Die Magnetkarte rutschte durch ihre Finger und fiel klirrend auf den Boden. Sie hörte sich schnaufen, während sie die Karte auflas und neuerlich zum Kontakt hielt.

Die Tür glitt auf und kühle Luft streifte Anas Haut. Sie atmete tief ein. Mit Riesenschritten erreichte sie das Cabrio, riss an der Schnalle und sprang hinein. Hastig drückte sie die Verriegelung hinunter.

Noch immer keuchend kauerte sie da. Was war bloß in sie gefahren? Was hatte diese Panik ausgelöst? Langsam verringerte sich ihr Puls. Falls Gabriele in ihrem Büro auf sie wartete, tat es ihr leid. Um nichts auf der Welt wollte sie an diesem Abend nochmals das Gebäude betreten.

Auf dem Parkplatz stand kein Auto, auch kein E-Scooter. Also hatte die Chefingenieurin das Werk verlassen und Ana hatte sich umsonst gequält.

Bei der Kreuzung schaute sie automatisch links und rechts. Bildete sie sich das ein, oder war da nach wie vor der Schatten? Womöglich ein verletztes Tier, dem sie helfen konnte. Ohne weiter nachzudenken, drehte sie das Fahrzeug, bis die Scheinwerfer den Weg ausleuchteten.

Ihr entfuhr ein schriller Schrei. Auf dem einsamen Fahrweg lag ein Scooter. Ihr wurde übel. Sie wollte nachsehen, doch sie konnte sich nicht bewegen. Wie gelähmt starrte sie aus dem Schutz des Wageninneren auf den verlassenen Scooter.

Ana musste sich beherrschen. Sie zwang sich, gleichmäßig zu atmen und drückte ihre Fingernägel in den

Handballen. Ihr alter Trick wirkte. Sie spürte, wie die Angst nachließ.

»Nachsehen oder die Polizei holen?« Ihre Gedanken überschlugen sich. Die Chefingenieurin hätte nicht mit ihrem versehrten Arm scootern dürfen. Wenn sie vom Roller gestürzt war und verletzt im Straßengraben lag, war sie auf rasche Hilfe angewiesen. Ana durfte keine Zeit verschwenden.

Vor Anspannung vibrierend, tippte sie den Notruf in ihr Handy und zog eine Taschenlampe aus dem Handschuhfach. Die Scheinwerfer ließ sie brennen, als sie aus dem Wagen kletterte. Die Stille war unheimlich.

Zaghaft ging Ana auf den Scooter zu. Hier war niemand. Zaudernd trat sie an den Straßenrand und richtete den Lichtstrahl in die niedrigen Büsche. Soweit sie sehen konnte, war hier nichts auffällig. Sie wechselte die Straßenseite und leuchtete auf die Wiese.

»Himmel, nein!« Vor ihr zeichneten sich Umrisse ab. Ana sprang die Böschung hinunter. Ein Mensch lag am Rücken, die Glieder seltsam verdreht. Der Strahl erfasste ein Bein und das Schlangenkopftattoo starrte sie an. Zu ihren Füßen lag Gabriele.

Atemlos leuchtete Ana auf das Gesicht und stöhnte auf. Nase und Kinn waren schmutzverkrustet, aus dem Ohr rann Blut über den Hals. Gabrieles Augen waren geschlossen und sie bewegte sich nicht.

»Gabriele. Gabriele, hörst du mich?« Ana drückte den Notruf. Eine männliche Stimme fragte nach ihrem Namen und dem Notfall. Erleichtert, jemanden bei sich zu haben, brach aus Ana heraus: »Ich habe hier ein Unfallopfer. Eine Frau, sie liegt in der Wiese und blutet aus Nase und Ohren und Mund. Sie reagiert nicht. Ich glaube, sie lebt, aber sie ist schwer verletzt und hat vielleicht einen Schädelbruch.«

»Ich habe alles verstanden. Bleiben Sie ruhig, Sie sind tapfer. Sie beschreiben mir, wo Sie sich genau befinden, dann schicke ich sofort ein Rettungsteam.«

Dankbar nahm Ana ihre Kraft zusammen und nannte die Adresse von Fiala & Sohn.

»In wenigen Minuten ist Hilfe bei Ihnen. Fassen Sie die verletzte Person nicht an. Wenn eine Schädelfraktur vorliegt, könnte das schlimme Folgen haben. Soll ich am Telefon bleiben, bis die Rettungskräfte bei Ihnen sind, Frau Rubin?«

»Ja.«

KAPITEL 15

»Gehen Sie? Was machen Sie denn? Frau Rubin! Bleiben Sie, wo Sie sind!« Die Stimme kreischte aus ihrem Handy.

Ana stolperte weiter die Böschung hinauf.

»Frau Rubin! Was ist los?« Das Brüllen wurde lauter.

»Ich hole eine Decke aus dem Kofferraum.«

»Sie haben mir einen Schreck eingejagt. Gehen Sie langsam und passen Sie auf, wo Sie hintreten. Wir brauchen jetzt keinen Sturz.«

Ana klappte den Kofferraumdeckel auf und zog die Wolldecke heraus. Die Scheinwerfer erhellten den Weg und bestrahlten den Scooter. Mücken tanzten im Licht. Die Stille war Furcht einflößend. Sie musste zurück zu Gabriele. Als sie die Böschung hinuntertaumelte, versagten ihre Beine und sie landete mit einem Aufschrei unsanft auf der Erde.

»Hallo? Hallo! Was ist mit Ihnen?«, flüsterte ihr Handy.

Es war schrecklich dunkel hier unten. Sie hatte die Taschenlampe und das Handy verloren. Ah, sie verdeckte die Lampe. Mühsam rappelte sie sich auf. Sofort strahlte der Schein in den Himmel. Erleichtert entdeckte sie das Handy auf Grasbüscheln. »Alles in Ordnung. Ich decke die Verletzte zu.«

Die Chefingenieurin lag unverändert verdreht. Ana hielt die Luft an und tippte mit der Fingerspitze auf ihren

Backenknochen. Sie vermied es, Blut zu berühren. Gabrieles Haut war wärmer als ihre Fingerkuppe.

Ana hockte sich neben die regungslose Frau. Das Handy umklammerte sie fest. Warum hatte sie nicht nach dem Schatten gesehen, bevor sie ins Werk gegangen war? Sie hätte wertvolle Zeit gespart. Minuten, die womöglich über das Leben von Gabriele entschieden.

Was war der Ingenieurin zugestoßen? Vielleicht war ihr ein Wildtier vor den E-Scooter gelaufen. Oder der lädierte Arm war einfach zu schwach gewesen. Es war leichtsinnig gewesen, den Roller zu benutzen.

Betroffen betrachtete sie das verschmierte Gesicht. »Was wolltest du mir unbedingt heute noch erzählen und warum bist du nicht im Labor geblieben?«, flüsterte Ana. Immer mehr Fragen wirbelten ihr durch den Kopf, bis das Folgetonhorn der Rettung sie aus den Gedanken riss. Sie sprang auf und begann, die Taschenlampe in der Luft herumzuschleudern.

»Ich höre, die Einsatzkräfte sind bei Ihnen angelangt, ich lege jetzt auf. Alles Gute«, verkündete die Stimme.

Der Himmel blinkte unwirklich. Der Kies knirschte, als mehrere Fahrzeuge stoppten, allen voran der Rettungswagen. Er stellte sich quer vor ihr Auto, sodass seine Lichter sie erfassten. Geblendet hielt sie sich eine Hand vor die Augen und winkte mit der anderen weiter.

»Wir sehen Sie!«

Zwei Männer mit Koffern kletterten herunter und beugten sich über das Unfallopfer. Einer fasste Frau Schön an den Hals.

»Lebt sie?«

»Tragbahre!« Der andere Sanitäter breitete eine goldglänzende Folie über den regungslosen Körper. »Sie gehen auf die Straße zurück.« Bevor sie dem Befehl folgen konnte, wurde sie am Oberarm gepackt. »Kommen Sie, Sie stehen im Weg.«

Folgsam ließ sich Ana die Böschung hinaufführen. Sie war unendlich müde. Jeder Schritt kostete Überwindung. Oben angelangt, erkannte sie, dass ein uniformierter Polizist sie festhielt. Sie entzog ihm den Arm.

»Sind Sie verletzt?«

Ana schüttelte den Kopf.

»Dann setzen wir uns in den Streifenwagen.«

Ein weiterer Polizist schob die Wagentür auf und half ihr in den Polizeibus.

»Ist das Ihr Fahrzeug?«

»Ja.«

»Ich schalte die Scheinwerfer aus, damit Sie es nachher noch starten können. Erzählen Sie meinem Kollegen, was passiert ist.«

Ihre Stimme klang fremd, als Ana zaghaft zu berichten begann.

Der Beamte ließ sie ohne Unterbrechung sprechen und machte sich auf einem Block Notizen. Der andere kehrte zurück, als Ana ihre Erzählung abschloss.

»Der Wagen ist sauber«, stellte er fest.

Ana hob überrascht den Kopf. »Ist das wichtig? Ich habe viel zu tun und keine Zeit zum Waschen.«

Die Polizisten grinsten. »Ich habe gemeint, dass Ihr Auto unbeschädigt ist und keinen Fremdkontakt gehabt hat.«

Ana genierte sich, sie lachte verlegen. Da heulte eine Sirene los und die Rettung fuhr im Schritttempo an ihnen vorbei.

Die Beamten sprachen leise miteinander. »Es scheint kein Fremdverschulden zu sein, aber die SpuSi schaut sich um.«

»Wissen Sie, wie es Frau Schön geht?«

»Sie wird ins Spital gebracht. Kennen Sie Angehörige, die wir verständigen können?«

Sie dachte angestrengt nach. »Leider nein, sie hat niemanden erwähnt.«

»Wir nehmen Ihre Personalien auf und dann fahren Sie nach Hause.«

Zurück im Auto, wählte Ana die Nummer ihrer besten Freundin Marion, als ihr einfiel, dass diese auf einem Seminar war und nichts von der Existenz einer Gabriele Schön wusste. Sie brach den Anruf ab. Sie brauchte jemanden zum Reden. Das Handy ihrer Schwester läutete. Immer wieder, bis die Mobilbox ansprang. Ana legte auf, ohne eine Nachricht zu hinterlassen.

Spontan beschloss sie, der Seniorchefin die schlechte Nachricht persönlich zu überbringen.

Hinter den Fenstern der Villa brannte Licht. Die alte Dame war noch wach. Trotzdem meldete sich auf ihr Läuten niemand. Erneut drückte sie die Klingel.

»Frau Fiala. Ana Rubin noch einmal. Ich muss mit Ihnen sprechen. Es gab einen Unfall.«

»Moment.«

Minuten später öffnete sich die Tür und Frau Fiala trat einen Schritt heraus. »Was für einen Unfall?«

»Frau Schön. Sie ist mit dem E-Scooter gestürzt. Ich fürchte, sie ist schwer verletzt. Die Rettung hat sie ins Spital gebracht.« Ana hatte so schnell geredet, dass sie jetzt nach Luft schnappte. »Ich habe sie zufällig in der Nähe des Werks gefunden.«

Frau Fiala starrte sie schweigend an. Sie verzog keine Miene und bat sie nicht ins Haus. Ana erwartete keine Tränen von der Geschäftsfrau, aber irgendeine Regung hätte sie sich selbst bei Frau Fiala gedacht.

»Danke für die bedauerliche Information. Wir sehen uns morgen.« Die Seniorchefin nickte ihr zu und schloss die Tür.

Ana blieb sprachlos zurück.

KAPITEL 16

»Hallo, meine Liebe. Weißt du schon, wann du kommst?«

Ana war erleichtert, die Stimme ihrer Schwester zu hören. Regina fehlte ihr entsetzlich. Sie ächzte. »Zuerst muss ich dieses Chaos in den Griff kriegen.«

»Was ist passiert?«

Ana erzählte von den Drohungen, von Luis und dem Einbruch in der Angelhütte und dem geheimnistuerischen Verhalten der Kundenmanager. Über den Unfall brachte sie nichts über die Lippen.

Eine Zeit lang blieb es still. »Du magst den Buben sehr. Bist du vielleicht wegen ihm überempfindlich und machst dir unnötige Gedanken?«

»Meinst du?«

»Meine ich. Luis hat deine Beschützerinstinkte geweckt. Du widmest ihm überdimensional viel Zeit und beschäftigst dich mit seinen Problemen. Er ist in der Trauer um seinen Vater gefangen und steckt mitten in der Pubertät. Schier unmöglich für dich, ausreichend Abstand zu wahren.«

Ana seufzte. Ihre Schwester hatte ihr Verhalten glasklar analysiert.

»Und jetzt erzählst du mir, was dich wirklich aus der Fassung gebracht hat. Du sollst mich nicht schonen.«

Regina kannte sie wie kein anderer Mensch. Stockend berichtete Ana, wie sie die verunglückte Gabriele Schön gefunden hatte und dass sie sich Vorwürfe machte.

»Die Frau benutzt täglich den Roller und dann stürzt sie so schlimm? Was für ein Pech.«

»Vielleicht ist ihr ein Wildtier in den Weg gelaufen.« Das klang selbst in Anas Ohren wenig überzeugend.

»Hoffentlich war niemand beteiligt«, sinnierte Regina.

»Du meinst Fahrerflucht?«, fuhr Ana in die Höhe.

»Vergiss, was ich gesagt habe, das belastet dich unnötig. Die Polizei überprüft die Unfallursache ohnehin. Schau, dass du nach Hause kommst. Versuch zu schlafen und lass uns morgen wieder telefonieren.«

Kaum hatte Ana aufgelegt, wurde ihr bewusst, wie niedergeschlagen ihre Schwester geklungen hatte. Waren weitere Probleme bei ihrer Schwangerschaft aufgetaucht? Ana hatte selbstsüchtig nur über ihren Kummer geredet.

Es war höchste Zeit, ihre Schwester an erste Stelle zu setzen. Auch wenn ihr das Schicksal von Gabriele und Luis naheging, durfte sich Ana nicht mehr von ihrem Ziel ablenken lassen. Nur ein rascher Projektabschluss sicherte das Wiedersehen. Unglücklich kurvte sie durch die Nacht. Ganz vor den Kopf stoßen wollte sie Luis nicht. Er war ihr ans Herz gewachsen.

Zu Hause verwarf sie den Wunsch, Heinz anzurufen, da sie keinen geraden Gedanken fassen konnte und ihn nicht beunruhigen wollte. Außerdem war er zurzeit auf einer anstrengenden Fortbildung. Sie duschte heiß und hoffte, mit neuer Energie am Morgen aufzuwachen.

Stunden später hatte sie einen lauwarmen Tee getrunken, die Zeitung gelesen und ihre Kopfpolster in unterschiedlichster Anordnung ausprobiert. Nichts führte sie ins Land der Träume. Ihr Gehirn weigerte sich abzuschalten. Abwechselnd tauchte das blutverkrustete Gesicht von Gabriele vor ihr auf, dann hörte sie Luis bitterlich weinen.

Das war zum Durchdrehen. Auch der Versuch, sich am Laptop abzulenken, scheiterte. Ihre Augen brannten vor Müdigkeit und die Gedanken jagten ihr ständig davon. Irgendwann kroch sie wieder ins Bett und döste ein.

Gerädert bereitete sie zwei Stunden früher als üblich Kaffee zu. Der scharfe Duft weckte ihre Lebensgeister. Sie wollte die gewonnene Zeit dazu nutzen, Arbeit vom Vortag aufzuholen und beeilte sich, aus dem Haus zu kommen. Als sie ihren Autoschlüssel aus der Handtasche zog, hielt sie den Zettel mit der Adresse von Klaus Kurz in der Hand.

Das war ein Wink des Schicksals. Sobald sie mit Herrn Kurz gesprochen hatte, konnte Luis seine zwanghafte Suche nach ihm beenden und Ana ungestört ihre Aufgaben erledigen.

Die Wohnadresse von Herrn Kurz lag nahe der Stadtgrenze von Wien, nur wenige Kilometer vom Wohnhaus ihrer besten Freundin Marion entfernt.

Ana parkte vor dem Gemeindebau. Er bestand aus mehreren Blöcken mit drei Etagen und wirkte gepflegt. Die ebenerdigen Wohnungen hatten kleine Gärten, die oberen Balkone. Die Türklingeln waren sorgfältig beschriftet.

Auch nach mehrmaligem Drücken meldete sich Herr Kurz nicht. »Womöglich ist er Frühaufsteher und ich habe ihn verpasst«, ärgerte sich Ana. In diesem Moment drückte eine junge Frau die Eingangstür von innen auf. Hinter sich her zerrte sie einen Kinderwagen.

»Warten Sie, ich helfe Ihnen.« Ana hielt die Tür fest.

»Sehr lieb von Ihnen. Das ist mit dem Buggy mühsam«, bedankte sich die Frau. Vorsichtig hob sie den Kinderwagen die Stufe hinunter. Dann blickte sie fragend zwischen Ana und dem Eingang hin und her. »Kann ich Ihnen auch behilflich sein? Suchen Sie jemanden?«

»Ich wollte Herrn Kurz sprechen, aber er meldet sich leider nicht über die Gegensprechanlage.«

»Klaus Kurz? Meinen Nachbarn?«, dehnte die Frau ihre Worte.

»Ja. Können Sie mir sagen, wann er am Abend heimkommt?«

»Sind Sie eine Freundin von Klaus?«

»Eher eine Kollegin. Ich arbeite in der Firma, in der er bis Ostern beschäftigt war.«

Die Frau betrachtete sie unschlüssig. »Dann müssten Sie doch wissen, dass er weg ist.«

»Weg? Weggefahren oder übersiedelt?«

»Wer genau sind Sie, haben Sie gesagt?« Misstrauen zog über ihr Gesicht. Gleich würde sie Ana wegschicken.

»Herr Kurz hat zwar gekündigt, aber ich habe eine berufliche Frage an ihn und erreiche ihn telefonisch nicht.«

»Er hat gekündigt«, wiederholte die Frau ungläubig. »Ich kann Ihnen nicht wirklich weiterhelfen. Mir ist bereits vor Wochen aufgefallen, dass Klaus verreist ist, weil Werbeprospekte auf seiner Schnalle hängen geblieben sind. Ich habe geklingelt und ihn angerufen. Aber wie Sie sagen:

Sein Telefon ist ausgeschaltet. Ich habe mich gewundert, weil er mich normalerweise ersucht, die Werbung wegzuräumen, wenn er auf Urlaub fährt.«

»Haben Sie etwas unternommen?«

»Was denn?«, gab die Frau gereizt zurück. »Denken Sie, dass er tot in der Wohnung liegt? Das ist Blödsinn. Alles ist unauffällig und Flori, sein Hund, ist auch weg. Der hätte lautstark angeschlagen, wenn sein Herrl ein Problem hätte. Die sind anscheinend fortgezogen, ohne sich zu verabschieden.«

Ana atmete erleichtert auf. Herr Kurz war mit seinem Hund übersiedelt, daran war nichts Geheimnisvolles. Die Sache war geklärt und sie hatte hier nichts verloren. »Dann verabschiede ich mich jetzt.«

»Nein, warten Sie. Passen Sie einen Augenblick auf mein Kind auf, ich bin in zwei Minuten zurück.«

Ana stand verdutzt vor dem Kinderwagen. Gerade hatte ihr die Frau noch misstraut, schon ließ sie ihr schlafendes Baby in der Obhut einer Fremden. Unruhig trat sie von einem Fuß auf den anderen.

Ein Jogger lief auf dem Gehweg vorbei. Seine rhythmischen Bewegungen zeugten von seiner Fitness. Schlechtes Gewissen überfiel Ana. Sie nahm sich zu wenig Zeit für Sport.

In der Gasse zwängte sich ein Käfer im Schritttempo an einer dunklen Limousine vorbei. Diese parkte vor ihrem Cabrio in zweiter Spur, obwohl am nächsten Häuserblock Plätze frei waren. Der Käfer hielt daneben und das Fenster des Beifahrers fuhr herunter. Eine Männerhand tauchte auf und bewegte sich hektisch hin und her. Eine abschließende Faust beendete die Unterhaltung und der Käfer rollte weiter.

Ana spähte durch die Glastür des Hauses. Wo blieb bloß die Mutter? Sie wollte endlich ins Werk, konnte aber das Kind nicht unbeaufsichtigt lassen.

Nach einer Ewigkeit öffnete sich die Tür und die Frau stürmte heraus. »Tut mir leid, das hat länger gedauert. Ich hatte vergessen, wo ich es verstaut habe.« Sie drückte der überraschten Ana ein längliches Paket in die Hand. Der Adressat war Klaus Kurz. »Das habe ich für Klaus angenommen, als ich noch nicht wusste, dass er weg ist. Der Absender ist unleserlich, weil die Verpackung beschädigt ist.«

»Warten Sie, was soll ich denn damit tun?«

»Bitte kümmern Sie sich darum. Sie können das sicher von der Arbeit aus erledigen. Ich bin alleinerziehend, das reicht mir.« Die Frau schob den Buggy davon. Sie meinte es ernst.

»Hören Sie, ich nehme doch nicht einfach seine Post mit.« Am liebsten wäre Ana ihr nachgelaufen und hätte das Päckchen in den Kinderwagen gestopft.

»Bitte! Danke!«, rief die Frau und winkte ihr, ohne anzuhalten.

KAPITEL 17

»Das hätte ich mir sparen können«, schimpfte Ana und schüttelte den Karton vorsichtig. Es war nichts zu hören. Statt Kurz zu besuchen, hätte sie arbeiten gehen sollen. Sie legte das Päckchen auf den Beifahrersitz. »Ich bin so blöd.«

Als sie losfuhr, war die dunkle Limousine weg. Der Rückweg führte am Wohnort ihrer Freundin vorbei. Der beige Lieferwagen von Ronald stand in der Einfahrt. Marions Lebensgefährte hatte sich als Detektiv selbstständig gemacht. Bei ihm konnte man nie wissen, wann er zu Hause war und wann er arbeitete. Der Platz neben seinem Wagen war frei.

»Das ist eine Überraschung! Was machst du zu dieser morgendlichen Stunde bei uns? Komm herein, ich stelle uns einen Kaffee auf.« Ronald freute sich. »Mach es dir in der Küche bequem, auf der Terrasse ist es noch zu kühl.«

Die Maschine zischte, herber Kaffeeduft breitete sich aus und schon stellte Ronald die Espressotasse vor Ana. »Extrastark, wie du ihn magst. Erzähl, was dich zu dieser ungewohnten Zeit zu uns treibt. Marion ist noch auf dem Outdoorseminar.«

Ihre Freundin war Psychologin und arbeitete als Trainerin. Schade, dass Ana kaum noch Zeit aufbrachte, sie gelegentlich bei Gruppenübungen im Freien zu unterstützen.

»Was ist, Ana?« Ronald sah sie beunruhigt an.

»Mein Besuch war ein spontaner Einfall. Als ich dein Auto draußen gesehen habe, dachte ich, du bist genau der Richtige. Mir ist was Seltsames passiert.« Ana begann zu erzählen, warum sie Herrn Kurz aufgesucht hatte. »Jetzt habe ich seine Post und kenne keinen Aufenthaltsort. Ich fühle mich für das Paket verantwortlich. Was mache ich am besten damit?«

»Du betreibst so viel Aufwand wegen eines Audits?«, staunte ihr Freund. Sie kannten sich seit vielen Jahren. Ihm konnte sie nichts vormachen.

»Mhm. Luis war so fixiert darauf, dass ein Unfall von Herrn Kurz verschwiegen wird, dass ich es beinahe geglaubt habe. Natürlich will ich vom Auditor nicht kalt erwischt werden. Aber eigentlich wollte ich dem Jungen eine Freude bereiten.«

»Der Kleine weckt neue Seiten in dir. Wie kann dir der beste Detektiv Österreichs dienlich sein?« Ronald zwinkerte ihr zu.

»Bitte finde die aktuelle Adresse von Herrn Kurz heraus, damit ich ihm das Paket zusenden kann.«

Ronald grinste sie über das ganze Gesicht an. »Gib doch zu, dass das eine Ausrede ist. Du bist neugierig, wo Herr Kurz abgeblieben ist.«

»Wissbegierig heißt das«, korrigierte Ana schmunzelnd. »Aber mir reichen die peinlichen Situationen. Er erhält das Paket eingeschrieben und ich spiele nicht mehr Detektivin.«

»Und ich soll den Postboten abgeben?«

»Lass mich nicht zappeln.« Ana schubste ihren langjährigen Freund spaßhaft an. »Kannst du die Adresse herausfinden? Aber wenn du keine Zeit hast …«

»Klar mach ich das für dich. Herr Kurz hat sich nicht in Luft aufgelöst. Wenn er seinen Wohnsitz verlegt hat, hinterlässt das Spuren. Weil du mich so lieb anschaust, schlage ich dir Folgendes vor.« Ronald hielt inne. »Ich investiere ein paar Stunden. Du weißt, ich habe nützliche Verbindungen und ein paar Möglichkeiten.« Er lachte sie fröhlich an. »Ich schätze die Wahrscheinlichkeit auf fünfundsiebzig Prozent, dass ich seinen Aufenthaltsort vor morgen Abend herausfinde. Wenn nicht, schickst du das Zeug an die alte Adresse und vergisst die Angelegenheit. Einverstanden?«

»Danke! Ich revanchiere mich bei Gelegenheit.«

Beim Verabschieden hielt Ronald ihre Hand fest. »Du hast wirklich vor, zu deiner Schwester nach Kanada zu ziehen? Du wirst uns fehlen.«

Ana umarmte ihn. »Ihr mir auch, aber es ist nur für ein paar Monate.«

Es war kurz nach sieben, als Ana bei Fiala & Sohn eintraf. Beklommen betrachtete sie die Stelle, an der sie Gabrieles Scooter gefunden hatte. Sie wünschte sich so sehr, dass die Frau überlebte.

Als sie aus dem Auto kletterte, entdeckte sie Luis, der beim Radständer mit einem Mann sprach. Kaum erkannte er Ana, verabschiedete er sich und lief auf sie zu.

»Du bist heute früh da. Großmutter sagt, Gabriele ist gestürzt und du hast sie gefunden und dass sie verletzt im Spital liegt!« Er verhaspelte sich vor Aufregung.

»Guten Morgen, Luis. Ja, das stimmt leider. Hoffentlich geht es Gabriele bald besser.«

»Wird sie auch sterben?« Seine Unterlippe zitterte und seine Augen waren kreisrund.

»Ich weiß es nicht. Ich will dir keine Versprechungen machen. Gabriele hat schlimm ausgesehen, aber die Ärzte tun ihr Bestes.«

»Großmutter hat mir verboten, dass ich sie im Spital besuche.«

»Das ist verständlich, solange wir ihren Zustand nicht kennen. Über Besuche entscheiden die Ärzte.« Um ihn abzulenken, fragte Ana: »War das ein Angestellter, mit dem du dich vorhin unterhalten hast?«

»Nein, er ist ein Freund von meinem Vater. Er schaut öfter mal, wie es mir geht.«

»Da kommt er extra zum Werk?« Ana runzelte die Stirn.

»Er hatte in der Nähe zu tun. Wenn Großmutter erlaubt, dass ich einen Ausflug mit ihm mache, darf ich mit seiner Eisenbahnanlage im Keller spielen.«

»Das klingt nett. Komm, gehen wir. Du weißt, ich muss das gestern Liegengebliebene heute aufarbeiten. Um acht Uhr haben wir den Termin mit dem Projektleiter.« Erleichtert wurde ihr bewusst, dass Luis ihren Streit vom Vorabend überging und auch die Hütte nicht erwähnte.

Dank des Anhängers erwischte sie diesmal den Schlüssel sofort in ihrer Tasche. Da bemerkte sie, dass die Bürotür nur angelehnt war.

Ihr bot sich ein befremdlicher Anblick. Vor ihr balancierte die schwangere Sekretärin auf dem Sessel. Das Gemälde war weggekippt und die Tresortür stand offen. Mit einem Aufschrei stürzte die Frau auf den Boden.

Ana sprang zu ihr. »Haben Sie sich verletzt?«

Frau Thorn starrte sie entsetzt an. »Es ist nicht so, wie Sie denken!«

Ana folgte ihrem Blick. Der Tresor war leer.

Die Frau rappelte sich überraschend schnell auf und streckte ihr die Hände entgegen. Mit einer umklammerte sie einen Bleistift. »Sie müssen mir glauben!«, kreischte sie hysterisch und packte Ana am Ärmel.

»Lassen Sie mich aus.« Ana machte einen Schritt zurück.

Frau Thorn verkrallte sich im Stoff ihres Blazers. »Ich war das nicht!«

Ana wich zur Seite aus. Dabei stieß sie heftig gegen die Kante des Schreibtisches. »Au!«, schrie sie auf und kippte nach hinten. Ihr Hinterkopf knallte gegen die Schreibtischplatte und sie sah Sterne blitzen.

»Das wollte ich nicht!«, brüllte Frau Thorn ihr ins Ohr.

»Gehen Sie weg von mir.« Ana schob sich zurück und setzte sich mit dröhnendem Kopf auf. Sie behielt den Bleistift in Frau Thorns Faust im Auge. Was war in die freundliche Sekretärin gefahren, war sie übergeschnappt? Der Ärmel von Anas Blazer war an der Schulter aufgerissen.

Die Sekretärin wich zentimeterweise zurück. Ihr Gesicht war weiß wie Schnee. Sie verstand Anas Blick und ließ den Stift fallen. »Ich wollte doch bloß … Ich würde doch nie …«, stammelte sie.

Ana rappelte sich auf. Ihr Kopf pochte. »Raus.«

»Hören Sie mich doch an! Ich habe nichts aus dem Safe gestohlen, er war schon leer.«

»Das muss Frau Fiala klären, verlassen Sie mein Büro.« Ana hatte ihre Selbstsicherheit wiedergefunden. Sie trainierte seit Monaten Kampfsport zur Selbstverteidigung. Das reichte zum Schutz gegen die ausgeflippte Sekretärin.

»Ich habe nur sein Testament gesucht.« Frau Thorn faltete bettelnd die Hände. »Bitte informieren Sie nicht Frau Fiala. Die wirft mich hinaus oder lässt mich gleich einsperren.«

Der Assistentin ging es um das Testament des Juniorchefs. »Was haben Sie mit dem Testament zu schaffen?«

Frau Thorn umfing ihren Bauch und sah an sich hinunter.

Da fiel der Groschen bei Ana. »Tobias Fiala ist der Vater? Sie waren seine Geliebte?«

Die Sekretärin nickte. »Tobias hat mir versprochen, dass er für mich und unseren Sohn sorgt. Auch für den Fall, dass er stirbt. Nicht nur mit einem winzigen Pflichtteil. Er hat zur Absicherung ein neues Testament verfasst.«

»Das beglaubigte Dokument liegt doch bestimmt beim Notar auf.« Ihre Geschichte klang unglaubwürdig.

»Eben nicht. Tobias wollte vermeiden, dass seine Mutter von uns erfährt. Sie ist unberechenbar und hätte seiner Frau brühwarm von unserer Beziehung erzählt. Tobias stand zu seiner kranken Frau, er wollte sie nie verlassen. Und jetzt ist das Testament weg und ich steh mittellos da.« Frau Thorn sah Ana zerknirscht an. »Es tut mir leid, was vorgefallen ist. Sie müssen mir glauben, dass ich Sie nicht absichtlich verletzt habe.«

Anas Gedanken wirbelten in ihrem Kopf herum. Wer wusste, was sich wirklich in dem Tresor befunden hatte? Sollte sie die Polizei holen? Über eine solche Eigeninitiative wäre die Seniorchefin bestimmt erbost. Aber sie musste sie informieren, andernfalls machte sie sich womöglich mitschuldig. »Schließen Sie bitte den Safe und gehen Sie an Ihren Arbeitsplatz.«

Die Assistentin bückte sich umständlich nach dem Bleistift. Ächzend kletterte sie auf den Stuhl. Sie drückte die Tresortür zu und tippte mit dem Stift auf das Tastenfeld. Frau Thorn kannte den Code. Zuletzt schob sie das Bild auf seinen Platz zurück. Es hing wieder leicht schief. Sie stieg schwerfällig vom Sessel und warf Ana einen flehentlichen Blick zu. »Bitte.«

»Waren Sie gestern in der Angelhütte von Tobias Fiala? Ihre Unterwäsche liegt noch dort.«

Frau Thorn wurde knallrot. »Ich habe keinen Schlüssel zur Hütte.« Sie stürmte aus dem Zimmer.

Ana begutachtete den zerrissenen Blazer. Vielleicht konnte die Schneiderin ihn retten. Vorsichtig betastete sie ihren Hinterkopf. Sie fühlte eine Beule, doch sie blutete nicht. Ana nahm ihr Handy, um Frau Fiala anzurufen. In diesem Moment läutete es.

»Rubin. Ja?«

KAPITEL 18

Gleichzeitig mit dem Anruf klopfte es und herein stapfte Harald Strauss mit angespannter Miene. Eine Ledermappe an sich gepresst, irrten seine Blicke unruhig im Zimmer umher.

»Einen Moment, bitte«, sprach Ana ins Telefon und wandte sich ihrem Besucher zu.

»Guten Morgen, Harald«, grüßte sie ihn betont freundlich und ersuchte ihn, Platz zu nehmen. Sein Morgengruß ähnelte dem Knurren eines Hundes.

»Ich bin wieder dran.« Während sie telefonierte, musterte sie Harald. Er wirkte anders als früher. Seine braunen Haare, die Brille und sein altmodisches Sakko waren unverändert. Doch er war merklich dünner, was ihm harte Gesichtszüge verlieh.

»Hi Ana, Bert spricht. Manuela schickt mich für ein technisches Assessment. Ich erreiche in ein paar Minuten das Werk. Wo soll ich hinkommen?«

»Das trifft sich perfekt. Geh in den ersten Stock zur Sekretärin. Der Projektleiter ist bei mir. Wir überprüfen die Planung und es ist sinnvoll, dass du mithörst. Danach hast du Zeit für die Technik. Bis gleich.«

»Wir starten, sobald der Kollege da ist. Du erinnerst dich an Bert Ulram.«

»Schade um die Zeit. Einer arbeitet und zwei schauen ihm zu«, kommentierte Harald bissig.

Ana unterdrückte ihren Ärger. »Wir haben alle dasselbe Ziel. Wir wollen das Projekt erfolgreich fertigstellen. Erzähl, was hat dich zu Fiala & Sohn verschlagen?«

»Ich war mit Tobias Fiala beim Bundesheer. Er hat sofort zugesagt, als ich mich beworben habe.«

Was konnte sie noch fragen, um die Zeit zu überbrücken? »Was wirst du tun, wenn du bei Fiala fertig bist?«

Harald spielte mit den Fingern und fuhr sich mit der Zungenspitze über die Lippen. »Das wird sich weisen. Ich überlege, ob ich hierbleibe.«

Dass dieser Plan auf Gegenliebe bei Moser und Huber treffen würde, bezweifelte sie. Ihr fiel kein weiterer Smalltalk ein und sie blätterte schweigend in den Unterlagen. Die Minuten schlichen quälend dahin.

Als es klopfte, schaute Ana erleichtert auf. Doch es war Herr Moser, der den Kopf hereinstreckte. »Guten Morgen! Ich sehe, Sie haben einen wichtigen Termin, ich komme später vorbei. Viel Vergnügen, Herr Strauss.«

Wieder plagte sie die eisige Stille, bis endlich Bert hereinstürmte. »Sorry, ich habe mich verfahren. Der Standort ist ja am Ende der Welt.«

»Fein, dass du da bist, setz dich zu uns.«

Harald funkelte Bert böse an, während ihn dieser freundlich grinsend grüßte. Manuela hatte ihn bestens gebrieft.

»Als Erstes aktualisieren wir den Projektplan. Beschreib jede Aufgabe und was erledigt und was offen ist. Legen wir los, wir haben bis Mittag eine Menge vor.«

Schleppend kämpften sie sich durch die Planung. Harald ließ sich jede Information aus der Nase ziehen.

Zwischendurch spazierte Luis herein. »Sorry für die Unterbrechung.«

»Das ist Luis, der Juniorchef des Unternehmens, er unterstützt uns. Luis, das ist Bert Ulram, er ist ein großartiger IT-Spezialist.« Bert reichte dem Buben die Hand und dieser strahlte ihn bewundernd an.

Ana hätte um ein Haar über den perplexen Gesichtsausdruck von Harald gelacht. Sie ignorierte sein Murren und führte die Befragung weiter.

»Ich fasse zusammen. Auf Basis deiner Angaben steht das Projekt bei sechzig Prozent. Das wären im bisherigen Tempo weitere vier Monate Laufzeit. Ist dir klar, dass das für Frau Fiala inakzeptabel ist?«

»Hast du vor, ihr das so mitzuteilen?«, fauchte Harald. »Macht es dir Spaß, mich schlecht hinzustellen?«

Luis riss den Mund auf, klappte ihn dann kommentarlos wieder zu.

»Tut es nicht.« Ana zwang sich, ruhig zu bleiben. »Ich berichte Frau Fiala ausschließlich Fakten.« Sie sah ihr Gegenüber abwartend an.

Harald presste die Lippen zusammen. Seine Wangen glühten. Luis beobachtete die Szene interessiert und hielt ausnahmsweise seinen Mund.

»Bert führt ab Montag das technische Assessment durch. Danach sehen wir klarer und widmen uns der Optimierung. Ziel ist, in spätestens vier Wochen das Projekt abzuschließen.«

Haralds Schultern zuckten, doch er schwieg beharrlich.

»Du bringst alle benötigten Dokumente mit und informierst die Kundenmitarbeiter, dass ihr sie nach Bedarf hinzuzieht. Bert verschwendet keine wertvolle Zeit mit Herumsuchen. Haben wir uns verstanden?«

»Mhm.«

Ana wurde von dem Gefühl überwältigt, dass Harald ihr am liebsten an die Gurgel gesprungen wäre. Hektisch begann er, die ausgebreiteten Unterlagen einzusammeln. Dabei erwischte er auch das gefundene Inhaltsverzeichnis, das sie auf dem Tisch vergessen hatte.

»Halt. Das gehört mir, das brauche ich noch«, rief sie.

Harald betrachtete die Liste. »Was ist das?«

»Du kannst ja doch noch sprechen, da bin ich erleichtert«, antwortete Ana fröhlicher, als ihr zumute war. »Hast du dieses Verzeichnis schon einmal gesehen?«

Er ließ sich Zeit beim Lesen. Luis blickte ihm neugierig über die Schulter. Endlich stand Harald auf und schob Ana die Blätter hin. »Keine Ahnung, was das ist.« Er wandte sich zu Bert. »Bis Montag.« Die Tür fiel krachend ins Schloss.

»So ein Sch…«, begann Bert.

»Nicht!« Ana schnitt ihm mit einem Seitenblick auf Luis das Wort ab.

»Sie wollten sicher Charmebolzen sagen«, quietschte Luis vergnügt auf.

»Meine Kolleginnen haben mir bereits erzählt, was für ein schlauer Kerl du bist. Sag ›Bert‹ zu mir.«

Der Junge richtete sich voller Stolz im Sessel auf. »Bist du wirklich ein super Informatiker?« Gespannt blickte er Bert an.

»Einer der besten überhaupt«, bestätigte dieser.

Ana lachte. »Bescheidenheit wird überbewertet.«

»Ich habe ein IT-Problem. Hilfst du mir dabei? Du musst aber mit mir mitkommen.«

Bert schaute Ana fragend an, die nickte ihm lächelnd zu. »Okay, los. Worum geht es?«

Die beiden wanderten aus dem Raum und Ana hörte Luis von der verletzten Gabriele erzählen. Ihr Herz verkrampfte sich. Frau Thorn nutzte die Gelegenheit, sich zögerlich zu nähern.

»Ein Doktor Pammesberger hat für Sie angerufen.« Die Assistentin hielt ihr einen Zettel entgegen, ihre Hand zitterte. »Er ist der Auditor und möchte mit Ihnen ein Vorgespräch führen. Wir haben Montagmorgen vereinbart. Ich hoffe, das ist Ihnen recht.« Die Augen der Sekretärin waren verschwollen, sie hatte geweint.

»Danke, der Termin passt.« Ana blieb mit abweisender Miene sitzen.

Frau Thorn öffnete mehrmals den Mund. Als Ana eisern schwieg, trottete sie mit hängenden Schultern hinaus.

Ana rief Felix an und informierte ihn über die Vorbesprechung zum Audit.

»Wie ist deine Einschätzung? Kriegst du die Zertifizierung durch?«

»Eigentlich sieht es gut aus. Die Manager arbeiten eine Liste mit offenen Punkten ab, das ist machbar.«

»Aber?«

Sie hatte anscheinend zu wenig euphorisch geklungen. »Eine der leitenden Angestellten, die Chefingenieurin, hatte gestern einen schweren Unfall mit dem E-Scooter und ich habe sie gefunden. Und … die Manager verhalten sich merkwürdig.«

»Merkwürdig? Geht das präziser?«

»Sie tun zeitweise so geheimnisvoll. Hoffentlich tauchen während des Audits keine Leichen im Keller auf.«

»Vermutlich nicht mehr als in jeder anderen Firma. Deine Aufgabe ist, eine Zertifizierung zu begleiten, nicht, jeden schwarzen Fleck ans Tageslicht zu zerren. Ana, ich gebe dir einen guten Rat.«

»Und der wäre?« Sie hörte den schnippischen Ton in ihrer Stimme.

»Konzentriere dich auf den Auftrag. Schau nicht links und rechts, das ist für deine Karriere gesünder.«

Ihr Kollege hatte einen wunden Punkt getroffen. Ihr Hang, sich spontan für Dinge einzusetzen, hatte sie in der Vergangenheit bereits in Schwierigkeiten gebracht. Bisher war sie mit einem blauen Auge davongekommen, aber das Glück konnte sie verlassen.

Sie stieß einen Seufzer aus. »Mag sein.«

»Wie geht es dir mit Frau Doktor Fiala? Pat hat mir aufgetragen, sie regelmäßig nach ihrer Zufriedenheit zu befragen. Ich rufe sie demnächst an.«

Damit hatte Ana nicht gerechnet. Sie hatte vorgehabt, über ihre Erlebnisse beim Angelteich Stillschweigen zu bewahren. Unter diesen Umständen war sie gezwungen, Felix vorzuwarnen, obwohl er bereits verärgert über sie war. Sie schilderte auch die Damenunterwäsche und den Einbruch. Als sie vom Wutanfall der Seniorchefin berichtete, unterbrach Felix sie.

»Du bist völlig bescheuert. Wie kannst du nur unsere Kundin so aufregen?«

»Ich wollte ihrem Enkel helfen. Er ist ein armer Kerl. Dass wir dabei über eine Affäre stolpern, war unvorhersehbar. Diesen Teil habe ich Frau Fiala verschwiegen, Luis ebenfalls.«

»Das war auch das einzig Kluge, das du gemacht hast. Ein Wunder, dass die Frau Doktor dich nicht hinausgeworfen hat. Sie ist in tiefer Trauer und versucht, trotz ihres Alters das Unternehmen weiterzuführen. Für ihren Enkel. Also lass sie in Ruhe.«

»Mach ich. Noch eine Info zu dem möglichen Unfall, der nicht dokumentiert ist.«

»Was?«, schnaubte Felix ungehalten.

»Der Mitarbeiter hat gekündigt und ist seitdem wie vom Erdboden verschluckt. Ich …«

»Es reicht! Ich will nichts mehr hören! Du entwickelst dich zu einer richtigen Dramaqueen. Das hat alles nichts mit deinem Vertrag und deiner Rolle zu tun. Ab jetzt kümmerst du dich ausschließlich um deine Aufgaben. Hast du mich verstanden?«

Da Ana nicht sofort antwortete, brach er das Telefonat ab.

Das war gar nicht gut. Pats Stellvertreter hatte Einfluss. Wenn er bei ihrer Chefin über sie herzog, würde das Folgen für ihre Karriere haben. Pat tolerierte kein unprofessionelles Verhalten. Ana seufzte.

Sie hatte Felix die Geschichte mit Frau Thorn und dem leeren Safe nicht berichtet. Sie musste den unangenehmen Anruf bei der Seniorchefin verschieben, bis Felix mit ihr telefoniert hatte.

KAPITEL 19

Als Bert zurückkam, kämpfte Ana mit der Kaffeemaschine in der Küche.

»Lass mich das machen, so eine Espressomaschine habe ich zu Hause. Ich habe dir Post auf den Schreibtisch gelegt.« Mit wenigen Handgriffen zauberte Bert köstlich duftenden Kaffee in die winzigen Tassen.

»Ah, ist der gut!« Ana nippte begeistert.

»Der Kleine wird einmal ein Hacker«, schwärmte Bert. »Der hat hochkomplexe Abfragen geschrieben, mit denen er das Firmensystem untersucht. Er hatte bloß einen kleinen Fehler drinnen, den haben wir rasch entdeckt.«

»Er untersucht die Computer?«, staunte Ana. »Was genau interessiert ihn?«

»Er hat Übersichten gestaltet über die Zugriffe der Angestellten und welche Folder aufgerufen werden.«

»Wofür braucht er das?«, wunderte sich Ana. Bert zuckte die Schultern.

»Was hat er noch gemacht?«

»Von der Tabelle, die du Harald gezeigt hast, hat er Informationen abgetippt und als Suchbegriffe verwendet.«

Mit einem Satz war Ana beim Besprechungstisch. Tatsächlich. »Der Lausbub hat das Inhaltsverzeichnis mitgehen lassen! Was will er damit tun?«

»Lass Luis seinen Spaß. Er spielt Sherlock Holmes, was soll er denn sonst im Büro machen? Ich stürze mich sofort ins Power-Systems-Projekt. Deine vier Wochen bis zur Fertigstellung klingen ambitioniert. Wenn du es so eilig hast, hier wegzukommen, müssen wir Vollgas geben. Habe ich alle Zugriffe?«

»Ich stelle dich der Seniorchefin vor, ohne ihre Erlaubnis läuft hier nichts. Sie versteht unter Delegieren was anderes als wir. Ich habe im Anschluss noch ein heikles Thema mit ihr zu klären.« Seinen forschenden Blick ließ sie unbeantwortet.

Frau Fiala nahm sich kurzfristig Zeit. Sie unterhielt sich flüchtig mit Bert und wandte sich rasch Ana zu.

»Wie steht es ums Projekt und die Zertifizierungen?«

Ana suchte nach einer neutralen Formulierung. »Eine fundierte Aussage zum Projekt machen wir nächste Woche. Aus heutiger Sicht benötigen wir zusätzliche Ressourcen und Sie sollten sich auf eine weitere Terminverzögerung einstellen.«

»Das darf nicht wahr sein! Ich werfe den Kerl hinaus. Der ist als Projektleiter untragbar. Das kostet mich ein Vermögen!«

Ana schluckte schwer. »Bitte entscheiden Sie erst auf Basis der technischen Überprüfung meines Kollegen.«

Die alte Dame kniff ihre Lippen zusammen. »Sie bekommen bis Mittwoch Zeit. Dann erwarte ich von Ihnen den Projektstatus und eine Empfehlung zum Umgang mit Herrn Strauss. Gehen wenigstens die Zertifizierungen voran?«

»Ihre Mannschaft ist bemüht. Die offene Punkteliste arbeiten wir zeitgerecht ab. Am Montag ist das Vorgespräch mit dem Auditor, da erfahre ich seine Schwerpunkte. Damit können wir uns noch gezielter vorbereiten.«

Frau Fiala fixierte Ana: »Ist die Abwesenheit von Frau Schön ein Problem?«

»Das muss ich prüfen. Haben Sie Informationen, wie es ihr geht?« Ana zog es den Magen schmerzhaft zusammen.

»Ihr Zustand ist unverändert kritisch. Das Spital meldet sich, sobald sich etwas ändert. Stellt sich Luis gut an?«

Ana lächelte. »Ja, Ihr Enkel ist ein ganz Braver.«

Die alte Dame nickte. Ihr verkniffener Gesichtsausdruck verwandelte sich für einen Augenblick in Stolz.

»Ich habe noch einen wichtigen Punkt zu besprechen, Frau Doktor.« Ana wollte das heikle Thema des offenen Tresors aus der Welt schaffen.

Mit einem Blick auf die Uhr antwortete Frau Fiala: »Das muss warten.«

Kaum waren sie zurück im Büro, sagte Bert: »Ich würde ebenfalls begrüßen, wenn wir Harald entfernen.«

Ana zögerte. »Wir sind beide keine Fans von ihm und er hat hier Mist gebaut. Aber ich fühl mich mies, wenn wir ihn kurzfristig hinauswerfen. Das hat doch Zeit, bis wir über den Projektzustand fundiert Bescheid wissen.«

»Hoffentlich bereust du diese Entscheidung nicht. Der Armleuchter versprüht puren Hass.«

Ana schüttelte unwillig den Kopf über seine Ausdrucksweise, widersprach aber nicht.

Auf dem Tisch lag ein Kuvert. Gedankenverloren öffnete Ana es und erstarrte. »Bald ist es zu spät« und ein roter Punkt sprangen sie an.

»Wo hast du das Schreiben her?« Ihre Stimme war heiser vor Aufregung.

»Das hat wer mit Tixo an die Tür geklebt. Was ist damit?«

Ana faltete das Papier rasch zusammen. »Ist unwichtig.« Mit klopfendem Herzen gab sie vor, konzentriert zu arbeiten. Sie konnte die Drohungen nicht länger ignorieren. Jemand wollte sie loswerden und sie wusste nicht, wozu derjenige fähig war. Sie musste sich Frau Doktor Fiala anvertrauen und auf eine vernünftige Reaktion hoffen. Der leere Safe und Drohschreiben im eigenen Unternehmen würden der alten Dame bestimmt nicht gefallen.

Bert war vertieft in die Technik und stieß von Zeit zu Zeit ein leises Stöhnen aus. Da er eine Pause ablehnte, holte Ana Brötchen und Getränke aus der Kantine und sie aßen während des Arbeitens. Im Anschluss gönnte sich Ana eine Zigarette auf dem Balkon. Bedrückt dachte sie an Gabriele und stellte sich erneut die Frage, was ihr diese anvertraut hätte. Es musste mit ihrem Gespräch im Auto zusammenhängen.

Ihre Gedanken wurden von aufgeregten Stimmen unterbrochen. Verwundert spähte Ana über die Balkonbrüstung. Als sie seitlich zum Parkplatz blickte, erkannte sie Frau Thorn, die heftig gestikulierte. Ihr Gesprächspartner blieb hinter der Hausecke verborgen. Unverständliche Wortfetzen drangen bis zu Ana. Die Auseinandersetzung klang nach einer hitzigen Debatte und Ana zog sich rasch ins

Gebäudeinnere zurück. Hoffentlich hatte Frau Fiala bald Zeit, um über Frau Thorn und die Drohungen zu reden. Der Gedanke löste Unbehagen aus.

Zufrieden betrachtete sie eine Stunde später ihre Arbeitsergebnisse. Sie war für den Auditor gesprächsbereit.

Da flog die Tür auf und herein raste Herr Moser. Seine Haare standen hoch und sein Gesicht war zu einer Fratze verzerrt. Hinter ihm glotzte Frau Thorn neugierig herein.

»Wie können Sie es wagen? Das ist wirklich das Allerletzte!«, brüllte Moser und zeigte mit dem Finger auf Ana. »Ich habe Ihnen vertraut und Sie zerstören alles!«

Bert sprang entgeistert auf und stieß dabei gegen seinen Laptop, der kippte und mit einem Knall auf dem Boden landete.

Ana drückte vor Schreck ihren Stuhl nach hinten, der polternd gegen die Wand fiel. »Was soll das?«, krächzte sie.

»Sie … Sie …« Herrn Moser fiel kein passendes Schimpfwort für sie ein.

»Was habe ich gemacht?« Ana fühlte Panik in sich aufsteigen.

KAPITEL 20

»War das Absicht? Was bezwecken Sie?« Herr Moser trat nahe an sie heran. Ana schaute ihn gebannt an. Sie spürte seinen stoßweisen Atem.

In dem Moment packte Bert seine Arme und schob ihn weg von Ana. »Mäßigen Sie sich! Was wollen Sie von Ana?«

Herr Moser riss sich los und schrie ihn an. »Wer sind Sie? Sie stecken bestimmt mit ihr unter einer Decke!«

»Hören Sie auf, Herr Moser!« Jetzt kreischte zusätzlich Frau Thorn.

»Bitte beruhigen Sie sich auf der Stelle oder … ich hole die Polizei!« Ana kämpfte um ihre Fassung. Was war in den freundlichen Mann gefahren?

»Machen Sie das. Dann wandern Sie ins Gefängnis.«

Ana wurde elend. Sein Anfall musste mit dem leeren Safe zu tun haben. Da war wertvoller Inhalt drinnen gewesen und er hielt sie für die Diebin. Wie konnte sie ihre Unschuld beweisen? Frau Thorn kannte die Wahrheit, aber war sie bereit, für Ana auszusagen? Ihre Augen suchten die Sekretärin, doch diese war weg. »Ich habe nichts getan.« Sie hasste das Zittern in ihrer Stimme.

»Sie haben meine Daten gestohlen!«, tobte der Entwicklungschef und trat wieder einen Schritt näher. Bert hob drohend die Hand.

»Was? Ich habe keine Daten gestohlen. Er war leer.« Hatte die Sekretärin eine Festplatte aus dem Tresor entwendet?

Herr Moser starrte sie verwirrt an. »Was war leer?«

Allmählich dämmerte Ana, dass er nicht den Safe meinte. »Von welchen Daten sprechen Sie?«

»Alle Dateien aus meinem persönlichen Bereich sind weg. Der gesamte Speicher wurde gelöscht. Gestehen Sie, dass Sie es waren! Ich sehe Ihren Namen in der Logdatei.«

»Den Teufel werde ich tun, ich war das nicht. Ich zerstöre doch keine Kundendaten und gefährde den Ruf meiner Firma.« Pat fürchtete nichts mehr als negative Schlagzeilen. Solche Anschuldigungen eines Kunden konnten verheerende Auswirkungen haben.

»Wir beruhigen uns jetzt alle. Das muss ein Irrtum sein. Frau Rubin würde nie im Leben Ihre Daten vernichten.« Bert sprach im Brustton der Überzeugung. Das wirkte. Herr Moser schaute verunsichert zwischen ihnen hin und her. Misstrauisch knurrte er: »Im Protokoll steht aber, dass Ihr User die Dateien entfernt hat.«

»Zeigen Sie mir das Protokoll. Es stimmt auf keinen Fall«, regte sich Ana auf.

»Gibt es Sicherungen?«, unterbrach Bert sie mit besänftigendem Tonfall.

Herr Moser riss die Augen auf und rannte los. »Wir sprechen uns noch. Das hat Konsequenzen.« Der Türrahmen bebte, als die Tür zuknallte.

»So ein Hirni! Alles in Ordnung, Ana?« Bert sah sie besorgt an.

»Was ist, wenn er recht hat und mit meinem User seine Daten gelöscht wurden? Wie kann das sein? Ich habe doch nicht …« Die Angst schnürte Ana den Hals zu.

»Entspann dich. Wir klären das auf. Vielleicht wurdest du gehackt. Hoffentlich hat Luis mit seinen Untersuchungen nichts angestellt.« Er überlegte. »Eher nein. Jedenfalls ist es saublöd, falls wirklich ein Benutzer die Daten eines anderen Mitarbeiters vernichten kann. Was haben die denn für ein Berechtigungssystem?«

Ana fehlte im Moment jegliches Interesse an Fialas Sicherheitsvorkehrungen. Ihr ging es um ihren Ruf. »Ich verstehe das nicht. Wer steckt da dahinter? Von Beginn an wirft uns jemand Steine vor die Füße. Zuerst war es Firlefanz, aber jetzt ist es todernst und Herr Moser …«

»Du nimmst es zu persönlich. Der Mann hat Panik geschoben wegen seiner Daten. Wenn es eine Sicherung gibt, beruhigt er sich wieder. Krieg dich ein, Ana.«

»Wie denn? Ich habe die Ratte, den Laserpunkt und die schriftlichen Drohungen ignoriert. Aber jetzt zerstört jemand in meinem Namen die Daten vom Entwicklungschef.«

»Dieser Moser ist der Entwicklungschef? Der Typ ist aggressiv, wenn er unter Druck steht.«

»Er ist außer sich. Das wärst du an seiner Stelle auch.« Ana spürte Furcht um den Vertrag hochkriechen. Sie durfte nicht zulassen, dass sie schuld am Abbruch war.

»Manuela hat mir von dem verwesten Viech erzählt, alles andere ist neu für mich. Was geht hier vor?«

Ana überlegte. Eskalierte die Situation, gab es nur Verlierer und sie selbst würde es am schlimmsten treffen. Der einzige Ausweg war, Herrn Moser von ihrer Unschuld zu überzeugen.

»Kann der Entwicklungschef die Daten selbst manipuliert haben, um dich anzuschwärzen?« Bert ließ sich schwer auf den Stuhl fallen.

»Herr Moser war bisher höflich und hilfsbereit. Aus welchem Grund sollte er plötzlich auf mich losgehen?«

Sie blickten sich ratlos an. Auf einmal redeten sie gleichzeitig.

»Harald Strauss«, sagte Bert. »Er nimmt Rache.«

»Herr Huber«, sagte Ana. »Er möchte selbst der IT-Leiter sein.«

»Was ist das für ein saublöder Laden? Die Seniorchefin engagiert uns mit Megadruck und ihre Mitarbeiter wollen uns eiligst wieder loswerden?«

»Ausnahme ist die Chefingenieurin. Gabriele und ich haben uns blendend verstanden. Aber sie liegt nach ihrem Sturz schwer verletzt im Spital.« Auf einmal stieß Ana heraus: »Kann das zusammenhängen? Womöglich hat jemand bei Gabrieles Unfall nachgeholfen.« Ihre Stimme schrillte durch den Raum.

»Was hat das mit Mosers Daten zu tun? Meinst du …? Du spinnst doch. Beruhige dich endlich.« Er sah sie voller Bedenken an. Gleich würde er sie für verrückt erklären.

»Frau Schön wollte mir gestern unbedingt etwas erzählen. Nur deshalb bin ich nochmals zum Werk gefahren. Vielleicht wollte jemand durch diesen Unfall unser Gespräch verhindern.«

Solange der Gedanke nur in ihrem Kopf herumgespukt hatte, war er verschwommen und unwirklich gewesen. Ausgesprochen schwebte er bedrohlich im Raum.

»Ana, du steigerst dich in eine Verschwörung hinein, wo vielleicht ein blöder IT-Bug das Drama ausgelöst hat. Ich besuche jetzt Herrn Moser und schau, was mit seinen Daten los ist. Du trinkst ein Glas Wasser und erholst dich von dem Schreck. Danach sehen wir weiter.« Bert redete beschwichtigend auf Ana ein. Sein Gesichtsausdruck sprach Bände. Er hielt sie für hysterisch.

Ana legte die Stirn auf die kühle Schreibtischplatte. Dieser Kundenauftrag war ein Albtraum. Als es klopfte, fuhr sie zusammen, als ob sie ein schlechtes Gewissen hätte.

»Karsten!«

»Grüß euch. Ich war gerade in der Nähe …«

»… und da dachtest du, du schaust vorbei?«, unterbrach ihn Bert. »Bist du im Auftrag von Manuela unterwegs, um mich in die Firma zu schleppen? Dann hau wieder ab, ich bleibe hier.«

Der Vertriebsleiter blickte ihn belustigt an. »Mies gelaunt? Wegen dir komme ich nicht her. Ich bin froh, wenn ich ein paar Tage Pause von dir habe, Herr Kollege.«

»Aha. Hätte ich mir denken können, du besuchst Ana. Verlegt lieber eure Dates in die Freizeit. Egal, ich marschiere ohnehin gerade zum Entwicklungsleiter und helfe ihm, seine Daten zu suchen.«

»Was ist ihm denn über die Leber gelaufen, dass er so grantig ist?«, wunderte sich Karsten.

»Wenn du Zeit hast, erkläre ich es dir. Vielleicht kriege ich beim Reden einen klaren Kopf. Im Moment summt ein Bienenstock in mir.«

Ana erzählte von ihren Erlebnissen, bemüht, Fakten aufzuzählen und die Gefühle kleinzuhalten. Am Schluss reichte sie Karsten den neuesten Zettel mit der Drohung. »Glaubst du, das war die Ankündigung der Datenlöschung oder kommt noch was Ärgeres?«

Karsten wirkte betroffen. »Haben wir es mit einer überdrehten Abwehrreaktion der Belegschaft zu tun?«

»Du meinst einen Kulturschock zwischen Familienbetrieb und Multikonzern? Wir zeigen es den arroganten Consultants, die alles besser wissen? Dieser Gedanke kam mir anfangs auch oder dass es ein blöder Bubenstreich ist.« Ana stockte. »Jetzt fürchte ich, es geht um etwas Größeres, etwas Böses.«

»Hast du schon mit der Firmenchefin über die Probleme gesprochen?«

Ana schüttelte den Kopf. »Frau Fiala ist bei Firmeninterna kurz angebunden. Wenn ich ihr die Vorfälle erzähle, riskiere ich eine unkontrollierbare Reaktion. Felix würde auszucken, der ist bereits stinksauer auf mich.«

»Felix flippt sowieso wegen jeder Kleinigkeit aus. Unter diesen Bedingungen weiterzumachen, als ob nichts wäre, ist zu gefährlich für euch. Willst du den Auftrag vorzeitig beenden?«

Ana blies die Luft aus. Wie schön wäre es, die Frage zu bejahen. »Du weißt, dass mich das mein Sabbatical kostet.«

»Warum nimmst du dir nicht einfach Urlaub, wenn du zu deiner Schwester willst? Den kriegen wir mit vereinten Kräften bei Felix kurzfristig durch.«

»Lieb, dass du mir helfen würdest. Ich brauche vier Monate, womöglich ein paar Wochen mehr. Zu viel für Urlaub und Zeitausgleich.« Ana lächelte Karsten gequält an.

»Okay«, sagte er gedehnt. Seine Miene war ein einziges Fragezeichen.

Ana schluckte schwer. Sie hatte noch mit niemanden darüber gesprochen. Doch jetzt war es an der Zeit, ihre Ängste zu teilen. »Regina ist schwanger und für sie bedeutet das wegen einer Vorbelastung akute Lebensgefahr. Ich muss zu ihr.«

Karsten sah sie bestürzt an und nahm ihre Hand.

»Ich habe sogar schon überlegt zu kündigen. Aber dann war alles umsonst, was ich in meine Karriere gesteckt habe.«

»Unsinn. Bei deiner Qualifikation findest du jederzeit einen neuen Job.«

»Irgendeinen. Mich entmutigt die Erfahrung, wie schwer man als Frau in der Informatik einen Führungsjob erreicht.«

»Es würde mir leidtun, wenn du gehst.« Wie ernst Karsten sie ansah. »Doch es ist immer noch besser, als dass dir etwas zustößt.«

»Ich würde euch schrecklich vermissen.« Ana schluckte und bemühte sich um Fassung. »Machen wir aus einer Mücke keinen Elefanten. Bert meint auch, ich nehme alles zu persönlich. Ich muss als Erstes das Datendrama mit dem Entwicklungschef klären, sonst ist meine Reputation beim Teufel.« Ihre Stimme hatte zur Leichtigkeit zurückgefunden.

Sie zwinkerte ihm zu. »Als Datendiebin überstehe ich kein Bewerbungsgespräch. Ich halte mich ab sofort hundert Meter von allen Firmeninterna fern und komme niemandem in die Quere.«

Karsten schwieg lange. »Überleg, was du tust, und versprich mir, dass du einstweilen in der Nähe von Bert bleibst. Ich schicke dir so rasch wie möglich zusätzlich Manuela.« Dann lachte er auf. »Am besten, du treibst die anderen in den Wahnsinn, bevor sie es mit dir machen. Das kannst du doch perfekt.«

KAPITEL 21

Das Gespräch mit Karsten hatte ihr gutgetan. Irgendwie würden sie diesen Auftrag bewältigen. Sie hatte das beste Team der Welt hinter sich. Als die Basstöne von »Child In Time« ertönten, griff sie automatisch zum Handy.

Ihr Privatdetektiv war dran. »Ana, kannst du reden?«

»Hi Ronald. Ja, ich …«

»Halt dich an!«, unterbrach er ungeduldig.

»Was ist los?«

»Der Kurz hatte nicht geplant, zu übersiedeln. Er hat kurz vor Ostern den Jahresbeitrag für die Hundeschule überwiesen.

»Vielleicht hat er es sich anders überlegt.«

»Kurz hat seit Ostern keine Kontobewegungen. Keine Bankomatabhebung, keine Kreditkarte, absolut nichts. Facebook und Instagram sind verwaist.«

»Wie gibt es das? Ist er …?« Ana wagte nicht, den Gedanken auszusprechen.

»Klaus Kurz ist untergetaucht oder entführt oder tot oder sonst etwas. Ich kann nicht hellsehen. Jedenfalls ist er nicht auf Urlaub oder hat nach seiner Kündigung bei der nächsten Firma zu arbeiten begonnen. Er empfängt kein Gehalt und kein Arbeitslosengeld.«

»Was ist dem jungen Mann nur zugestoßen?«, sinnierte Ana. »Bin ich verpflichtet, etwas zu unternehmen?«

»Nicht auf Basis von Informationen, die ich gar nicht haben darf.« Ihr Freund zögerte. »Auf alle Fälle solltest du aufgeben, nach ihm zu suchen.«

»Denkst du, es ist gefährlich?«

Eine Bewegung verriet Ana, dass Bert zurückgekommen war und lauschte. Er hatte bestimmt an ihrem Tonfall erkannt, dass das Telefonat sie beunruhigte.

»Falls Herr Kurz nicht gefunden werden will und du in seinem Leben herumstocherst, fühlt er sich womöglich bedroht und wird unangenehm.«

»Daran habe ich nicht gedacht. »

»Soll ich gründliche Nachforschungen anstellen?« Ronald war bereit weiterzumachen.

»Du hast doch gerade gesagt, dass es gefährlich sein kann.«

»Hast du vergessen, dass ich Privatdetektiv bin? Und zwar ein verdammt guter und ich kann mit Gefahr umgehen. Überleg dir die Entscheidung und gib mir Bescheid.«

Sie hatte den Anruf kaum beendet, da drängte Bert: »Was ist passiert?«

»Ein ehemaliger Mitarbeiter von Fiala & Sohn ist spurlos verschwunden.«

»Was hast du mit dem Mitarbeiter zu tun?«

Bert bestand auf ihre Erklärung. Während sie erzählte, schüttelte er den Kopf.

»Einflussreiche Fiala hin oder her. Das ist ein Scheißauftrag, der ist es nicht wert. Am besten ist, wir zischen hier ab. Pat muss akzeptieren, dass wir nicht in diesen Laden passen.«

Ana dachte an ihre Schwester, die ihr vertraute und auf sie wartete. Dann fiel ihr Felix ein, der sie eine Dramaqueen genannt hatte. Ihm würde es Vergnügen bereiten, ihr beim Scheitern zuzusehen. Es war wie verhext. Sie hatten den Auftrag für harmlos gehalten und sich getäuscht. »Das geht nicht. Wir erledigen unsere Aufgaben bis zum Ende. Mach dir keine Sorgen. Wenn ich Herrn Kurz nicht suche, hat er keinen Grund, sich mit mir zu befassen.«

»Was ist, wenn sie ihn abgemurkst und verbuddelt haben?«

»Was?« Ana starrte Bert entsetzt an.

Er grinste. »Das war ein Scherz. Mich ärgert, wie diese Bande mit dir umgeht und ein verschwundener Exmitarbeiter ist zumindest ungewöhnlich. Ich lasse dich hier jedenfalls nicht allein arbeiten. Manuela braucht einen Ersatz für mich. Ab sofort gibt es uns nur mehr im Doppelpack.«

Ana boxte ihn freundschaftlich in die Rippen. »Das finde ich super. Was war bei Herrn Moser?«

»Er hat den Herrn Huber dazugeholt und der hat problemlos eine Sicherung eingespielt. Herr Moser ist noch immer wütend, aber momentan kontrolliert er, ob die Dateien vollständig sind.«

Erleichtert atmete Ana auf. »Können wir einen Beweis erbringen, dass ich nicht in seinem Bereich war?«

»In unserem Rechenzentrum wäre es möglich. Hier fehlt mir der Zugriff auf geeignete Werkzeuge. Das wird schwierig.«

»Es ist technisch machbar? Ich bin von der Seniorchefin als IT-Leiterin eingesetzt. In dieser Funktion frage ich nicht, sondern leite die Untersuchung ein.«

»Mhm. Lass mich mit einem Securityspezialisten telefonieren, ich überlege mir etwas.« Bert tippte bereits auf seinem Handy.

»Und ich rede in der Zwischenzeit mit den Managern. Ich habe nicht vor, mich vor ihnen zu verstecken.«

Als sie die Tür öffnete, stand Frau Fiala vor ihr. Das war schnell gegangen. Der Entwicklungschef hatte keine Zeit verloren, sich über Ana zu beschweren. Hinter der Seniorchefin lehnte eine blasse Frau Thorn an der Wand. Da erblickte Ana auch Luis. Er strahlte sie stolz an und machte Handzeichen.

»Frau Rubin, ich muss Sie stören. Sie haben einen Tresor gefunden, dessen Inhalt ich nicht kenne. Den schau ich mir jetzt an.«

Sie waren wegen des Safes da. »Er … Ich …«, stotterte Ana und trat auf die Seite, als die Seniorchefin forsch zum Gemälde eilte. Bert sprang auf.

»Da dahinter?«

»Ja, Großmutter.« Luis kletterte auf die Couch, ohne seine Schuhe auszuziehen. Er rüttelte am Rahmen des Bildes, der nach vorne klappte und ausschwenkte. Diesmal erkannte Ana das Tastenfeld.

»Lassen Sie uns allein.«

Nochmals setzte Ana zu einer Erklärung an. »Ich muss …« Eine herrische Geste der Seniorchefin schickte sie weg.

Frau Thorn kauerte in ihrem Schreibtischsessel, den Kopf auf die Arme gelegt.

»Ist Ihnen unwohl?« Ana beugte sich zu der schwangeren Frau.

»Mir ist schwindelig.« Ihr Blick wanderte zu der offen stehenden Tür und ihre Gesichtsfarbe erschien noch fahler. »Ich packe besser für heute zusammen und lege mich zu Hause nieder.«

»Soll ich Sie heimführen?«, bot Bert an.

»Danke für Ihre Fürsorge, aber das ist wirklich nicht notwendig.« Die Sekretärin begann, ihren Schreibtisch aufzuräumen.

Luis tauchte auf und lief aufgeregt zu Ana. »Ich habe mich getraut! Aber Großmutter kennt den Code auch nicht«, flüsterte er. »Sie holt wen.«

Frau Fiala trat zu ihnen. »Sie können weiterarbeiten. Wenn mein Sicherheitsdienst kommt, machen Sie Feierabend.«

»Ich warte in meinem Büro, Großmutter. Hol mich dann, ich will unbedingt dabei sein.«

»Frau Fiala, hätten Sie kurz Zeit für mich? Es ist wirklich wichtig.« Es war die letzte Chance für Ana, die Seniorchefin über den leeren Tresor aufzuklären.

»Seien Sie nicht lästig. Ich melde mich bei Ihnen, sobald es passt.« Frau Fiala ging mit einem unwilligen Kopfschütteln.

»Kommen Sie, Frau Thorn. Ich trage Ihnen die Taschen zum Auto.« Bert begleitete die Sekretärin und ließ eine unglückliche Ana zurück.

Zur Ablenkung wollte sie ihr Gespräch mit den Managern hinter sich bringen. Wenn sie die beiden davon überzeugte, gemeinsam nach dem wahren Übeltäter zu forschen, konnte sich noch alles zum Guten wenden.

Entschlossen pochte sie an Herrn Hubers Bürotür. Die Tür schwang auf und sie trat ein. Auf dem Schreibtisch türmten sich Papierstöße, Ordner und Schreibgeräte. Alle Fächer waren mit Büchern vollgestopft. Sogar am Fensterbrett stapelten sich Notizzettel und dazwischen klemmte ein Laserpointer. Herr Huber war ein Chaot, womöglich war er …

»Suchen Sie etwas?«, zischte seine Stimme hinter ihr.

»Ja, Sie. Ich muss mit Ihnen sprechen. Herr Moser behauptet, dass ich seine Dateien gelöscht habe, weil das angeblich in einem Protokoll steht.«

»Jetzt geht Ihnen der Arsch auf Grundeis.« Huber lachte. Seine hämische Bemerkung passte nicht zu den fröhlichen Tupfen seines Sakkos. »Pardon.« Er machte ein zerknirschtes Gesicht und deutete eine Verbeugung an.

»Hören Sie, ich war das nicht. Auch wenn Sie mich verabscheuen, wollen Sie mir doch nichts Falsches anhängen. Ich habe nichts davon, wenn Ihr Entwicklungschef seine Daten verliert und ich würde nie einem Kunden absichtlich schaden.«

Herr Huber betrachtete sie aufmerksam. »Ist es unabsichtlich passiert? Weil Sie herumgeschnüffelt haben? Haben Sie gefunden, was Sie suchen?«

Wie konnte Sie ihn überzeugen? Er hatte sich von Anfang an in die Idee verrannt, dass sie auf seinen Job und firmeninterne Informationen aus war. Sie hielt den Augenkontakt.

»Was schlagen Sie vor?« Herr Huber wirkte zugänglicher.

»Dass wir gemeinsam untersuchen, wie das Löschen geschehen ist.«

Er deutete ihr, Platz zu nehmen. In seinem Büro gab es keinen freien Zentimeter.

»Was erwarten Sie von mir?«

»Mein Kollege berät sich mit einem Spezialisten. Ich möchte die Computer systematisch auf Auffälligkeiten analysieren. Wenn Sie und Herr Moser aktiv mitarbeiten, werden Sie die Ergebnisse akzeptieren.«

»Haben Sie Frau Fiala um Erlaubnis gefragt?«

»Wir brauchen sie im Moment nicht zu beunruhigen. Die relevanten Erkenntnisse teilen wir ihr mit.«

»Warum sollte ich Ihnen helfen?«

Ana zögerte, sie wollte keinen neuen Streit provozieren. »Wenn Sie die Daten nicht entfernt haben, ist es in Ihrem Interesse, dass Klarheit geschaffen wird. Ich habe Ihnen versichert, dass ich bald wieder weg bin. Sie allerdings bleiben da und benötigen eine integre IT.«

»Wer weiß von Ihrem Plan?«

»Bisher nur mein Kollege und Sie. Und ein Securityspezialist aus unserer Firma, wenn Bert Ulram ihn bereits erreicht hat.«

»Ich unterstütze Sie, wenn sich der Kreis der Informierten auf diese Personen beschränkt.«

»Ich denke …«, begann Ana.

»Sie haben mich gehört, das ist mein letztes Wort. Niemand wird eingeweiht.«

War sein Vorschlag klug oder eine Falle? Sie vertraute darauf, dass Bert technisch so versiert war, dass Herr Huber ihn nicht täuschen konnte. Es war den Versuch wert und sie würde den Mann im Auge behalten.

»Einverstanden. Ich teile das meinem Kollegen mit und melde mich, sobald wir starten.«

Beim Hinausgehen wandte sie sich nochmals um. »Am Montag ist das Vorgespräch mit dem Auditor. Falls er sie anspricht, tun Sie uns den Gefallen und erwähnen den Vorfall nicht. Bis zum Audit ist er hoffentlich geklärt.«

Jetzt hatte Ana bereits zwei Themen, die sie nicht mit dem Auditor erörtern wollte.

KAPITEL 22

Bert stimmte bereitwillig zu, keine weiteren Personen in die Untersuchung des IT-Systems einzubeziehen. Das erleichterte sein Vorgehen. Er hatte sich von einem Spezialisten zusätzliche Tipps geholt und sah sich durchaus in der Lage, die Klärung herbeizuführen.

»Sag dem Huber, dass wir in ein bis zwei Stunden zu ihm kommen, um das Vorgehen abzustimmen. Ich möchte dich dabeihaben, damit keine Missverständnisse entstehen.«

Nachdem Ana Herrn Huber informiert hatte, klopfte sie sachte an die Tür des Entwicklungschefs. Auch wenn sie ihn wegen ihres Versprechens nicht einweihen durfte, wollte sie einen Waffenstillstand bewirken.

»Ja, es ist offen.«

Als Herr Moser sie erkannte, öffnete er den Mund. Schnell sagte Ana: »Bitte lassen Sie mich ausreden. Ich weiß, dass Sie mir nicht glauben, aber ich habe mit Ihren gelöschten Daten nichts zu tun.«

Herr Moser schaute sie forschend an. »Ich habe möglicherweise überreagiert, aber das Protokoll deutet eindeutig auf Sie.«

»Ist mir klar. Deshalb möchte ich keine Diskussion mit Ihnen führen, sondern Sie um Ihr Vertrauen und eine weiterhin konstruktive Zusammenarbeit ersuchen.«

Der Entwicklungschef schaute skeptisch drein. »Vielleicht wäre es besser, wenn Sie …« Er verstummte, ohne den Satz zu beenden. Ana verabschiedete sich rasch. Sie bezweifelte, dass er ihr Friedensangebot angenommen hatte.

Es verging eine Stunde, bis Frau Fiala mit zwei Arbeitern mit Metallkoffern anrückte. Dahinter drückte sich Luis ins Zimmer. Er kaute pausenlos und zappelte im Stehen. Frau Fialas abweisende Miene war unmissverständlich und unterband jeden Versuch zu einem Vieraugengespräch.

Mit einem letzten Blick zum Tresor wandte sich Ana bedrückt ab. »Wir haben eine Besprechung mit Herrn Huber«, äußerte sie, dann zogen sie und Bert sich zurück.

Bert erklärte Herrn Huber das Vorgehen. Dieser stimmte nach ein paar Fragen zu. Die Stimmung zwischen den Männern war konstruktiv und Ana hielt sich im Hintergrund. Sie verabredeten sich für den nächsten Morgen.

Als Bert und Ana zu ihrem Büro zurückkehrten, stand die Tür weit offen und sie vernahmen die erregte Stimme von Frau Fiala. Ana legte den Finger auf ihren Mund und deutete ihrem Kollegen anzuhalten.

»Du hörst auf der Stelle mit diesem Unsinn auf. Es existiert kein Brief, nimm das endlich zur Kenntnis!«

»Dann hat Papa sich nicht umgebracht«, brüllte Luis mit sich überschlagender Stimme.

»Sag ich doch, es war ein Unfall. Wie oft soll ich das noch wiederholen?«

»Kein Unfall, jemand hat ihn ermordet!«

»Es reicht, Luis. Du bist unerträglich. Wir fahren nach Hause.« Frau Fiala stapfte aus dem Büro und schleppte den sich sträubenden Buben hinter sich her. Sie würdigte Ana und Bert keines Blickes.

»Der Tresor ist leer«, zischte Luis Ana zu. Er kaute blitzschnell.

Ana bemühte sich, überrascht dreinzuschauen.

»Das ist ein gestörter Laden«, stellte Bert Augenblicke später fest. »Ich verlange Irrenhauszulage. Für heute reicht es.«

Auch Ana hatte das Bedürfnis, sich bei einem entspannten Abend von den Ereignissen abzulenken. Deshalb hielt sie auf dem Heimweg am Wochenmarkt und erwarb frisches Gemüse und Schinken. Sie schlenderte zwischen den Marktständen umher und genoss den bunten Trubel. Wie angenehm normal das Leben außerhalb ihrer Arbeitswelt war.

Daheim bereitete sie einen Auflauf zu und schob ihn ins Backrohr. Voller guter Vorsätze kletterte sie auf den Crosstrainer und anschließend auf das Rudergerät. Danach genoss sie zufrieden ihr köstliches Mahl und rundete es mit einem Glas Rotwein ab. Endlich fühlte sie sich entspannt. Sie schenkte Wein nach. Mit Jacke, Glas und Zigarette bewaffnet machte sie es sich auf der Stiege vor dem Haus bequem.

Vor dem Nachbarhaus fuhr ein Wagen weg. Sein Motorengeräusch wurde leiser und verklang. Einzig Vogelzirpen unterbrach jetzt die Stille. Genüsslich nippte Ana. Der Wein war vollmundig und hinterließ einen leicht pelzigen Geschmack.

Versonnen dachte sie über den Tag nach. Es waren so viele verrückte Sachen passiert. Ihr fiel das Päckchen auf ihrem Beifahrersitz ein. Ronald erwartete ihre Entscheidung, ob er den Verbleib von Herrn Kurz weiter untersuchen sollte.

Es war vernünftiger, die Post von Kurz nicht mit sich herumzuschleppen. Sonst erkannte jemand von Fiala & Sohn den Adressaten. Besser, sie verstaute das Paket im Keller.

Ana holte den Autoschlüssel, doch das Schloss schnappte nicht auf. Irritiert fummelte sie herum, da schnappte es zu. Sie hatte beim Heimkommen vergessen abzuschließen, das passierte ihr sonst nie.

Entgeistert starrte sie auf den Beifahrersitz. »Das gibts doch nicht!« Das Päckchen war weg. Hektisch kroch sie in den Innenraum und suchte den Boden ab. Nichts. Jemand hatte die Post von Herrn Kurz gestohlen.

Ratlos kontrollierte sie den Kofferraum. Der war leer. Sie zermarterte ihr Gehirn, ob sie das Paket beim Heimfahren neben sich gesehen hatte. Sie war sich relativ sicher, beschwören konnte sie es nicht.

Wer hatte sich an dem Jaguar zu schaffen gemacht? In dieser entlegenen Sackgasse fiel jeder Spaziergänger auf. Dunkel erinnerte sie sich an das wegfahrende Fahrzeug.

Plötzlich wurde ihr siedend heiß. Wenn jemand das Cabrio geöffnet hatte, war er womöglich noch in der Nähe. Im Garten, hinter dem Carport, hinter der Hecke – es gab endlos viele Verstecke. Sie hatte die Haustür unverschlossen gelassen.

Ana stürmte zur Stiege, schnappte ihre Sachen und lief in den Vorraum. Schnell verschloss sie den Riegel und hielt inne. War der Dieb in der Zwischenzeit eingedrungen?

Sie zwang sich, regelmäßig zu atmen und nachzudenken. Es war unwahrscheinlich, dass jemand im Haus war.

Dennoch musste sie es kontrollieren, sonst hatte sie keine ruhige Minute. Sie huschte ins Wohnzimmer und nahm den Paniktaster in die linke Hand. Mit der rechten ergriff sie den Pfefferspray aus ihrer Handtasche. Geräuschlos stieg sie die Treppe nach oben. Als sie ins Schlafzimmer schlich, hielt sie die Luft an. Es war alles ordentlich, hier war niemand.

Zimmer für Zimmer durchsuchte sie das Haus. Nachdem sie auch den Keller überprüft hatte, setzte sie sich erschöpft auf die Lederbank. Sie fühlte, wie Ärger die Angst verdrängte. Entschlossen wählte sie Ronalds Nummer.

»Mir hat wer seine Post gestohlen!« Ihre Stimme überschlug sich.

»Ana? Was ist passiert?«

»Das ist kein Scherz. Mir hat jemand das Paket von Herrn Kurz vom Beifahrersitz geklaut. Das muss aufhören, ich habe genug von der ganzen Scheiße!«

»Atme tief durch, wir kriegen das hin.« Sein vertrauter Tonfall wirkte beruhigend. »Ist die Seitenscheibe eingeschlagen?«

»Nein. Ich habe das Auto kontrolliert, es ist unbeschädigt. Es war unversperrt, obwohl ich es hundertprozentig verschlossen habe.« In Ana brodelte Wut. »Der alte Jaguar hat noch Öffnungsknöpfe. Ich nehme an, dass ihn jemand mit einer Schlinge aufgemacht hat.«

»Während du im Haus warst?«

»Theoretisch kann es untertags am Firmenparkplatz passiert sein. Aber ich bin sicher, es war wer auf meinem Grundstück. Ich habe zu Abend gegessen und trainiert, während jemand mein Auto ausgeräumt hat.« Anas Zorn wuchs.

»Das ist dreist. Der hat riskiert, dass du ihn überraschst.«

»Das ist kein Zufall! Auch wenn ich paranoid klinge, der Einbruch hängt mit den Nachforschungen über Klaus Kurz zusammen.«

»Keine voreiligen Schlüsse. Wem ist bekannt, dass du ihn suchst?«

»Der Frau vom Gemeindebau, die mir das Päckchen angedreht hat und ein paar Angestellten von der Firma. Und die benehmen sich eigentümlich, wenn der Name Kurz fällt.«

»Hast du diesen Personen auch erzählt, dass du ein Paket für ihn übernommen hast?«

»Nein, das habe ich nur dir gesagt.« Ihre Gedanken ratterten. »Vielleicht ist mir einer gefolgt und hat die Übergabe beobachtet. Ach, das ist doch Quatsch, es war früh am Morgen.«

»Hast du Angst? Soll ich bei dir übernachten?«

Ana horchte in sich hinein. »Nein, ich habe keine Angst, ich bin stinksauer. Ich lasse mir nicht gefallen, dass sich wer so unverschämt an meinen Sachen vergreift. Ich habe die Fenster und Türen versperrt, mir passiert nichts.«

»Nimm die Gefahr ernst. Womöglich hat Kurz bereits erfahren, dass du nach ihm forschst, und will dir zuvorkommen. Hast du entschieden, ob ich die Suche nach ihm fortführen soll?«

»Gib mir bis morgen Zeit. Vielleicht mache ich eine Anzeige. Allerdings hält mich die Polizei vermutlich für übergeschnappt. Mir hat wer die Post von jemandem gestohlen, den ich gar nicht kenne. Klingt echt krank.«

»Rede doch mit deinem Kommissar, der glaubt dir.«

Heinz Müller, Chefinspektor bei der Wiener Mordkommission und ein guter Freund. An ihn hatte sie schon etliche Male gedacht, ihn dann doch nicht angerufen. »Heinz ist auf einer Fortbildung in England. Der Kurs ist intensiv und fordert seine ungeteilte Konzentration. Ich störe ihn ungern. Er kommt nächste Woche zurück. Vielleicht warte ich mit der Anzeige auf ihn.«

»Überleg es dir und sei auf alle Fälle vorsichtig. Wenn dich etwas beunruhigt, melde dich bei mir.«

»Mach ich. Danke, Ronald. Ich wünsche dir eine erholsame Nacht!«

Kaum hatte sie aufgelegt, rief sie Regina an. Diesmal passte die Uhrzeit. Obwohl die beiden scherzten und Pläne für Anas Aufenthalt schmiedeten, verstärkte sich ihr ungutes Gefühl. »Geht es dir schlechter?«

»Wieso fragst du?«, fragte Regina zurück.

»Weil … Ich weiß nicht … Gibt es etwas Neues?« Ana hörte Regina seufzen und hielt den Atem an.

»Bitte reg dich nicht auf«, beschwichtigte Regina, was sie noch mehr besorgte. »Der letzte Befund war … wieder unklar. Ich muss warten. Das ist schwer zu ertragen.«

Ana rannen die Tränen über die Wangen. Sie schluckte schwer. »Ich bin in Gedanken bei dir und ich verspreche dir, ich komme bald.«

»Ja, aber ohne dass du dir alles kaputt machst. Du würdest es bereuen und damit kann ich nicht leben.«

Nach dem Telefonat saß Ana still da. Wie unwichtig waren die Geschehnisse im Vergleich zu ihrer Schwester. Niemand würde sie daran hindern, ihr Wort einzuhalten.

KAPITEL 23

In der Früh stürzte Ana zwei Espresso hinunter und schluckte eine Tablette gegen ihre Kopfschmerzen.

Sie hatte unruhig geschlafen. Immer wieder fiel ihr Herrn Mosers Verdacht gegen sie ein. Ihr Gehirn hatte unaufhörlich weitergegrübelt. Über den Autoeinbruch, über Klaus Kurz und vor allem über ihre Schwester. Lange hatte sie gerätselt, wie sie nach Quebec gelangen konnte, ohne vertragsbrüchig zu werden. Sogar einen Krankenhausbesuch bei Pat hatte sie erwogen, doch dann wieder verworfen. Ihre Chefin hatte andere Prioritäten als Ana.

Als sie im Werk eintraf, war der Schreibtisch von Frau Thorn verwaist. Sofort beschlichen Ana Gewissensbisse. Womöglich war sie zu schroff mit der Schwangeren umgegangen. Andererseits deckte Ana unbeabsichtigt nach wie vor ihr Öffnen des Tresors. Sie musste eine Gelegenheit für eine Aussprache mit Frau Fiala finden, ohne sich selbst verdächtig zu machen.

Bert und Herr Huber erwarteten sie bereits.

»Morgen, Ana. Wir haben soeben mit der Analyse des Systems begonnen«, begrüßte Bert sie. Die beiden Männer saßen nebeneinander und starrten auf seinen Laptop. Ana nahm gegenüber Platz. Herr Huber nickte ihr zu und vertiefte sich umgehend wieder in den Bildschirm. Hin und wieder tauschten die Männer Fachbegriffe aus.

»Bis hierher sieht alles unauffällig aus. Da verdoppeln sich die Aktivitäten. Der arbeitet parallel an unterschiedlichen Themen, wie wenn es ihn zweimal gäbe.«

Ana horchte auf. Redeten die Männer von ihrem User?

»So etwas habe ich noch nie gesehen. Bug oder Hacker oder Trick?« Herr Huber warf Ana einen Seitenblick zu. Sie verbiss sich eine Bemerkung.

»Das finden wir heraus.« Bert war in seinem Element. »Prüfen wir, ob es so ein Verhalten in der Vergangenheit schon gegeben hat. Wie weit zurück checken wir?«

»Eine Woche?« Herr Huber klopfte auf die Tischplatte.

»Kontrolliert alle User«, warf Ana ein.

»Das wird aber ein riesiger Datenberg. Das dauert bestimmt endlos. Ich bezweifle, dass so eine Abfrage Sinn ergibt.«

Ana ärgerte sich über Herrn Hubers Ablehnung.

»Ana, was meinst du?«, sprach Bert sie an. »Wie lange zurück würdest du analysieren?«

»Alle User und bis vor Ostern.«

Die beiden starrten sie überrascht an. Da richtete Herr Huber seinen Zeigefinger auf sie. »Sie suchen noch immer nach einem Unfall. Das eine hat mit dem anderen nichts zu tun.«

Bevor sich Ana aufregen konnte, griff Bert ein. »Völlig egal, wir kennen keinen besseren Zeitpunkt. Wir kontrollieren ab Mitte März.«

Herr Huber schüttelte den Kopf und verzog seinen Mundwinkel verächtlich. Bert ignorierte ihn und klopfte konzentriert in die Tasten.

Nach einiger Zeit lehnten sie sich gleichzeitig zurück. »Diese Abfrage wird lange laufen. Sobald die Daten da sind, melde ich mich bei Ihnen.«

Herr Huber nickte und erhob sich. »Frau Rubin hat ihren Willen durchgesetzt.«

»Hat Herr Fiala in den letzten Monaten vor seinem Unfall an Figur101 gearbeitet?« Ana beobachtete Herrn Hubers Reaktion.

Seine Wangen liefen rot an und eine steile Falte bildete sich auf seiner Stirn. »Ich habe Ihnen bereits gesagt, dass wir mit Ihnen keine Betriebsinterna diskutieren.«

»Gab es Probleme bei der Entwicklung?«

»Lassen Sie mich in Ruhe!«

»Sie waren seine rechte Hand. Hat er Sie eingeweiht oder seine Erfindungen im stillen Kämmerchen ausgebrütet?« Ana ignorierte, dass Herr Huber seine Hände zu Fäusten geballt hatte. Solange Bert bei ihr war, würde er nicht wagen, handgreiflich zu werden.

»Ich verstehe nicht …«, begann Herr Huber.

»Natürlich verstehen Sie«, zischte ihn Ana an. Bert zog die Brauen in die Höhe, erstaunt über ihre Unhöflichkeit. »Die Geheimniskrämerei ist lächerlich, Sie arbeiten hier nicht an Militärgeheimnissen. Also verraten Sie mir, wer in die Pläne ihres Chefs eingeweiht war?«

Seine Augen blitzten sie wütend an. Die Lippen waren aufeinandergepresst. Ana nahm zur Kenntnis, dass er ihr keine Antwort geben würde.

Kaum war die Tür zugefallen, fuhr Bert sie an: »Warum machst du das? Du bringst ihn gegen uns auf! Wir brauchen ihn, um zu klären, dass du keine Daten gelöscht hast.«

»In dieser Firma ist irgendeine Sauerei im Gange und wir sollten wissen, wer involviert ist. Ich will während des Audits keine Überraschung erleben.« Ana wich seinem verständnislosen Blick aus. »Diesen Auftrag schließen wir nur erfolgreich ab, wenn wir verstehen, was hier abläuft. Sonst entgleitet uns die Kontrolle.«

Aufgeregte Stimmen ertönten vom Gang und eine Frau weinte laut auf. »Lass uns später reden. Ich schau nach, was los ist.«

Als Erstes erblickte Ana die Sekretärin. Frau Thorn hatte ihren Kopf auf die Arme gelegt und ihre Schultern zuckten. Immer wieder schluchzte sie auf. Neben ihr stand Frau Fiala mit grimmiger Miene und verschränkten Armen. Dahinter entdeckte Ana Herrn Moser und Herrn Huber mit betretenen Gesichtern.

»Ich habe die Kollegenschaft soeben informiert, dass Gabriele Schön in der Nacht ihren Verletzungen erlegen ist.« Frau Fiala bemühte sich, ihre Fassung zu wahren, während Frau Thorn wimmerte.

Ana biss sich auf die Lippe. Sie spürte die Tränen in sich hochsteigen.

»Sobald der Termin für die Trauerfeier festgelegt ist, melde ich mich. Wir nehmen als Firma gemeinsam teil.« Die Seniorchefin nickte mit versteinerter Miene und entfernte sich mit schleppenden Schritten. Die alte Dame musste einem weiteren Begräbnis beiwohnen.

Herr Moser und Herr Huber sprachen behutsam auf

Frau Thorn ein. Sie schüttelte immer wieder den Kopf und heulte hemmungslos. Die langjährigen Kollegen trauerten gemeinsam.

Um nicht aufdringlich zu sein, zog sich Ana schweigend in ihr Büro zurück. Bedrückt erzählte sie Bert vom Tod der Kundenmitarbeiterin. Bert hatte die Chefingenieurin nicht kennengelernt, deshalb schilderte ihm Ana das grelle Auftreten und ihr munteres Wesen. Und dass mit der Zeit aus der Kundenmitarbeiterin eine Freundin geworden wäre. »Jetzt werde ich nie erfahren, was sie mir vor ihrem Tod mitteilen wollte.«

»Ihr Name war Schön?«

»Ja, wieso?«

»Warte.« Bert klopfte in die Tasten. »User ›GSchoen‹?«

»Vermutlich. Sie hieß Gabriele. Was ist mit dem Benutzer? Gibt es ihn auch doppelt?«

Bert drehte sich samt dem Sessel zu ihr. Er musterte Ana einen Augenblick schweigend. Schließlich räusperte er sich. »Wir sollten das nicht überbewerten.«

»Wovon sprichst du?«

»Mir ist der User aufgefallen, als ich vorhin durch die Daten gesurft bin.«

»Wodurch?«

»Die Dame hat in den letzten Wochen Unmengen Abfragen durchgeführt. Mehr als jeder andere im Netz. Ich würde sagen: Sie hat etwas intensiv gesucht.«

»Auch am Tag ihres Unfalls? Kannst du herausfinden, was sie abgefragt hat?«

»Das ist keine gute Idee. Wenn ich eine Extraabfrage

mache, bemerkt das Herr Huber. Wir stehen dann als Hacker da. Das ist mit unseren Datenschutzregeln nicht vereinbar.«

»Ich muss es wissen! Gabriele hat gesagt, dass ich ihr die Augen geöffnet habe. Aber wofür?«

»Du musst dich gedulden, bis unsere Datenabfrage fertig ist. Die Ergebnisse beinhalten Frau Schöns Zugriffe. Wir sehen sie uns in Anwesenheit von Herrn Huber an.«

»Ich bevorzuge, dass Herr Huber nicht merkt, dass wir Gabrieles Abfragen durchleuchten.« Als Ana sah, dass Bert zum Protest ansetzte, stoppte sie ihn. »Bis wir wissen, was sie gesucht hat und ob sie es gefunden hat, halten wir das Thema unter Verschluss.«

KAPITEL 24

Ana zog heftig an der Zigarette. Ihr Inneres vibrierte. Gabriele war neugierig gewesen. Jetzt war sie tot und Ana glaubte nicht mehr an Zufall. Jemand hatte sich der unbequemen Chefingenieurin geschickt entledigt. Wenn die Polizei kein Fremdverschulden vermutete, kam er damit durch.

Wie naiv es doch gewesen war, zu glauben, sie könne sich aus allen Geschehnissen heraushalten. In Wirklichkeit war sie mit dem Vertrag mit Frau Fiala in einen Albtraum geraten, dem sie sich nicht entziehen konnte. Jemand zog im Hintergrund die Fäden. Ana wollte nicht länger die Marionette sein. Entweder sie beendete kurzfristig den Vertrag oder sie fasste sich ein Herz und ging zum Angriff über, ohne zu wissen, worauf sie sich einließ.

»Geht's?« Bert trat zu ihr und legte ihr seine Hand leicht auf den Oberarm. »Dich nimmt der Tod der Ingenieurin sehr mit.«

»Mhm. Gabriele war eine Nette und sie hat niemandem etwas Böses getan. Ich wünschte, ich wüsste, was sie mir an dem Abend sagen wollte. Das Gefühl, ich habe sie im Stich gelassen, macht mich krank.«

»Unsinn! Du kanntest die Frau kaum.«

Berts Besänftigungsversuch reizte Ana noch mehr. »Was ist, wenn jemand Gabriele absichtlich in den Graben gefahren hat?« Ana hörte, wie unbeherrscht ihre Stimme klang.

»Pst! Wenn jemand das Fenster geöffnet hat, versteht er dich womöglich. Du steigerst dich in etwas hinein.«

»Kannst du ausschließen, dass jemand nachgeholfen hat?«, flüsterte Ana.

»Die Polizei untersucht bestimmt den Unfall. Wenn etwas faul ist, finden sie Spuren.«

»Wieso meldet sich die Polizei nicht? Ich war die einzige Zeugin. Die haken den Unfall einfach ab. Ich brauche etwas Konkretes in der Hand, um sie in Bewegung zu versetzen. Dafür muss ich wissen, was Gabriele gesucht und vielleicht gefunden hat. Mit Mutmaßungen erreiche ich nichts.« Ana blies die Luft aus und rang um Fassung. »Einverstanden, wir warten auf den Datenberg. Mit Huber untersuchst du meinen User und mit mir die Abfragen von Gabriele.«

»Das machen wir und du wirst sehen, dass du überreagierst. Ist sonst wirklich alles in Ordnung bei dir?« Bert betrachtete sie besorgt.

»Gestern«, begann Ana. Sie schluckte und sagte nichts weiter. Wenn sie Bert von dem Autoeinbruch und dem Diebstahl des Paketes erzählte, würde er endgültig den Projektabbruch verlangen. Über Reginas Probleme wollte sie ihm schon gar nicht berichten, da durfte sie sich nicht einmischen. Bert und ihre Schwester hatten sich bei einem Besuch von ihr blendend verstanden. Ana wusste bis heute nicht, wie sie zueinander standen. Sogar der Gedanke, dass er womöglich der Vater von Reginas Kind war, hatte sie schon beschäftigt. Sie hatte sich nicht getraut, ihre Schwester zu fragen.

»Alles gut. Mich hat der Tod von Gabriele Schön aus der Bahn geworfen. Du hast wie immer recht. Ich versuche jetzt weiterzuarbeiten.«

»Sag mir, wenn ich dir etwas helfen kann. Apropos, wo ist denn unser tüchtiger Gehilfe?«

»Keine Ahnung, ich habe Luis heute noch nicht gesehen. Es ist sein letzter Ferientag, vielleicht macht er blau.«

»Gut so. Ich analysiere das Strauss-Projekt weiter, das sieht leider gar nicht gut aus. Deine Vorgabe von vier Wochen bis zur Fertigstellung wird eng.«

»Was ist das Problem?«

»Es gibt nicht die eine Problematik, es sind unzählige kleine Themen. Sie setzen neue Software ein, bei der sie sich zu wenig auskennen. So taumeln sie von einer technischen Komplikation in die nächste. Es wirkt chaotisch.«

»Das hat die Seniorchefin auch gemeint. Es wird ein aufreibendes Assessment für dich am Montag.«

Zwei Stunden später unterbrach Herr Huber ihre Konzentration. »Entschuldigen Sie die Störung, Herr Ulram. Sind die Ergebnisse da?«

»Lassen Sie uns nachschauen, ob wir den Übeltäter identifizieren können.« Die Köpfe der Männer verschwanden hinter Berts Bildschirm. Ana vernahm Gemurmel, manchmal fluchte einer von ihnen, ein paarmal lachten sie sogar. Sie schienen sich immer besser zu verstehen. Wortfetzen flogen herum, deren Zusammenhang ihr unklar blieb.

Ana nahm ihre ganze Kraft zusammen und informierte Manuela über den Tod von Gabriele Schön. Nach dem zweiten Satz versagte ihr die Stimme. Die geschockte Manuela schlug ein späteres Gespräch vor. Auch sie hatte die Fassung verloren und heulte.

»Schade, den Versuch war es wert.« Berts trockene Feststellung ließ Ana hochschrecken.

»Ihr könnt nicht feststellen, wer die Daten gelöscht hat? War alles umsonst? Habt ihr überhaupt nichts Auffälliges gefunden?«

»Langsam, Ana. Es ist erst ein Bruchteil der Daten aufbereitet. Wir sehen Eigenartiges. Doch um aussagekräftige Rückschlüsse zu ziehen, brauchen wir das fertige Paket.«

»Was ist eigenartig?«

»Dein User hat unterschiedliche Arbeiten parallel erledigt. Als ob du doppelt angemeldet gewesen wärst, was systemtechnisch unmöglich ist.«

»Was bedeutet das?«, fragte Ana verwirrt.

»Vielleicht haben wir die Abfragen fehlerhaft aufgesetzt«, rätselte Herr Huber.

»Sicher nicht!«, fuhr Bert empört auf. »Da ist wer in Anas User geschlüpft und hat unter dessen Deckmantel im System gearbeitet.«

»Wer war das?« Ana hielt den Atem an.

»Wissen wir noch nicht. Mir scheint der Bösewicht ein IT-Profi zu sein. Es ist ein steiniger Weg, ihn zu entlarven und das Ergebnis ist ungewiss. Vielleicht hätte das Securitylabor zusätzliche technische Möglichkeiten.«

»Wir müssen sofort Frau Fiala informieren. Ihre EDV ist korrumpiert.« Ana sprang auf, für sie gab es keine Alternative. »Danach schalten wir das Labor ein.«

»Auf keinen Fall!«, keifte Herr Huber mit scharfem Ton. »Sie haben Ihr Wort gegeben, dass außer uns niemand von dieser Untersuchung erfährt.«

»Stimmt. Aber da wusste ich noch nicht, dass jemand Ihr System missbraucht. Wir sind verpflichtet, es unserem Auftraggeber zu melden. Es kann jeden Moment den nächsten Vorfall geben. Außerdem beweist die Verdoppelung des Users doch meine Unschuld.«

»Sie reden Unsinn!« Herrn Hubers Stimme überschlug sich. Warum regte er sich jedes Mal so furchtbar über Ana auf? »Sie beunruhigen die Chefin und haben keine Lösung anzubieten. So arbeiten wir hier nicht.«

Das war ein Argument, gab Ana zu. In ihrer Firma wäre eine sofortige Meldung Pflicht gewesen. Doch hier tickten dic Uhren eben anders.

Sie schnitt eine Grimasse und setzte sich wieder hin.

»Haben Sie am Wochenende schon etwas vor, Herr Ulram?«

Bert riss vor Überraschung den Mund auf. »Weil?«

»Weil ich Sie ersuche, dass wir gemeinsam das System unter die Lupe nehmen. Bis dahin sind alle Daten verfügbar.« Mit einem Seitenblick auf Ana fügte er hinzu: »Das Finanzielle regeln wir.«

Bert legte seine Stirn in Falten. »Ich weiß nicht recht. Eigentlich benötige ich die Genehmigung von Pat, nein, momentan von Felix.«

»Nein. Keine zusätzlichen Mitwissenden.«

»Das gefällt mir nicht«, wandte Ana ein. Es fühlte sich falsch an, hinter dem Rücken von Pat und Frau Doktor Fiala geheime Untersuchungen durchzuführen. Pat hätte kein Verständnis, damit gefährdete Bert seinen Job. Außerdem war Ana unsicher, ob Herr Huber ihr Vertrauen verdiente.

»Würden Sie bevorzugen, dass ich Frau Fiala melde, dass Sie Daten gelöscht haben? Aussage gegen Aussage?« Huber funkelte sie böse an.

»Drohen Sie mir? Das geht gar nicht!« Ana war fassungslos.

»Okay!«, unterbrach Bert. »Ich bin unter einer Bedingung einverstanden. Wir informieren am Montag Frau Fiala über die Ergebnisse, egal, was am Wochenende herauskommt.« Er zeigte auf Herrn Huber. »Ja oder nein?«

»Aber Bert …«, stammelte Ana.

»Abgemacht!«, sagte Herr Huber.

Anas Telefon läutete. »Rubin. Grüß Sie, Frau Doktor Fiala.« Der Anruf erschien ihr als Fingerzeig, dass sie die Seniorchefin sofort einweihen sollte.

»Ist Luis bei Ihnen, Frau Rubin?«

»Nein, er war heute noch nicht bei uns.«

»Wo steckt der Bengel bloß?«

»Suchen Sie ihn schon länger?«

»Wir sind zum Essen verabredet. Er weiß, wie sehr ich Unpünktlichkeit hasse und ans Telefon geht er auch nicht.«

Ana warf einen Blick auf die Uhr. Es war zwanzig Minuten nach zwölf. Das war noch keine riesige Verspätung.

»Wissen Sie, wo Luis ist?«, fragte Ana über das Telefon hinweg Herrn Huber. Der dachte kurz nach und schüttelte dann den Kopf.

»Herr Huber weiß auch nichts. Soll ich etwas unternehmen?«

»Nein. Der Bengel taucht bestimmt bald auf und den Rüffel schaffe ich selbst.« Frau Fiala brach den Anruf ab.

»Dann haben wir das geklärt. Ich bin morgen ab acht im Haus.« Herr Huber verließ das Büro, bevor Ana weiteren Widerspruch erheben konnte.

»Mir ist nicht wohl dabei, Bert. Herr Huber ist verdächtig darauf bedacht, die Ergebnisse allein anzusehen.«

»Ich bin doch anwesend, er ist nicht allein. Es ist der beste Weg, um zu beweisen, dass du nichts mit den Daten von Moser angestellt hast. Das ist mir die Wochenendarbeit wert.«

»Wofür ich dir wirklich dankbar bin. Ich habe bloß so ein ungutes Gefühl. Weshalb besteht der Huber darauf, dass seine Chefin nichts erfährt?«

»Frau Doktor Fiala ist eine schwierige Person. Herr Huber hat bestimmt seine Erfahrungen mit ihr und will auf Nummer sicher gehen, bevor er sie involviert. Das geht in Ordnung, Ana.« Bert war sich seiner Sache sicher. »Sorry, aber es ist besser, du bleibst zu Hause. Herr Moser und du habt ein … angestrengtes Verhältnis.« Ihr Kollege grinste sie an.

Die Tür flog auf und Frau Fiala trat ein. »Allmählich mache ich mir Sorgen. Diese Unzuverlässigkeit passt nicht zu Luis.« Sie schaute sich im Büro um, als ob der Bub sich hier verstecken würde.

Ein verstohlener Blick auf die Uhr zeigte Ana, dass mittlerweile fast eine Stunde vergangen war. »Kann er den Termin verschwitzt haben?«, überlegte sie laut.

»Wenn er wenigstens sein Telefon abnehmen würde. Das ist so untypisch.«

»Sollen wir ihn suchen gehen?« Ana fiel kein anderer Rat ein.

»Wo?« Frau Fiala wirkte erschöpft. »Ich bin bereits das Werk abgegangen und habe Angestellte befragt. Keiner hat heute mit Luis gesprochen.«

»Ist sein Fahrrad da?«

»Oh mein Gott!«, stieß Frau Fiala schrill aus. Sie presste die Hand auf ihren Mund.

»Hilf mir!«, brüllte Ana, als die alte Dame zu schwanken begann.

KAPITEL 25

Bert war mit einem Sprung bei ihnen. Er stützte die gebrechliche Frau und schob sie zu einem Sessel.

»Nicht auch noch Luis«, jammerte Frau Fiala. »Womöglich hatte er einen Fahrradunfall.«

»Ich schau, ob das Rad im Ständer ist.« Ana lief an der aufgeschreckten Frau Thorn vorbei und sprang die Stiege hinunter. Unten an der Treppe stand Herr Moser und wich zur Seite, damit sie ihn nicht niederrannte. »Was …?«

Der Radständer war wie jeden Tag gut genutzt, doch das Fahrrad von Luis fehlte. Suchend ging sie ein paar Schritte auf den Parkplatz und drehte sich in jede Richtung.

Bedrückt betrat sie wieder das Werk. »Alles in Ordnung mit Ihnen?« Herr Moser musterte sie beunruhigt. »Sie sprinten wirklich schnell. Ich möchte mich bei Ihnen …«

»Nicht jetzt! Luis ist verschwunden.« Ana hastete die Stiegen nach oben.

»Noch immer?«, schrie er ihr nach. »Wie kann ich helfen?«

Ana hörte ihn hinter sich die Treppe hinaufstürmen und drehte sich um. »Würden Sie das Werk absuchen, ob er irgendwo steckt?«

»Bin schon unterwegs.«

»Kennen Sie seine Radroute? Es wäre sinnvoll, sie abzufahren.«

»Zuerst das Werk, dann die Radroute. Wird gemacht.« Herr Moser eilte davon.

Eine verheulte Frau Thorn schnitt Ana den Weg ab. »Bitte, was ist mit Luis? Ist er weggelaufen?«

Ana stoppte. »Wie kommen Sie auf weggelaufen?«

»Wegen Frau Schön. Er verstand sich toll mit ihr.« Die Sekretärin begann zu schluchzen. »Oder hat Luis einen Unfall gehabt?«

Ratlos zog Ana die Schultern hoch und umrundete die Sekretärin. Sie gab sich Mühe, das Büro beherrscht zu betreten.

Frau Fiala hob den Kopf. Die Hoffnung wich aus ihren Augen, als Ana den Kopf schüttelte.

»Herr Moser fährt die Strecke ab und wir rufen die Spitäler durch.« Sie strengte sich an, gelassen zu klingen. Mittlerweile ängstigte sie sich. Der Junge verhielt sich zu vernünftig, um seine Großmutter so zu erschrecken.

Eine halbe Stunde später ließen sie die Köpfe hängen. In keinem Spital in der Nähe war ein Patient eingeliefert worden, zu dem Luis' Beschreibung passte und die Polizeiinspektion Stockerau hatte keine Meldung über einen Verkehrsunfall.

Frau Fiala saß blass auf ihrem Sessel. Eingesunken und geistesabwesend. Neben ihr stand mit düsterer Miene der Entwicklungschef, der vergeblich nach dem Buben gesucht hatte.

Ana winkte Bert. Was sollten sie unternehmen? Ihr Kollege zog hilflos die Schultern hoch. Sie räusperte sich. Frau Fiala zeigte keine Reaktion. Ana hüstelte. Als das nichts nutzte, sagte sie: »Frau Doktor?« Frau Fiala öffnete die Augen. »Ich schlage vor, dass wir die Polizei verständigen.«

Frau Fiala starrte sie regungslos an.

»Sind Sie einverstanden, dass ich die Polizei in Kenntnis setze?«

Ein trockenes Schluchzen war die Antwort.

Bert griff zum Telefon und rief auf dem Kommissariat an. Er erklärte umständlich, dass ein Zwölfjähriger verschwunden war. Danach horchte er eine Weile. »Ich werde verbunden.«

Erneut legte er den Grund seines Anrufs dar. Nach einigen Rückfragen knurrte er ins Mikrofon: »Werden Sie jetzt endlich tätig?« Er lauschte mit verkniffenem Gesicht. »Nein, ich bin kein Verwandter, aber seine Großmutter sitzt neben mir.«

Ungeduldig reichte er sein Handy Frau Fiala. Diese erwachte aus ihrer Starre und keifte: »Hier spricht Doktor Inge Fiala von Fiala & Sohn. Sie erscheinen auf der Stelle, sonst putzen Sie demnächst Fenster.« Sie knallte das Handy auf den Tisch und sank zurück in ihre regungslose Position. Zeitweise zitterte ihr ganzer Körper.

Bert und Ana beobachteten sie beunruhigt. Ihre besorgte Frage, ob sie ein Glas Wasser brauche, blieb unbeantwortet. Die einzige Regung war dieses schreckliche Zucken, das Ana jedes Mal einen Schauder über den Rücken laufen ließ.

Herr Moser verbrachte die Zeit damit, immer wieder anzurufen. Jedes Mal antwortete die Mobilbox.

Bert flüsterte: »Unser Anruf ist vierzig Minuten her. Was machen wir, wenn die Bullen nicht reagieren?«

Endlich. Laute Stimmen rissen Ana aus ihrer Starre. Es klopfte und Frau Thorn führte zwei Uniformierte ins Büro. Die jungen Beamten grüßten freundlich.

Erleichtert erwiderte Ana den Gruß.

»Frau Doktor Fiala. Wir haben gehört, Sie machen sich wegen Ihres Enkels Sorgen. Erzählen Sie uns, was passiert ist.« Der Polizist sprach mit ruhiger Stimme auf die alte Dame ein. Zu Anas Beunruhigung verharrte diese bewegungslos, obwohl ihr Herr Moser sanft auf die Schulter fasste.

»Frau Doktor?«, sagte der Beamte lauter. Als er wieder keine Reaktion erhielt, wandte er sich an Ana. »Stimmt die Information, dass wir hierher gerufen wurden, weil der Enkel von Frau Doktor Fiala unauffindbar ist?«

Sie nickte und sagte leise: »Vielleicht ist das der Schock.«

Daraufhin sprach der junge Mann in ein Funkgerät. »Gunter hier. Schickt uns bitte einen Arzt vorbei. Wir haben ein Problem. Danke dir.«

»Arbeiten Sie alle bei Fiala & Sohn? Wie heißen Sie?« Der Polizist schrieb die Personalien von Ana, Bert und Herrn Moser auf. Frau Thorn wies er an, bei der Seniorchefin zu bleiben und ging mit den anderen für ein Gespräch auf den Flur.

»Frau Rubin«, er blickte Ana an, »seit wann vermisst Frau Doktor Fiala ihren Enkel?«

Ana erzählte, dass sich Luis normalerweise im Werk aufhielt, aber an diesem Tag von niemandem gesehen worden war. Aufgefallen war sein Fehlen, als er das vereinbarte Mittagessen versäumt hatte.

»Das sind doch erst ein paar Stunden«, kommentierte der Polizist und befragte Bert und Herrn Moser. Diese hatten keine zusätzlichen Informationen anzubieten.

»Die ganze Aufregung, weil ein Zwölfjähriger an einem Ferientag nicht im Büro der Großmutter hockt?« Der Polizist fuhr sich mit den Fingern über die Stirn. »Wird der Bub immer so an der kurzen Leine gehalten?«

Ana dachte nach. »Ich arbeite erst seit dieser Woche hier. In der kurzen Zeit habe ich den Eindruck gewonnen, dass Luis seine Freizeit gerne hier verbringt.«

»Das kann ich bestätigen«, unterstützte Herr Moser.

»Ungewöhnlich. Wahrscheinlich treibt er sich mit Gleichaltrigen herum. Kennt ihn die Frau …, ich meine, die schwangere Dame, besser als Sie?«

»Ja. Sie ist eine langjährige Mitarbeiterin«, bestätigte Ana.

In dem Moment hasteten zwei Männer die Stiege hinauf. »Wo ist der Notfall?«

Der Polizist geleitete die Sanitäter zu Frau Fiala. »Die Frau ist alt, sie hatte vielleicht einen Schlaganfall«, hörte Ana ihn seinem Kollegen zuflüstern.

Sie verfolgte aus dem Hintergrund, wie der Arzt auf Frau Fiala einredete, sie aber nicht reagierte. Blutdruck und Puls wurden gemessen.

Mit etwas Abstand lehnte Herr Moser an der Wand und beobachtete mit unbewegter Miene das Geschehen. Dicht neben ihm stand Frau Thorn, die am ganzen Körper zitterte.

»Sie nehmen sie mit.«

Als die Tragbahre im Aufzug verschwand, fragte Ana den Polizisten: »Was unternehmen Sie wegen Luis? Wir machen uns Sorgen um ihn.«

»Wir stimmen uns mit unserem Vorgesetzten ab. Für eine Großfahndung scheint es keinen Grund zu geben. Wir haben es vermutlich mit einem harmlos herumstreunenden Jugendlichen zu tun.«

»Wie lange warten Sie, bis Sie tätig werden? Ich habe ein mieses Gefühl bei der Sache.« Für Ana war der Gedankengang des Polizisten nachvollziehbar, doch Luis war kein aufmüpfiger Pubertierender. »Er ist immer vernünftig.«

»Für meinen Geschmack zu brav«, ergänzte Bert.

»Bitte tun Sie alles in Ihrer Macht Stehende, um den Buben heil heimzubringen.« Auch Herr Moser wirkte beunruhigt.

»Wir haben Ihre Telefonnummern, wir melden uns.« Die Polizisten verließen das Haus.

»Glaubst du, dass sie etwas unternehmen werden?«, fragte Ana Bert.

»Das wird dauern. Für die Bullen ist Luis ein unpünktlicher Jugendlicher, um den wir uns zu viele Gedanken machen.«

»Ich frage mich, ob Luis' Verschwinden mit den anderen Ereignissen im Zusammenhang steht. Mir wird angst und bange.«

»Welchen Ereignissen?«, fragte Herr Moser.

Bert warf Ana einen warnenden Blick zu und ignorierte seine Frage. »Überlegst du, zusätzlich etwas zu veranlassen? Wirst du Heinz zuziehen?«

»Der ist auf Schulung.« Ana dachte nach. Die einfachste Lösung war, den Dingen ihren Lauf zu lassen. Die Polizei hatte Erfahrung und würde die Suche zum vorgeschriebenen Zeitpunkt aufnehmen. Doch war das für Luis das Beste? Hatte sie selbst in den letzten Tagen nicht immer wieder weggeschaut? Womöglich zu oft? Gabrieles blutverschmiertes Gesicht kam ihr in den Sinn. Sie schüttelte die Erinnerung ab. »Ich kenne wen, der das Vorgehen der Beamten beschleunigen kann.«

Sie griff zum Handy. »Ana Rubin spricht. Grüß Sie, Herr Bürgermeister.«

»Das nenne ich eine Überraschung. Die Frau Rubin! Schon länger nichts von Ihnen gehört. Geht es Ihnen gut?«

»Nicht besonders, Herr Bürgermeister. Ich habe eine heikle Situation und die Hoffnung, dass Sie helfen können.«

»Schießen Sie los. Es würde mich freuen, Ihnen behilflich zu sein.«

Ana schilderte dem Bürgermeister von Korneuburg ihre Sorge um Luis und ihre Vermutung, dass die Polizei zuwarten wollte. »Ich weiß, dass die Familie Fiala in Stockerau und nicht in Korneuburg wohnt, aber vielleicht könnten Sie dennoch …?«

»Die Familie Fiala ist über die Stadtgrenzen hinaus bekannt. Frau Doktor Fiala ist eine großartige Mäzenin und unterstützt zahlreiche lokale Künstler. Vor dem Tod ihres Sohnes fehlte sie auf keiner Wohltätigkeitsveranstaltung.«

»Frau Fiala geht es schlecht, seit Luis verschwunden ist. Sie wurde ins Krankenhaus eingeliefert. Hoffentlich war es nur der Schock, der einen Schwächeanfall ausgelöst hat.« Besorgnis schwang in ihrer Stimme mit.

»Das hoffe ich für den Buben, er hat schon zu viel durchgemacht.« Der Bürgermeister war mit der schwierigen Situation vertraut.

»Wären Sie bereit, die Polizeiarbeit ein wenig zu beschleunigen?«

Lachen dröhnte aus dem Handy. »Seit wann drücken Sie sich so diplomatisch aus, Frau Rubin? Sie wollen, dass ich denen in den Hintern trete. Ich gebe mein Bestes. Wir hören uns später.«

Ana schaffte gerade noch, ihm »Danke« zuzurufen.

KAPITEL 26

»Wann genau haben Sie Luis das letzte Mal gesehen?« Vier Polizisten waren bald nach dem Telefonat mit dem Bürgermeister aufgetaucht und interviewten seitdem die im Werk Anwesenden jeweils zu zweit.

»Es war gestern am späten Nachmittag. Luis ist mit seiner Großmutter aufgebrochen«, antwortete Ana. »Ob er zu ihr ins Auto gestiegen ist oder sein Rad genommen hat, weiß ich nicht.«

»In welcher Stimmung war Luis?«

»Er war enttäuscht. Frau Fiala hatte vorher den Safe im Büro des verstorbenen Juniorchefs öffnen lassen und der war leer.«

»Wieso war es dem Kind wichtig, was in dem Tresor lag?«

»Der Bub sucht nach einem Abschiedsbrief seines Vaters.«

»Das hat er Ihnen erzählt?« Der Beamte schaute sie ungläubig an.

»Ja. Genau.«

Der Polizist wiegte bedenklich seinen Kopf hin und her. »Hat Luis Stimmungsschwankungen und ist er zeitweise deprimiert?«

Ana überlegte. Offenbar hatte der Polizist von der Erkrankung der Mutter erfahren und fand es naheliegend, dass Luis in eine ähnliche Richtung tendierte.

»So, wie ich ihn kennengelernt habe, neigt er nicht zu Depressionen. Ihm setzt zu, dass der Tod seines Vaters von vielen als Selbstmord eingeschätzt wird. Er akzeptiert das nicht. Er sucht den Brief, um sich selbst zu beweisen, dass es ihn nicht gibt.«

»Das klingt kompliziert. Ich hoffe, der Junge hat psychologische Betreuung. Wie hat Luis auf den leeren Safe reagiert?«

»Er wurde laut, als Frau Fiala verlangte, dass er die aus ihrer Sicht unsinnige Suche einstellt.«

»Er war böse auf seine Großmutter?«

»So hat er gewirkt.«

»Haben Sie eine Idee, wo er sich verstecken könnte?« Der Polizist musterte Ana prüfend.

Sein Ansatz, dass sich Luis aus Ärger über seine Großmutter versteckt hielt, war nachvollziehbar. »Haben Sie die Villa abgesucht, in der er mit seiner Mutter und Großmutter wohnt?«

Der Beamte ignorierte ihre Frage. »Wo kann er stecken?«

Eine Idee schoss ihr durch den Kopf. »Vielleicht im Angelhaus seines Vaters.«

Diesmal gewann sie seine Aufmerksamkeit. »Kennen Sie die Adresse?«

»Nein.« Ana zögerte. »Ich kann Sie hinführen, ich war mit Luis dort.« Es war unangenehm, wie erstaunt er sie anschaute und die Augenbraue hob.

»Sie haben die Adresse bereits im System. Frau Fiala wollte gestern Anzeige wegen Einbruchs erstatten.«

»In die Angelhütte wurde gestern eingebrochen?«

»Vorgestern. Sie wurde durchwühlt. Frau Fiala bevorzugte, die Polizei erst am nächsten Tag zu informieren. Sie legt Wert auf diskretes Vorgehen.«

»Die Anzeige überprüfe ich. Haben Sie noch Informationen, die dazu beitragen können, den kleinen Fiala zu finden?«

In Anas Kopf ratterte es. War das die Gelegenheit, vom Verschwinden des Klaus Kurz zu erzählen? Und von ihren Zweifeln am Unfall von Gabriele Schön?

Der Beamte missverstand ihre Pause. »Dann danke ich Ihnen. Sie können gehen. Wenn wir Fragen an Sie haben, melden wir uns. Schicken Sie bitte den nächsten Mitarbeiter zu mir. Es sind bestimmt noch einige Leute angestellt.«

Sie hatte den günstigen Moment verpasst. »Wissen Sie, wie es Frau Fiala geht?«

Er warf ihr einen verständnisvollen Blick zu. »Den Umständen entsprechend. Frau Doktor Fiala wird angeblich abends in häusliche Pflege entlassen.«

»Danke, das ist die beste Nachricht am heutigen Tag.«

Vor der Tür wartete Harald Strauss auf seine Befragung. »Weißt du, was das alles soll? Weil der Rotzlöffel unpünktlich ist, werden wir alle verhört? Der spielt halt irgendwo und taucht nachher wieder auf.«

Da erinnerte sich Ana plötzlich. Mit einem »Danke, Harald« stürmte sie zurück ins Büro.

»Entschuldigung. Mir ist doch noch etwas eingefallen, was wichtig sein könnte.«

»Ja?« Der Polizist schaute sie erwartungsvoll an.

»Gestern in der Früh hat Luis am Parkplatz mit einem Mann gesprochen. Er hat behauptet, es sei ein Freund seines Vaters und dass er ihn zu seiner Modelleisenbahn eingeladen habe.«

»Kennen Sie den Namen des Mannes?«

Ana schüttelte bedauernd den Kopf.

»Wie sah er aus?«

»Er war jung. Sehr jung. Vielleicht zwanzig oder knapp darüber. Ich habe mir das gemerkt, weil der Altersunterschied zum Vater erheblich ist.«

»Welche Größe, Haarfarbe, Kleidung?« Der junge Beamte klang ungeduldig.

Ana blies verzweifelt die Luft aus und versuchte, sich zu konzentrieren. »Er war weit weg. Er war größer als Luis und ich glaube, er trug Jeans und ein helles Oberteil. Mehr weiß ich wirklich nicht mehr.«

»Würden Sie ihn wiedererkennen?«

»Kaum. Ich habe eine Frage. Sind Sie auch mit dem Verkehrsunfall von Frau Gabriele Schön beschäftigt? Der Chefingenieurin von Frau Fiala?«

»Nein. Bitte schicken Sie den nächsten Mitarbeiter herein.«

Ana winkte Harald Strauss zur Vernehmung und verließ das Werk bedrückt. Es war zwar beruhigend, dass die Polizei die Suche nach Luis aufgenommen hatte, doch einen Anhaltspunkt schien sie nicht zu haben. Sie drehte das Autoradio auf, um sich abzulenken.

»… in diesem Zusammenhang ersucht die Polizei um sachdienliche Hinweise. Luis wurde zuletzt in einer blauen Jeans, einem grauen T-Shirt und einer grau-blauen Trainingsjacke gesehen. Er ist 165 Zentimeter groß, hat dunkles, kurzes Haar und trägt eine Brille mit runder Fassung …«

Das war bereits der Polizeiaufruf für Luis Fiala, auch wenn sie ihn nie mit Augengläsern gesehen hatte. Die Behörden hatten unmittelbar reagiert, der Bürgermeister hatte sie erfolgreich motiviert.

Das Telefonklingeln riss sie aus ihren Gedanken. »Rubin?«

»Was ist passiert? Ist das der kleine Fiala, nach dem gefahndet wird?« Der Polizeisprecher hatte nur seinen Vornamen genannt, doch Felix hatte ihn offenbar durch die Beschreibung der Umstände erkannt.

»Leider ja. Luis ist schon den ganzen Tag abgängig.«

»Ich dachte, du passt auf ihn auf?«

Was war das? Machte Felix ihr zum Vorwurf, dass der Enkel ihrer Auftraggeberin verschwunden war?

»Er hat mich unterstützt. Ich hatte, soweit ich weiß, keinen Auftrag als Kindermädchen«, zischte sie ihn an.

»Sei doch nicht gleich beleidigt. Du hast bei jedem Telefonat von ihm erzählt, da ist naheliegend, dass er ständig bei dir war.«

»Hast du Luis kennengelernt?«

»Nein, überhaupt nicht. Aber Frau Doktor Fiala muss außer sich sein vor Kummer.«

Felix sprach wohlüberlegt. Ana hatte keinen Grund, sich aufzuregen. »Sorry, ich bin angespannt, weil ich mir schreckliche Sorgen um den Buben mache. Wir haben tatsächlich viel Zeit miteinander verbracht. Aber zwischendurch hat er sich stundenlang selbst beschäftigt. Er ist ein vernünftiger Junge. Ich kann mir nicht vorstellen, dass er es seiner Mutter und Großmutter antut, einfach davonzulaufen.«

»Hoffentlich ist er nicht entführt worden. Die Familie Fiala ist vermögend, das ist allgemein bekannt. Wie geht es der Frau Doktor? Sie geht nicht ans Handy und am Haustelefon hat mich eine Angestellte abgewimmelt.«

»Sie wird im Spital untersucht, darf aber heute noch nach Hause. Ich melde mich bei dir, wenn ich etwas erfahre.« Nachdenklich beendete sie das Gespräch. Felix hatte besorgt und einfühlsam geklungen und keine unpassenden Bemerkungen geäußert. Vielleicht steckte doch ein netter Kern in ihm.

»Hi. Du bist nie erreichbar.«

»Sorry, Karsten. Ich hatte mein Handy stumm geschaltet, weil ich mit der Polizei gesprochen habe. Der Enkel unserer Kundin ist verschwunden. Brauchst du etwas von mir?«

»Ich muss dich vorwarnen. Es könnte sein, dass unsere Aktion mit der Bonitätsprüfung auffliegt.«

Ana schnürte es den Hals zu. Einmal ließ sie sich auf eine grenzwertige Geschichte ein und schon ging sie schief.

»Felix hat Verdacht geschöpft wegen der Vertragsverlängerung. Er schnüffelt in den Unterlagen und stellt komische Fragen.«

Das war überraschend. »Felix? Mir gegenüber hat er nichts angedeutet. Seit wann interessiert er sich für deine Verträge?«

»Es ist das allererste Mal. Er vergeudet normalerweise keine Zeit mit Dingen, die ihm keinen persönlichen Vorteil bringen.«

»Vielleicht irrst du dich und sein Interesse rührt nur daher, dass er einen würdigen Stellvertreter für Pat abgeben will.«

»Vielleicht.«

KAPITEL 27

Das Telefon brüllte. Es erlöste Ana aus einem unruhigen Schlaf mit bösen Träumen. Der Wecker zeigte sieben Uhr. Ein ungewöhnlich früher Anruf an einem Samstagmorgen.

Ihre Hand zitterte, als sie abhob. Bitte mach, dass es Luis gut geht. »Rubin.«

»Chefinspektor Eibensteiner vom Kommissariat …«

»Haben Sie Luis gefunden?«, unterbrach ihn Ana. Sie hielt die Luft an.

»Nein. Leider. Ihre Hilfe wäre willkommen.«

»Ja, natürlich. Was kann ich tun?«

»Sie haben einem Kollegen von dem Angelhaus der Familie Fiala erzählt. Wir sind vor Ort. Es ist, wie Sie gesagt haben, alles durcheinander. Können Sie sich umsehen und feststellen, ob das Haus in dem Zustand ist, in dem Sie es verlassen haben? Das würde uns helfen. Falls in der Zwischenzeit etwas verändert wurde, wären das wertvolle Hinweise.«

»Das mache ich gerne. Soll ich sofort hinkommen?«

»Wir holen Sie in etwa einer Stunde ab.« Das klang wie ein Befehl.

»Ich habe ein Auto und kann selbst hinfahren.«

»Wir holen Sie ab.«

Ana ärgerte sich. Ein Polizeiauto, das sie durch ihr kleines Dorf führte, bereitete ihr wenig Freude. Da würden sich etliche die Mäuler über sie zerreißen und Fragen stellen.

Sie beeilte sich mit der Morgentoilette und schrieb Manuela und Bert eine Nachricht, dass es keine Neuigkeiten zu Luis gab. Hastig schlang sie einen Happen im Stehen hinunter. In Jeans und Turnschuhen wartete sie anschließend vor dem Haus.

Zu ihrer Überraschung rollte ein SUV auf das Haus zu und der Fahrer winkte ihr. Als sich Ana zögerlich näherte, wurde das Beifahrerfenster heruntergefahren und ein Mann um die vierzig lachte heraus. »Guten Morgen! Sie haben wohl gehofft, mit Blaulicht chauffiert zu werden.«

Ana grinste erleichtert und kletterte in den Wagen. Chefinspektor Eibensteiner stellte sich als angenehmer Gesprächspartner heraus. Er interessierte sich für ihren Beruf und ihre Aufgaben bei Fiala & Sohn. Anschließend ersuchte er sie, ihm von Luis zu erzählen. Wie er im Werk aufgetreten war, was er gesprochen hatte und wie er sich Ana gegenüber verhalten hatte.

Sie schloss die Augen und ließ die letzten Tage Revue passieren. So genau wie möglich schilderte sie jede Begegnung mit Luis. Auch die Geheimnisse, die ihr der Junge anvertraut hatte.

Herr Eibensteiner runzelte die Stirn über den leeren Safe und über die Theorien zum Unfall des Vaters.

Ana beendete ihre Erzählung. »Ich habe keine Ahnung, wo der Bub steckt. Aber ich bin überzeugt, dass er nicht aus Übermut weggelaufen ist.«

Der Chefinspektor nickte. »Sie haben Luis als umsichtig erlebt, deshalb glauben Sie nicht an jugendliche Dummheit. In unserem Beruf erleben wir leider täglich das Gegenteil. Aus diesem Grund müssen Sie verstehen, dass Weglaufen für uns ein mögliches Szenario ist. Aber wir haben Vorkehrungen für den Fall einer Entführung getroffen. Bisher hat sich allerdings niemand gemeldet.«

»Überprüfen Sie die Angestellten der Firma?«

»Wenn sich der Verdacht auf Fremdverschulden erhärtet, wird jeder durchleuchtet. Haben Sie eine bestimmte Person im Sinn?« Der Kommissar warf ihr einen forschenden Blick zu.

Ana seufzte. »Nein. Es war so …« Ihr fehlten die Worte.

»Ist etwas vorgefallen?«, drängte der Kommissar.

»Es hat vermutlich nichts mit Luis zu tun. Mir hat jemand anonym das Leben mit kleinen Gehässigkeiten schwer gemacht. Dazu der tödliche Scooterunfall der Chefingenieurin und jetzt verschwindet der Sohn der Firmenbesitzerin.« Als sie seine gerunzelte Stirn sah, fügte sie schnell hinzu: »Ich fühle mich in dieser Firma nicht wohl.«

Der Kommissar schien nachzudenken. Er lenkte das Auto in den kleinen Feldweg, an dessen Ende die Angelhütte stand. »Ihrem Hinweis, dass der Bub mit einer unternehmensfremden Person gesprochen hat, gehen wir mit hoher Priorität nach. Es gibt eine erste Spur, mehr darf ich nicht sagen.«

»Konnten Sie klären, wann Luis genau verschwunden ist?«

Herr Eibensteiner klopfte auf das Lenkrad. »Vermutlich bereits am Abend, aber nicht einmal das konnte die Mutter mit Bestimmtheit sagen.«

Sie hielten auf der Lichtung beim Teich. Vor ihnen parkte bereits ein Polizeibus. »Eines noch. Frau Doktor Fiala hat wegen des Einbruchs keine Anzeige erstattet. Haben Sie dafür eine Erklärung?«

Sie fühlte seinen forschenden Blick. »Nein. Frau Fiala ist eigenwillig. Vermutlich wollte sie die Presse meiden. Was sagt sie denn selbst dazu?«

»Frau Fiala ist wenig zu entlocken. Die meiste Zeit starrt sie vor sich hin. Die Ärzte haben mir verboten, sie zusätzlichem Druck auszusetzen. Umso mehr schätze ich Ihre Mitarbeit.«

Herr Eibensteiner schritt zum Eingang der Hütte und deutete ihr, draußen zu warten. Nach einer Minute erschien er mit zwei Frauen in weißen Plastikanzügen. »Wir sind so weit. Sie schauen sich in Ruhe um und sprechen Ihre Gedanken und Erinnerungen laut aus. Nehmen Sie sich Zeit, es besteht keine Eile.«

Im Wohnraum sprangen Ana die am Boden verstreuten Gegenstände ins Auge. Laden waren herausgezogen und überall lagen Bücher, Geschirr, Besteck und Servietten. Ihr Blick schweifte durch den Raum. »Meiner Meinung nach ist hier alles unverändert. Darf ich nach hinten gehen?«

»Bitte«, sagte der Beamte und folgte ihr nach.

War die Nachttischlampe bereits umgefallen gewesen? Ana war unsicher und verkündete es. Im Kasten türmten sich Kleiderhaken und zerknüllte Hemden. Das Bett und der Sessel waren mit Kleidungsstücken bedeckt, darunter die Spitzenhöschen. Ana überprüfte die Kommode: Die Schminksachen standen vollständig auf ihrem Platz. »Der einzige Unterschied ist, dass es für mich hier nicht mehr nach Damenparfum riecht. Sonst ist alles gleich.«

»Dann verlassen wir die Hütte und lassen die Kolleginnen ihre Arbeit verrichten.«

Draußen ging Herr Eibensteiner zur Seite und führte ein Telefonat. Kaum hatte er es beendet, telefonierte er bereits wieder. Es dauerte geraume Zeit, bis er zurückkam.

»Frau Rubin?«

»Ja?«

»Ist es für Sie zumutbar, dass Sie eine Stunde bleiben, bevor ich Sie zurückführe?«

»Wenn es notwendig ist, stehe ich zur Verfügung.«

»Es kommt ein weiteres Team. Dieses möchte ich persönlich instruieren und danach werde ich die Hütte versiegeln.«

»Kein Problem. Kann ich spazieren gehen, oder muss ich hier warten?«

»Wo wollen Sie denn hin?«

»Nur einmal um den Teich. Das Nichtstun macht mich nervös.«

»Vertreten Sie sich die Beine. Wir haben in der Früh die Umgebung abgesucht, es ist alles unauffällig.«

Ana machte sich auf den Weg. Der Teich lag friedlich da, die Sonne spiegelte sich an der Oberfläche. Eine trügerische Idylle, in der zumindest ein Einbruch stattgefunden hatte. Als sie den Nachbarsteg erreichte, betrat sie ihn vorsichtig. Er war ebenfalls sorgfältig gepflegt. Sie schaute zur Hütte der Familie Fiala hinüber. Die Tür stand offen, es war niemand zu erkennen.

Gemächlich setzte sie den Spaziergang fort. Die Umrundung des Teiches würde wenig Zeit in Anspruch nehmen. Inzwischen verbarg dichtes Buschwerk den Ausblick. Zum dritten Gebäude führte nur ein schmaler Pfad. Niedergetrampelte Halme zeigten, dass ihn vor Kurzem jemand benutzt hatte. Ein prachtvoller Nussbaum und alte Pappeln spendeten angenehmen Schatten.

Ein unheimliches Gefühl beschlich Ana. Sie wandte sich um, doch die dichten Büsche verbargen Fialas Hütte. Sollte sie umdrehen? Ihre Unruhe war lächerlich. Am anderen Ufer arbeiteten Polizisten, es würde ihr ein paar Schritte entfernt nichts zustoßen.

Dennoch spähte Ana angestrengt in jede Richtung, während sie auf dem Pfad dahintrottete.

Es knackte neben ihr im Unterholz. Erschreckt fuhr sie zusammen. Nichts zu sehen. Vermutlich trieben sich Rebhühner im Dickicht herum.

Sie hatte nur noch eine kurze Strecke zu bewältigen, dann hätte sie das Ende des Buschwerks erreicht und könnte über die Wiese zurücklaufen. Wieder knackste Holz und Ana erstarrte. Sie drehte sich um die eigene Achse und verkniff es sich zu rufen. Zögernd machte sie ein paar Schritte in die Richtung der Geräusche.

Auf einmal entdeckte sie ihn, halb verdeckt von einem Strauch. Der Mann hatte eine Kapuze über die Haare gezogen und hielt das Gesicht gesenkt. Zusätzlich bedeckte er es mit einer Hand. Plötzlich bewegte er sich blitzschnell nach hinten und war verschwunden.

Ana ergriff die Flucht. Nicht umblicken. Verfolgte der

Mann sie? Sie drehte ihren Kopf und im nächsten Augenblick knickte ihr rechter Fuß ein. Sie fing sich mit dem linken auf und verhinderte den Sturz gerade noch. Wo war der Kerl? Abgelenkt stolperte sie und übersah die Wurzel. Ihr Schuh blieb hängen und der Waldboden kam auf sie zu. Ein heftiger Schmerz durchzuckte sie, als die Schulter auf einem Wurzelstock landete. Disteln stachen durch ihre Haut. Ana rappelte sich auf und jagte weiter. Erleichtert passierte sie die Polizeiautos. Die letzten Meter vor dem Angelhaus taumelte sie.

»Wie sehen Sie aus? Was haben Sie angestellt?« Der Inspektor betrachtete sie irritiert.

»Drüben war jemand im Gebüsch. Ich habe ihn aufgescheucht. Ich hatte Angst, dass er mich überfällt«, keuchte Ana außer Atem.

»Was genau haben Sie gesehen?«

»Eine Gestalt mit Kapuze, die sich hinter einen Busch drückte, der zu klein zum Verstecken war.«

»War es ein Mann?«

»Eindeutig. Er hat seine Hand vor das Gesicht gehalten. Das war eine Männerhand.«

»Hat er Sie angegriffen? Sie bluten am Handgelenk.«

»Nein, ich bin beim Weglaufen gestürzt.«

»Soll ich mir die Wunde anschauen? Es ist hoffentlich nicht schlimm?« Er sah sie besorgt an und ergriff ihre Hand.

»Nur verstaucht und zerkratzt, kein Problem.« Ana zog ihre Hand aus seinem Griff.

»Sie bleiben beim Haus und erholen sich auf der Bank. Die Kolleginnen sind noch in der Hütte. Ich sehe mich drüben um.« Chefinspektor Eibensteiner marschierte mit langen Schritten den Weg entlang. Dabei presste er ein Telefon gegen das Ohr und redete ununterbrochen.

Der Beamte verschwand hinter Büschen, tauchte wieder auf und wurde erneut verdeckt. Ana versuchte, ihn im Blickfeld zu behalten, bis ein Motorengeräusch sie ablenkte.

Der Kiesel knirschte, als ein Polizeibus auf der Lichtung stoppte. Die Türen wurden aufgeschoben und Männer sprangen aus dem Wagen. Sie unterhielten sich und warfen Ana neugierige Blicke zu.

Ein Mann ging zu ihr, während die anderen Kisten und Taucherflaschen auspackten.

Ana wurde elend. Sie holte tief Luft und unterdrückte ihren Brechreiz. Der Chefinspektor hatte eine Tauchereinheit angefordert. Er befürchtete, dass Luis im Ziegelteich ertrunken war. Der Gedanke trieb ihr die Tränen in die Augen.

»Guten Tag. Wo finde ich Chefinspektor Eibensteiner?«

Ana deutete auf die andere Seite des Wassers. »Er ist hinübergegangen, weil uns von dort jemand beobachtet hat.«

Der Mann kehrte zu seinen Kollegen zurück. Diese hatten sich mittlerweile in Tauchanzüge gezwängt und schleppten ihr Material zum Steg.

Angespannt folgte Ana ihren Bewegungen. Sie musste auf der Stelle weg. Das Letzte auf der Welt, das sie miterleben wollte, war, dass die Taucher Luis an die Oberfläche brachten.

Erleichtert erkannte sie, dass Chefinspektor Eibensteiner zurückkam. Sie sprang auf und eilte ihm entgegen.

»Sie haben recht, es hat sich jemand durchs Unterholz gezwängt. Es kann sich auch um einen Schaulustigen oder einen Journalisten gehandelt haben. Die Spurensicherung nimmt das unter die Lupe. Ich bleibe hier. Ein Mitarbeiter des Einsatzteams bringt Sie heim.«

Zum Abschied reichte ihr Herr Eibensteiner die Hand. »Danke für Ihre Mitarbeit. Es tut mir leid, dass Sie erschreckt wurden. Ich melde mich bei Ihnen. Wenn Ihnen noch etwas zu Luis einfällt, rufen Sie mich sofort an.«

Ana lächelte ihn an. Der Mann war ihr ausgesprochen sympathisch. »Gerne.«

Diesmal wurde Ana mit einem Polizeibus geführt. Es war ihr egal. Es konnte ihr gar nicht schnell genug gehen, von dem Ziegelteich wegzukommen.

KAPITEL 28

»Bitte ruf an, sobald du Zeit hast.« Ana drückte auf den Sendeknopf. Sie konnte es kaum erwarten, endlich mit Heinz zu sprechen.

»Du hast Sehnsucht nach mir? Das finde ich hervorragend«, meldete er sich unmittelbar darauf. »Du willst hoffentlich nicht unser Date verschieben. Ich zähle die Stunden bis zum Heimfliegen.«

»Hallo Heinz. Schön, dich zu hören. Ist dein Kurs interessant?«

»Interessant und überaus anstrengend. Details gibt es, wenn wir uns treffen. Aber mein Seminar ist nicht der Grund unseres Telefonats, oder? Ist etwas vorgefallen?«

Ana räusperte sich. »Mach es dir bequem, das dauert eine Weile. Ich habe dir eine Menge zu erzählen.«

»Oha.« Sein lockerer Ton hatte zu Besorgnis gewechselt. »Sprichst du mit Heinz oder dem Chefinspektor?«

»Es ist kompliziert.«

Heinz war ein aufmerksamer Zuhörer. Er unterbrach sie nur, wenn sie zwischen den Themen zu chaotisch hin und her sprang. Am Ende seufzte sie. »Bitte keinen Kommentar über mein Talent, mich in unangenehme Situationen zu manövrieren.«

Das Schweigen in der Leitung vergrößerte ihr Unbehagen. »Heinz?«

»Bei mir sind die Alarmglocken angegangen. Am besten steige ich in einen Flieger und komme zu dir.«

Das waren keine leeren Worte, er meinte es ernst. Ana wurde warm ums Herz. »Auf keinen Fall! Du schließt deine Weiterbildung ab. Sag mir, was du denkst und was ich aus deiner Sicht tun soll.«

»Mach ich, auch wenn ich begründeten Zweifel habe, dass du Ratschläge befolgst. Am wichtigsten ist, dass du aufhörst, nach diesem Kurz zu forschen. Wer weiß, in welchem Sumpf du gerade herumstocherst. Dass jemand seine Post aus deinem Auto entwendet, beunruhigt mich enorm. Der ist verdammt nahe. Dem war das Paket überaus wichtig und womöglich fühlt er sich von dir in die Enge getrieben.«

»Es kann doch auch anders sein und Herr Kurz benötigt Hilfe, weil er in Schwierigkeiten ist.«

»Lass die Finger davon. Sobald ich zurück bin, kümmere ich mich um ihn.«

Damit hatte sie die Verantwortung abgegeben. Klang einfach, stellte sie jedoch nicht zufrieden. Eine Diskussion mit dem besorgten Kommissar erschien ihr wenig zielführend. »Was noch?«

»Du musst wegen der Drohungen etwas unternehmen. Am besten, du redest mit der Firmenbesitzerin und ihr schaltet gemeinsam die Polizei ein.«

»Das wollte ich bereits machen, die Fiala hatte bloß noch keine Zeit für mich. Was unternehme ich wegen Gabriele Schön?«

»Den Sturz von Frau Schön untersucht die Polizei. Wenn Unklarheiten zum Unfallhergang bestehen, merkst du es.«

»Woran?«

»Du bist anscheinend die einzige Zeugin, also wirst du bei Zweifel kontaktiert. Vertrau der Polizei, die Beamten sind gründlich.«

»Und wie kann ich Luis helfen? Nur warten ist mir zu wenig. Der Bub ist womöglich irgendwo eingesperrt und ängstigt sich zu Tode.«

»Du hast doch bereits wertvolle Beiträge geleistet und die Untersuchung blitzartig ins Rollen gebracht. Deine Aussage hat verschiedene Hinweise ergeben und der Bub wird öffentlich gesucht. Was willst du noch tun?«

»Ihn gesund finden.«

»Du bist keine Ermittlerin. Hast du erfahren, wer der leitende Beamte im Vermisstenfall ist?«

»Der Kommissar heißt Eibensteiner. Kennst du ihn?

»Thomas Eibensteiner? Klar kenn ich ihn, mit dem war ich gemeinsam in der Ausbildung.«

»Ich bin ihm heute begegnet. Er hat mich von zu Hause mitgenommen und zu der Hütte der Fialas gebracht.«

»Er hat dich persönlich abgeholt?«

»Ja, mit seinem Privatauto. Das hat mich überrascht.«

»Ich komme besser doch sofort zu dir.«

Ana hörte sein leises Lachen. »Machst du dich über mich lustig?«

»Wenn es sich um Thomas Eibensteiner handelt, hast du einen der größten Frauenhelden bei der Polizei kennengelernt.« Heinz räusperte sich: »Und er dich auch.«

War Heinz eifersüchtig? »Herr Eibensteiner ist ein fescher Mann und er war äußerst galant zu mir.« Ana schmunzelte, als sie ein Schnauben am anderen Ende der Leitung vernahm. »Das ist doch praktisch. Wenn du mit dem Kommissar persönlich bekannt bist, kannst du ihn nach dem Status der Ermittlung fragen.«

»Ana!«

Jetzt lachte Ana. »Ich weiß, Dienstgeheimnis.«

»Halte dich wirklich zurück. Ich vertraue deinem Instinkt und das macht mir Angst. Du neigst dazu, leichtsinnig zu sein, wenn du dich engagierst.«

»Keine Sorge, ich nehme mir deine Ratschläge zu Herzen und bin brav. Ich wünsche dir ein spannendes restliches Seminar.«

»Bitte schreib mir regelmäßig Nachrichten, dass alles in Ordnung ist.«

Das Gespräch hatte Anas Stimmung gehoben. Ihr Chefinspektor. Bald waren es zwei Jahre, dass sie sich unter schlimmen Umständen kennengelernt hatten. Daraus hatte sich eine wunderbare Freundschaft entwickelt und vielleicht mehr. Aber darüber wollte Ana jetzt nicht nachdenken. Ihre Welt war derzeit ohnehin kompliziert genug.

Sie setzte sich an ihren Computer. Fiala & Sohn hatte in den letzten Tagen ihre volle Aufmerksamkeit in Beschlag genommen. Sie musste ihre säumigen Pflichten als Bereichsleiterin nachholen. Als Erstes war eine Kundenbeschwerde zu bearbeiten.

Ihr Handy läutete. Eine unbekannte Nummer. »Rubin.«

»Guten Tag, Frau Rubin. Hier spricht Frau Thorn.«

Wieso rief die Sekretärin am Samstag an? »Grüß Sie. Gibt es etwas von Luis?«

»Ich habe leider keine Neuigkeiten. Ich rufe an, weil sich die Eltern von Frau Schön bei mir gemeldet haben. Sie erreichen Frau Fiala nicht und möchten die persönlichen Sachen ihrer Tochter aus der Firma abholen.«

»Frau Fiala fällt aus gesundheitlichen Gründen vermutlich länger aus.« Die trauernden Eltern mussten sich bis Montag gedulden.

»Könnten Sie sich um die Armen kümmern?«

Ana schluckte schwer. Das war eine heftige Bitte. Die Sorge um Luis belastete sie genug. Andererseits taten ihr die Eltern leid. »Was ist mit Ihnen, geht es Ihnen gut?«

»Nein, sonst würde ich Sie nicht belästigen. Mein Arzt hat mich zu Bettruhe verdammt. Ich bin ab sofort im vorzeitigen Mutterschutz, andernfalls gefährde ich mein Ungeborenes. Helfen Sie?«

»Was ist mit Ihren Kollegen?«

»Herrn Moser erreiche ich nicht und Herr Huber ist mit seiner Familie in der Steiermark. Ich weiß, dass ich Ihnen eine Last aufhalse, aber ich will die Eltern nicht enttäuschen.«

Ana blieb nichts anderes übrig. Sie seufzte. »Geht in Ordnung, Frau Thorn. Wie komme ich ins Werk hinein, ohne einen Alarm auszulösen?«

»Das ist großartig von Ihnen. Vielen Dank. Den Zutritt regle ich mit der Securityfirma. Sobald Sie ankommen, melden Sie sich und werden eingelassen. Die haben auch einen Universalschlüssel für das Zimmer. Ich sende Ihnen die Telefonnummer.«

»Wann muss ich dort sein?«

»Die Eltern haben drei Uhr vorgeschlagen. Ich schicke Ihnen auch ihre Nummer, falls Sie verschieben möchten.«

Statt Aufarbeitung und Erholung hatte sich Ana einen belastenden Termin aufgebürdet. Das Telefon klingelte neuerlich. Wieder Frau Thorn. »Ich schulde Ihnen für Ihre Hilfe eine Information. Luis hat recht, dass zu Ostern etwas vorgefallen ist. Tobias war tagelang schrecklich aufgeregt. Den Grund hat er nicht genannt.« Sie legte grußlos auf.

Während Ana über die Worte nachdachte, läutete es abermals. Genervt nahm sie den Anruf an.

»Schalt den Fernsehapparat an! Sie haben den Entführer erwischt! Jetzt befreien sie Luis«, brüllte Bert aus dem Lautsprecher.

Ana rannte ins Wohnzimmer. Am unteren Rand des Bildschirms lief ein Textband mit »Sondernachrichten. Verdächtiger im Vermisstenfall Luis F. verhaftet.«.

Die Sprecherin der Exekutive gab bekannt, dass sie einen 22-jährigen Österreicher festgenommen hatten. Er war der angebliche Sohn des verunglückten Tobias Fiala, über den die Medien einige Wochen zuvor berichtet hatten. Der mutmaßliche Täter bestritt jeden Zusammenhang mit dem Verschwinden. Es galt die Unschuldsvermutung. Luis wurde weiterhin vermisst. Die Behörde bat um sachdienliche Hinweise.

»Die quetschen ihn aus, bis er verrät, wo er Luis versteckt hält.«

Bert. Sie hatte ihn völlig vergessen. »Hoffentlich haben sie den Richtigen erwischt.«

»Die alte Fiala macht dem unehelichen Sohn sein Erbe streitig. Die Entführung ist sein Versuch, Geld zu erzwingen. Oder er rächt sich.«

»An einem Kind.« Zaghaft flüsterte sie: »Luis lebt doch noch?«

Sie schwiegen. Die Stille war bedrückend.

»Ich arbeite jetzt mit Herrn Huber weiter. Wir haben etwas Megainteressantes entdeckt, müssen es aber erst überprüfen. Sobald wir fertig sind, melde ich mich bei dir.«

Ana starrte ihr Handy an. Huber analysierte im Werk Daten und war nicht in der Steiermark, wie die Sekretärin behauptet hatte.

KAPITEL 29

Ein dunkel gekleidetes Paar wartete bei der Eingangstür auf Ana. Sie hielten sich an den Händen und der Mann umklammerte Umzugskartons. Neben ihnen lümmelte ein Bär von einem Mann in schwarzen Jeans und Polo mit weißer Aufschrift. Er gehörte zur Securityfirma.

Betreten näherte sich Ana und bekundete ihr Beileid. Das Ehepaar bedankte sich bekümmert. Sie schienen gefasst zu sein.

»Heute ist wohl Tag der offenen Tür«, knurrte der Sicherheitsmann. Auf Anas verständnislosen Blick hin deutete er auf zwei weitere Fahrzeuge auf dem Gelände. Berts Auto erkannte sie, das dunkelgrüne gehörte wohl Herrn Huber. Er führte die Gruppe bis zum Büro von Gabriele Schön und öffnete es. »Geben Sie mir Bescheid, wenn sie fertig sind, dann sperre ich wieder ab.«

Beklommen folgte Ana den Eltern zum Arbeitsplatz ihrer toten Tochter.

»Wir packen die persönlichen Dinge von Gabriele ein. Sie brauchen keine Sorge haben, dass wir etwas Berufliches einstecken.«

Ana fiel sofort auf, dass der Computer auf dem Schreibtisch fehlte. Da war jemand schnell mit dem Wegräumen gewesen. Sie schaute sich um und blätterte zum Zeitvertreib in Unterlagen. In einer Flügelmappe steckten ausgedruckt die Fotos des Inhaltsverzeichnisses, das angeblich zu einem Test gehörte. Darauf klebte ein beschriebener Notizzettel. Sie schlug die Mappe zu.

Das Ehepaar Schön verstaute Bilder, Bücher und Kosmetika, Ersatzkleidung und eine Handtasche. Der Vater streckte Ana ein Handy hin. »Das ist ihr Firmentelefon, das übergeben wir Ihnen.«

Gabriele hatte ihr Handy beim Unfall nicht bei sich getragen. Wie ungewöhnlich. Ein weiterer Grund, am Hergang zu zweifeln.

Im Vorraum bedankte sich das Paar schwermütig. Ana fielen keine passenden Worte ein, daher wünschte sie alles Gute und sagte, dass sie dem Sicherheitsdienst Bescheid geben würde. Kaum schloss sich die Tür, lief Ana zurück ins Büro von Gabriele. Sie wollte den Fund ohne ihre Eltern genau betrachten.

Auf den Fotos in der Flügelmappe klebte ein gelber Zettel mit dem Wort »fertig?« und einem Gekritzel, das sie auf die Schnelle nicht entziffern konnte. Vielleicht bedeutete es irgendwas mit »geheim halten«. Ana schob die Mappe vorn in den Bund ihrer Jeans und stülpte ihr T-Shirt darüber.

Sie hatte vorgehabt, Bert und Herrn Huber einen Überraschungsbesuch abzustatten. Doch jetzt zog sie es vor, unbemerkt das Werk zu verlassen. Sie informierte den Wachdienst.

Die aktuellen Nachrichten verrieten ihr, dass Luis noch immer abgängig war. Der Verdächtige bestritt jegliche Beteiligung.

Ana beschloss, ihr Glück bei Ronald zu versuchen. Erfreut erblickte sie seinen Lieferwagen vor dem Haus.

Ronald reagierte nur im ersten Moment freudig. Als Ana ihm das Handy von Gabriele in die Hand drückte, starrte er sie vorwurfsvoll an. »Wessen Telefon ist das? Wieso soll ich es entsperren?«

»Diesmal sage ich, dass es besser ist, wenn du wenig weißt. Bitte nimm den Code heraus, du kannst das.« Ana zerrte die Flügelmappe unter ihrem T-Shirt hervor und warf sie auf den Tisch.

Ronald zog die Augenbrauen in die Höhe. »Ich hoffe, du weißt, was du tust.« Es dauerte keine zwanzig Minuten. »Und jetzt?«

»Schau ich mir jede Mail und den Browserverlauf an. Stellst du mir ein Plätzchen zur Verfügung, oder soll ich zu mir fahren?«

»Fühl dich wie zu Hause.«

Ana hatte den Eindruck, dass er sie im Auge behalten wollte.

»Was machen wir mit Kurz? Forsche ich ihn aus oder hat sich das wegen Luis Fiala erledigt?«

Überrascht musterte Ana ihn.

»Komm schon, ich bin doch nicht blöd. Seit der Bub verschwunden ist, hast du das Interesse an dem Kurz verloren. Du suchst Hinweise auf Luis auf diesem Handy. Ist es so?«

»Es ist weit hergeholt, aber ich nutze jede Chance. Wegen Kurz gebe ich dir demnächst Bescheid.«

Ronald zog sich kopfschüttelnd zurück.

Als Erstes fiel Ana auf, dass auf dem Telefon Mails von zwei Accounts eingingen, Gabrieles dienstlichem und ihrem privaten. Es waren die gängigen Social-Media- und Messenger-Dienste installiert, ebenso wie Shoppingplattformen. Gabriele hatte das Handy privat und beruflich genutzt.

Ana drückte auf das WhatsApp-Symbol, das ungelesene Nachrichten anzeigte.

»Wo bleibst du, Liebling? Erwarte dich sehnlichst!«

Die Nächste klang gereizt. »Unpünktlich? Schreib mir, wo du steckst!« Die Letzte war sorgenvoll. »Was ist los? Melde dich bitte, Liebes!«

Gabriele hatte einen Freund gehabt. Anas Augen weiteten sich. Das Profilfoto zeigte eine aparte Asiatin, also eine Freundin. Sie hielt inne, scrollte dann weiter und las die älteren Mitteilungen. Die beiden Frauen waren seit einem Jahr in einer intensiven Beziehung gewesen und schrieben sehr verliebt.

Ana hatte Gabriele nach dem Auffinden des Liebesnests für die Geliebte von Herrn Fiala junior gehalten, dabei war sie lesbisch gewesen. Vermutlich hatte sie es wegen der despotischen Firmenchefin verheimlicht. Sie schätzte Fialas Toleranz als minimal ein.

Als Nächstes durchforstete Ana den Browserverlauf. Die üblichen Abfragen, die typischerweise zu einer jungen Frau passten, ignorierte sie. Von anderen speicherte sie die Internetadresse auf ihrem eigenen Handy.

Siebenundzwanzig Einträge fanden den Weg auf ihre Liste. Etliche waren wissenschaftliche Artikel über autonomes Autofahren.

Damit wollte sie sich später beschäftigen. Zunächst interessierte sie sich für die E-Mails. Die Anzahl der privaten

Mails war überschaubar. Haushaltskram, Urlaub und Shopping. Einige hatte sich die Chefingenieurin selbst geschickt. In einem Betreff stand: »Der Zwerg spioniert! Chinesen?«, der Textblock war leer. Ana notierte die Meldung.

»Brauchst du noch, Ana? Ich habe einen Auswärtstermin. Du kannst gerne dableiben, zieh einfach beim Weggehen die Tür zu.« Abwesend winkte sie Ronald zu und widmete ihre Aufmerksamkeit wieder den E-Mails.

Rasch identifizierte sie weitere Nachrichten, die Gabriele an sich selbst adressiert hatte. Sie wirkten wie Notizzettel. Ana kopierte eine nach der anderen systematisch in ihre Liste. Ihre Augen brannten und der Magen knurrte laut. Bei den letzten Nachrichten stutzte sie. »Weiß er, wo Kurz ist? Was hat Rubin gefunden?« Die andere hieß »Externer Speicher?«. Gabriele hatte beobachtet und recherchiert.

Das Lesen der Firmenmails brach Ana bald ab. Sie hatte Arbeitsanweisungen von Frau Fiala überflogen sowie technische Anfragen von Kunden. Die Inhalte waren für sie unverständlich.

Seufzend stand sie auf und streckte ihren schmerzenden Rücken durch. Sie hatte drei Stunden mit Gabrieles Handy verbracht. Ein Anhaltspunkt, wo Luis stecken könnte, fehlte.

Meinte die Chefingenieurin den Enkel mit »Der Zwerg«? Dann hatte sie ihn bei seinen Recherchen erwischt, über die Bert berichtet hatte. Damit hatte sich der Bub möglicherweise in eine gefährliche Lage manövriert.

Geistesabwesend klappte sie die Flügelmappe zusammen und stopfte sie in die Tasche. Ein Klicken ihres Telefons verkündete Ana eine neue SMS. Heinz hatte ihr geschrieben. »Alles in Ordnung bei dir? Was machst du gerade? Liebe Grüße.«

Ana kicherte nervös. Sie würde dem Polizisten nicht antworten, dass sie ein Handy gestohlen hatte, es entsperren hatte lassen und nun Hinweise zu Luis' Verschwinden suchte. Sie tippte: »Alles gut. Bin bei Ronald auf Besuch. Alles Liebe.«

KAPITEL 30

»Du bist noch immer da, Ana?« Ronald schaute sie stirnrunzelnd an.

»Ich habe gehofft, dass du bald heimkommst, und auf dich gewartet. Ich möchte dich damit beauftragen, nach Klaus Kurz zu suchen.«

»Aha. Wieso jetzt auf einmal?« Ronald setzte sich neben Ana.

»Es geht mir um Luis. Bei Fiala & Sohn stinkt etwas zum Himmel und es hat womöglich mit Klaus Kurz zu tun. Noch ergeben die Puzzleteile für mich kein sinnvolles Bild. Ich will wissen, weshalb er die Firma verlassen hat.«

»Hältst du Herrn Kurz für den Entführer von Luis?«

Ana zuckte die Schultern. »Das ist weit hergeholt. Nimmst du den Auftrag an?«

»Mach ich, du kennst das Vorgehen. Du unterzeichnest meinen Standardvertrag, damit wir beide abgesichert sind.« Ronald verließ das Wohnzimmer und kehrte mit einem Blatt zurück. »Bitte unterschreiben, ich fülle die Details aus.«

»Startest du sofort? Es ist dringend.«

Ronald verdrehte die Augen. »Ich habe nichts anderes erwartet als eine Auftraggeberin, die Megadruck ausübt. Aye, Madame. Unter einer Bedingung beginne ich augenblicklich.«

Ana blickte von dem Vertrag auf. »Welche Bedingung stellst du?«

»Ich recherchiere, du hältst dich komplett heraus. Nach allem, was du mir erzählt hast, stimme ich dir zu, dass da etwas faul ist. Nimm mich ernst und pass auf dich auf.«

Ana setzte Datum und Unterschrift auf das Formular. »Danke.«

Als sie die Stiege hinunterlief, waren ihre Gedanken bereits zurück bei den Informationen aus Gabrieles Handy. Wo konnten Anhaltspunkte für Luis' Verbleib verborgen sein? Sie würde zu Hause als Erstes die Apps überprüfen.

Die kurze Fahrt verging wie im Flug und schon bog sie in die kleine Sackgasse ein. Ihre Nachbarin rollte gerade die Mülltonne zur Straße und winkte ihr fröhlich zu.

Das war eine wertvolle Erinnerung, die Müllabfuhr am Montagmorgen hätte sie vergessen. Ana stellte das Cabrio im Carport ab und ging direkt zu ihrem Kübel. Als sie ihn an der Gartentür vorbeischob, nahm sie aus dem Augenwinkel eine Bewegung wahr. Eine Gestalt erhob sich vom Stiegenaufgang.

Ana stieß einen Schrei aus und ließ die Tonne aus, die kippte und mit einem Knall in der Einfahrt landete.

»Nicht erschrecken!« Der Mann trat näher.

»Wer sind Sie? Was machen Sie bei meinem Haus?«, stieß Ana aus und wich zurück.

»Ich … Ich habe auf Sie gewartet. Ich bin schon zwei Stunden hier. Ich habe keine Telefonnummer von Ihnen.« Der junge Mann stotterte seine Erklärung unsicher heraus.

»Woher haben Sie meine Adresse?« Sie legte Wert darauf, keine persönlichen Daten in den sozialen Medien zu veröffentlichen.

»Luis hat Ihren Wohnort erwähnt. Im Kaffeehaus am Hauptplatz hat mir die Wirtin Ihre Straße genannt.«

Ana konnte sich dunkel erinnern, mit Luis über ihren Wohnsitz geplaudert zu haben.

»Was haben Sie mit Luis zu schaffen, was wollen Sie?« Ana schob sich zentimeterweise an ihren Wagen heran. Da drinnen lagen ihr Handy, der Pfefferspray und die Alarmsirene.

»Nicht weglaufen. Ich will mit Ihnen sprechen!« Er kam einen Schritt näher.

»Bleiben Sie stehen und sagen Sie endlich, wer Sie sind!« Auch wenn er sie bisher nicht direkt bedrohte, blieb sie auf der Hut.

»Ich muss mit Ihnen über Luis reden.«

War das der Entführer? Was wollte er ausgerechnet von ihr? »Ich verhandle nicht. Verschwinden Sie augenblicklich oder ich rufe die Polizei!« Ihre Stimme kippte.

»Ich tu Ihnen doch nichts. Ich will nur sprechen, nicht verhandeln. Luis hat mir von Ihnen erzählt.«

Er ging nicht weg. Wenn sie rasch rannte, hatte sie eine Chance, das Nachbarhaus zu erreichen, bevor er sie einholte. Ana trieb regelmäßig Sport, es konnte funktionieren.

»Ich bin sein Halbbruder. Bitte helfen Sie mir.« Er sah sie flehentlich an. »Lassen Sie uns drinnen reden. Oder setzen wir uns auf die Stiegen hin.«

Auf keinen Fall würde Ana erlauben, dass er ihr nahekam, und sie würde bestimmt nicht mit ihm das Haus betreten, nicht einmal den Garten.

»Nein. Hier werde ich nicht mit Ihnen sprechen.«

»Wo denn?«

Die Gegenfrage überraschte sie. Sie konnte mit ihm ins Kaffeehaus gehen. Oder einen öffentlichen Platz mit vielen Menschen aufsuchen.

»Im Stephansdom.«

»Was?«, keuchte der Mann fassungslos.

Wie war sie gerade auf den Stephansdom verfallen? Egal, öffentlicher ging es nicht und Wachleute liefen in der Wiener Innenstadt reichlich herum.

»Entweder im Stephansdom oder gar nicht. Ihre Entscheidung.« Ana betrachtete den Mann. Seine Finger spielten mit den Haaren, die wirr in die Luft standen. Er hatte zu viel Taft draufgesprüht. Ihr Selbstvertrauen wuchs.

»Ich steige jetzt in mein Auto und fahre nach Wien. Ich warte im Stephansdom eine Stunde auf Sie. Mit einer Waffe kommen Sie dort nicht hinein. Es werden auch die Touristen beim Eingang kontrolliert.«

»Ich besitze doch keine Waffe!«, rief er.

»Wenn ich Sie jemals wieder auf meinem Grundstück entdecke, wähle ich den Notruf.« Ana drehte sich um, rannte zum Wagen, sprang auf den Sitz und verschloss den Türöffner. Ohne nochmals zu dem Mann zu blicken, schob sie aus der Einfahrt und gab Gas.

Puh, das war noch einmal gut gegangen. Vielleicht hatte sie völlig überreagiert, aber der Typ war womöglich gefährlich. Nicht jeder Verbrecher hatte eine kriminelle Visage. Sie war verrückt. Sie war auf dem Weg zum Stephansdom, um sich mit dem unehelichen Sohn von Herrn Fiala zu treffen. Ana griff sich an die Stirn. Was für eine bescheuerte Idee.

Die Nachrichten hatten doch gelautet, dass der uneheliche Sohn festgenommen worden war. Wenn das stimmte, war er aus der Haft geflüchtet und sie hatte dem Entführer eine Kirche als Treffpunkt vorgeschlagen. Besser, sie fuhr sofort zum Kommissariat.

Doch Schlagzeilen waren oft ungenau oder falsch. Vermutlich war der Halbbruder nur als Zeuge vernommen worden. Das wäre eine kluge Frage an ihn gewesen, die sie leider zu stellen versäumt hatte.

War der unheimliche Besucher überhaupt der Halbbruder von Luis? Sie hatte keine Ähnlichkeit erkannt.

Was sollte sie tun? Der Mann wollte mit ihr über Luis sprechen. Womöglich gab er ihr den entscheidenden Hinweis, wo er den Buben versteckt hielt und sie konnte Luis befreien. Aber wieso kontaktierte er gerade sie? Bei ihr gab es kein Geld zu holen. Das ergab keinen Sinn.

»Das ist alles Scheiße!«, schimpfte Ana. »Ich hasse die Firma Fiala.« Der Arbeitseinsatz war in eine Katastrophe gemündet und es konnte noch schlimmer kommen. Sie fühlte Tränen in sich hochsteigen beim Gedanken an ihre Schwester, die glaubte, dass sie sich mit Reisevorbereitungen befasste.

Dass Ana den Stephansdom als Treffpunkt genannt hatte, zwang sie dazu, das Auto in die Tiefgarage zu bringen und dann ein Stück durch die Wiener Innenstadt zu gehen. Sie bemühte sich, ihre Schrittgeschwindigkeit den Touristen anzupassen und bummelte durch die Fußgängerzone. Mittlerweile war die Sonne hinter den Dächern verschwunden und am Graben gingen die ersten Lichter an.

Der vertraute Anblick der beleuchteten Prunkstraße wirkte beruhigend. Sie machte sich unnötige Sorgen. Der Mann würde ohnehin nicht erscheinen. Eine Stunde warten hatte sie zugesagt, danach würde sie sich in einem Innenstadtlokal bei einem netten Abendessen erholen.

Auf dem Stock-im-Eisen-Platz machte sie halt. Vor ihr ragte der strahlende Dom in die Höhe. Märchenhaft. Sie liebte diese Ansicht. Wahrscheinlich war ihr deshalb die Kathedrale als Treffpunkt eingeschossen.

Um diese Zeit war die Zahl der Kirchenbesucher überschaubar. Ana hatte sich mit ihrer spontanen Idee versöhnt. Im Inneren des Doms spazierten Leute durch die Gänge, ihre Unterhaltungen waren als gedämpftes Murmeln vernehmbar.

Die schweren Kirchenbänke waren schon vor langer Zeit lockeren Sesselreihen gewichen. Ana rückte auf einen Stuhl in der Mitte einer Reihe, hinter ihr die Steinwand einer Kanzel. So konnte niemand sie überraschen. Jetzt musste sie noch eine Stunde überbrücken und sich ein Lokal für später überlegen.

Ana holte Gabrieles Handy aus der Tasche und stellte besorgt fest, dass der Ladezustand im unteren Drittel lag. Für diese Marke besaß sie kein Ladegerät. Unschlüssig musterte sie die Icons und tippte auf die Bildergalerie.

Langsam scrollte sie durch die Fotos. Etliche zeigten die hübsche Asiatin beim Sport und in Kunstausstellungen.

Der nächste Bildblock dokumentierte eine Feier mit einer überdimensionalen Torte. Im Mittelpunkt stand die Seniorchefin. Ana lächelte, als sie Luis entdeckte, der hinter seiner

Großmutter Grimassen schnitt. Auch der verstorbene Juniorchef war im Bild, daneben eine zierliche Frau mit hellbraunen Haaren, vielleicht Luis' Mutter. Ein grinsender Herr Moser streckte ein Tortenstück in die Kamera. Hinter ihm winkte eine schwarzhaarige Frau.

Als Nächstes folgte ein Gruppenfoto im Freien, Luis hockte auf dem Boden. Die Erwachsenen posierten auf einem Steg, möglicherweise stammte die Aufnahme vom Angelhaus. Ana hielt inne. Mit den Fingern vergrößerte sie die Ansicht.

Was war das?

Ana blinzelte, sie traute ihren Augen nicht. Das bildete sie sich ein. Nochmals vergrößerte sie das Foto. Ihr entfuhr ein knurrendes Geräusch und sie presste erschrocken die Hand vor den Mund. Aus dem Bild grinste sie Felix Hauptmann an. Pats Stellvertreter hatte seine Hand auf Luis' Schulter gelegt.

KAPITEL 31

Fassungslos starrte Ana das Foto an. Hektisch wischte sie durch den Rest der Bilder, um schließlich zu dem Gruppenbild zurückzukehren. Es war die einzige Aufnahme, die ihren Arbeitskollegen Felix im Kreis der Familie Fiala zeigte.

Felix hatte vorgegeben, die Entscheidungsträger ausschließlich beruflich zu kennen. Er log. Auf einmal ergab das Duzen von Frau Fiala Sinn.

»Ich habe vermutet, Sie drücken sich.«

Ana fuhr zusammen. Der angebliche Halbbruder unterbrach ihre Gedanken. Er stand am Beginn der Sesselreihe. »Darf ich näherkommen, oder laufen Sie wieder davon?«

»Setzen Sie sich, aber lassen Sie Abstand.« Ihr Satz würde gut in einen Krimi passen. Anas Mundwinkel zuckten leicht nach oben. Im nächsten Moment spannte sie sich an. Das war kein Film, es ging um Luis' Leben. Womöglich war sein Entführer neben ihr und sie durfte diese einmalige Chance nicht vermasseln.

Die Sesselbeine scharrten über den Boden, als der Mann sich niederließ.

»Die Fahrt mit dem Taxi in den ersten Bezirk hat mich ein Vermögen gekostet. Das ist geisteskrank. Luis hat behauptet, dass Sie total nett sind und ihn gerne mögen. Das stimmt doch, oder?«

»Verraten Sie mir, wo Luis ist? Ich mache mir schreckliche Sorgen, nur deshalb bin ich hergekommen.«

»Lassen Sie mich erklären. Wir müssen uns beeilen, die sperren den Dom bald zu.«

Ana nickte. Sie versuchte, sich auf den Mann zu konzentrieren, doch ihre Gedanken schweiften ständig zu dem Foto mit Felix ab. Warum log er?

»Ich bin kein Erbschleicher, wie mich die alte Hexe darstellt. Meine Mutter starb früh und hat mir nie anvertraut, wer mein Vater ist. Ich bin bei meiner Großmutter aufgewachsen. Sie ist krank. Als der Unfall von Tobias Fiala im Fernsehen war, hielt sie es für den richtigen Zeitpunkt, dass ich die Wahrheit erfahre.« Seine Stimme zitterte. »Tobias Fiala ist mein Vater.«

Ana verhielt sich still und nickte, um ihn zum Weitererzählen anzuregen. Erneut tauchte Felix vor ihrem inneren Auge auf. Wenn er ein Komplize von diesem Typen war, lauerte er womöglich in der Nähe. Sie schaute sich unauffällig um.

»Zuerst war ich zu stolz, mich zu melden. Ich baue mir auch ohne Unterstützung der Fialas eine Zukunft auf. Aber bald hat die Neugierde gesiegt und ich habe mich über die Familie schlaugemacht. Dabei bin ich auf Luis gestoßen und das hat alles verändert. Ich wollte immer schon Geschwister. Ich habe mir ausgemalt, Teil eines glücklichen Familienlebens zu sein und habe Frau Fiala geschrieben. Als ich keine Antwort bekam, bin ich hingefahren.«

»Ins Werk?« Die alte Dame war vermutlich wenig begeistert gewesen.

»Zu ihr nach Hause. Immerhin ist sie meine Großmutter.« Der junge Mann klang trotzig. »Sie hat mich beschimpft und hinausgeworfen. Ich war schrecklich enttäuscht und wütend, da habe ich einen Blödsinn angestellt, der mir leidtut.«

Ana sah ihn von der Seite an. Er hatte die Augen geschlossen und presste die Lippen aufeinander. »Haben Sie Luis wehgetan?«

»Quatsch. Ich habe eine ehemalige Schulkollegin kontaktiert. Sie arbeitet als Journalistin bei einer Tageszeitung und ich habe ihr meine Geschichte erzählt. Am nächsten Tag war ein Artikel in der Presse. Sie hat geschrieben, dass ich auf einen Vaterschaftstest bestehe. Daraufhin hatte ich Anwälte am Hals und ein Annäherungsverbot.«

»Sie sind trotz Verbot mit Luis in Kontakt getreten.«

»Ja.« Er drehte ihr das Gesicht zu. »Und ich würde es wieder tun. Mir geht es nicht ums Geld. Ich möchte meinen Bruder kennenlernen und mit ihm Zeit verbringen.«

»Halbbruder«, korrigierte Ana.

»Das ist doch egal«, fuhr er sie an und schüttelte den Kopf.

»Ihre Geschichte ist nett, aber was wollen Sie von mir?«

»Luis und ich haben uns angefreundet, obwohl wir uns immer nur kurz getroffen haben. Als ich ihm die Wahrheit erzählt habe, hat er mir geglaubt. Wir haben vereinbart, dass ich offiziell ein Freund seines Vaters bin.«

Ana erinnerte sich an den Mann beim Radständer. »Das hat er mir gegenüber ebenfalls behauptet. Sie waren doch diese Woche beim Werk, oder? Haben Sie keine Angst, dass Frau Fiala Sie sieht?«

»Die Hexe lässt sich jeden Tag um die gleiche Zeit in der Limousine bis an den Eingang führen. Sie würdigt den Parkplatz keines Blickes.«

Anas Ungeduld stieg. Seine bisherigen Aussagen verrieten nichts zu Luis' Aufenthaltsort. Unwirsch forderte sie ihn auf, endlich auszuspucken, worum es ihm ging.

Die Hälfte der Beleuchtungskörper im Dom wurde abgeschaltet. Das Zeichen, dass sich die Besucher allmählich zum Ausgang bewegen sollten. Ana fühlte ihre Nerven vibrieren. »Los jetzt, uns läuft die Zeit davon. Wie heißen Sie überhaupt?«

»Tobias Hermann.« Er starrte vor sich hin. Er öffnete die Lippen, schloss sie und flüsterte: »Luis ist überzeugt, dass sein Vater umgebracht wurde.«

»Das weiß ich. Es ist nachvollziehbar, dass er den Selbstmord negiert, weil er sich sonst eingestehen müsste, dass sein Vater ihn im Stich gelassen hat.«

Eine unwillige Handbewegung wischte ihr Argument beiseite. »Sein Vater war in den letzten Monaten bedrückt. Er hatte Sorgen und Geheimnisse. Luis hat ihn mehrmals dabei erwischt, dass er Telefonate wegen ihm abgebrochen oder blitzartig den Computer ausgeschaltet hat.«

»Das sagt doch gar nichts aus. Eltern tun nun mal Dinge, die ihre Kinder nichts angehen. Luis' Vater hatte eine Affäre.«

»Luis hat einen heftigen Streit belauscht, bei dem sein Vater außer sich vor Wut gebrüllt hat: ›Wage es nicht, mir zu drohen, ich mache dich fertig!‹ Leider weiß er nicht, wer am anderen Ende der Leitung war.«

»Hat er noch mehr von der Auseinandersetzung mitbekommen?«

»Irgendwas mit Chinesen.«

»Mit Chinesen? Klingt nach kindlicher Fantasie. Was hat sein Vater außer einem Restaurantbesuch mit Chinesen zu tun?«

Gabriele hatte ebenfalls die Chinesen vermerkt. War das ein Codewort?

»Die Firma Fiala verkauft ihre Produkte in die ganze Welt. Vielleicht auch nach China?«

»Sie beschuldigen die Chinesenmafia? Bei uns? Haben Sie diese Geschichte auch der Polizei erzählt?«

Tobias Hermann ließ den Kopf hängen. »Die haben wie Sie reagiert und mir kein Wort geglaubt. Die halten mich für einen Entführer.«

»Dennoch wurden Sie freigelassen?«

»Die Polizei verdächtigt mich, Luis festzuhalten, um Geld zu erpressen. Weil die Fiala mir mein Erbe vorenthält.«

Er war tatsächlich festgenommen worden. Doch er saß neben ihr. »Sind Sie aus dem Gefängnis ausgebrochen?« Ihre Stimme schwankte. Im Dom wurde es ruhig, bald wären sie die letzten Besucher.

»Schwachsinn!«, fuhr er sie an. »Sie haben mich gehen lassen, weil mir meine Oma ein Alibi gegeben hat.«

So wie er das formulierte, schwante Ana Böses. Falls die Oma gelogen hatte, wollte sie es nicht hören. Sie hob ihre Hand. »Ich frage Sie zum letzten Mal: Was wollen Sie von mir?«

»Ich fürchte, dass Luis die Wahrheit über den Tod unseres Vaters aufgedeckt hat und deshalb verschwinden musste. Helfen Sie mir, ihn zu finden. Sie haben den Zugang zum Werk. Sie haben die Möglichkeit, sich unauffällig umzuschauen und mit den Angestellten und sogar unserer Großmutter zu reden. Kriegen Sie heraus, wer Interesse daran hat, dass Luis den Mund hält.« Er sah Ana beschwörend an und streckte ihr die Hand hin. »Wir müssen meinen Bruder finden, bevor es zu spät ist«, flüsterte er. »Schlagen Sie ein.«

Konnte sie diesem Fremden vertrauen oder machte er sie zum Teil eines Plans? Die angebotene Hand ignorierte sie. »Erzählen Sie mir von Luis. Weder seine Mutter noch seine Großmutter sind derzeit in der Lage, sein Leben außerhalb der Firma zu beschreiben. Das macht die Polizeiarbeit schwierig. Danach entscheide ich, wie es weitergeht.«

Langsam zog er seine Hand zurück. »Einverstanden, aber die werfen uns jetzt aus der Kirche hinaus. Gehen wir auf einen Drink?«

Die Geschichte mit dem Abschiedsbrief war eine Ausrede von Luis gewesen, die sie ihm bereitwillig geglaubt hatte. Er war auf der Suche nach dem Mörder seines Vaters. Es zählte jede Minute. Ihre Furcht vor Tobias Hermann hielt sich in Grenzen. Ob er die Wahrheit erzählte, stand auf einem anderen Blatt. Sie würde es herausfinden.

»Am Beginn vom Graben sind kleine Lokale, irgendwo kommen wir unter. Gehen wir.«

Die Kirchenhalle hatte sich mittlerweile geleert. Als sie sich erhoben, dröhnte hinter ihnen eine Stimme. »Frau Rubin, Herr Hermann, was für eine Freude, Sie anzutreffen.

Darf ich Sie bitten, uns zu folgen? Herr Hermann, ich verhafte Sie unter dem dringenden Verdacht, am Verschwinden von Luis Fiala beteiligt zu sein.«

Hinter Tobias stand breitbeinig Chefinspektor Eibensteiner mit grimmiger Miene, umringt von uniformierten Polizisten.

Tobias Hermann flüsterte. »Sie haben mich verraten. Wieso lassen Sie Luis im Stich?« Sein Blick war voller Verzweiflung. Er hob einen Arm und Ana duckte sich.

»Denken Sie nicht einmal daran!« Herr Eibensteiner packte ihn grob am Oberarm und stieß ihn in Richtung der Polizisten, die kräftig zugriffen und ihn abführten. Sein vorwurfsvoller Blick verfolgte Ana. Aus einiger Entfernung hörte sie: »Helfen Sie ihm!«

KAPITEL 32

»Nehmen Sie Platz.« Chefinspektor Eibensteiner zeigte zu einem Metallsessel.

Der Raum war kahl, graue Wände und durchsichtige Deckenleuchten. Um den Metalltisch waren Sessel im Boden verschraubt. Ana war in einem Verhörzimmer in Stockerau gelandet. Während der Fahrt hatte niemand ein Wort mit ihr gewechselt.

»Haben Sie Luis gefunden?«, fragte Ana zaghaft.

Sein Schweigen fühlte sich nach Vorwurf an.

»Wieso bin ich hier und wie haben Sie mich überhaupt gefunden?« Ana wollte die Nervosität hinter ihren Fragen verstecken.

»Meinen Sie nicht, dass ich die Fragen stelle und Sie antworten?«

»Ich habe nichts verbrochen.« Siedend heiß brannte das Diensthandy von Gabriele in ihrer Tasche.

»Sie treffen sich bei Nacht mit einem Verdächtigen und wundern sich, dass ich mich mit Ihnen unterhalten möchte? Aber keine Bange, im Moment werden Sie als Zeugin befragt.«

»Was wollen Sie wissen?« Ana gab sich kämpferischer, als sie sich fühlte.

Der Polizist betrachtete sie aufmerksam. Dann huschte ein Grinsen über sein Gesicht, das er mit einem Kopfschütteln rasch verbarg. Er erklärte ihr, dass sie das Gespräch aufnahmen und murmelte juristische Phrasen.

»Woher kennen Sie Tobias Hermann?«

»Er ist am Abend bei meinem Haus aufgetaucht und wollte mit mir sprechen. Mir war die Situation unheimlich, deshalb haben wir uns im Dom getroffen.«

»Verstehe ich richtig, dass Sie ihn heute erst kennengelernt haben?« Ungläubig zog er die Augenbrauen in die Höhe. »Was will er von Ihnen?«

»Dass ich ihm helfe, Luis zu suchen. Er sorgt sich um ihn.«

»Sorgen machen wir uns alle«, herrschte der Beamte sie schroff an. »Nämlich, dass er dem Jungen etwas angetan hat.«

»Das glaube ich nicht. Er sieht in Luis seinen Bruder.«

»Ja, den Bruder, der alles im Überfluss hat, und er selbst kriegt nichts.«

Wie zynisch der Kommissar argumentierte. Sein Urteil stand bereits fest.

»Hat er Ihnen gestanden, dass er uns angelogen hat? Seine Großmutter hat ihm ein falsches Alibi gegeben und er hat uns im Glauben gelassen, dass er mit Fieber im Bett lag. Zu seinem Pech hat ihn ein Nachbar beim Verlassen des Hauses beobachtet.«

Herr Eibensteiner betrachtete Ana. »Sie haben keinen Grund, ihn zu schützen. Sagen Sie mir die Wahrheit, sonst kriegen Sie richtige Schwierigkeiten. Schon einmal etwas von Behinderung der Justiz gehört?«

»Ich schütze ihn nicht. Ich erzähle Ihnen, was Tobias Hermann mir gesagt hat.« Ana fasste ihr Gespräch zusammen. Bei der Behauptung, dass Luis den Mörder seines Vaters suchte, schnaubte der Kommissar. Als sie die Chinesen erwähnte, griff er sich an die Stirn.

Sie ließ sich nicht beirren und zog den Zettel mit dem Inhaltsverzeichnis aus der Tasche und reichte ihn über den Tisch.

»Was ist das?«

»Ein Protokoll über Tests der Firma Fiala & Sohn, das ich in Tobias Fialas Unterlagen gefunden habe. Vermutlich geht es um die Steuerung von autonomen Fahrzeugen. Sein Auftauchen hat die Führungskräfte alarmiert.«

»Was soll ich damit anfangen?«

»Es fehlt der technische Inhalt. Die leitende Ingenieurin Gabriele Schön hat dazu recherchiert und musste meiner Meinung nach deshalb sterben.«

Der Inspektor glotzte sie fassungslos an. »Langsam, Frau Rubin. Gerade ging es um einen angeblichen Mord an Herrn Fiala. Wollen Sie mir jetzt weismachen, dass auch Frau Schön ermordet wurde? Die Frau hatte einen E-Scooter-Unfall.«

Ana schnappte nach Luft. »Es war kein Unfall. Klären Sie die Bedeutung der Unterlagen und wo Klaus Kurz ist. Dann haben wir Chancen, Luis zu finden.«

»Sie haben sie ja …«, brüllte Herr Eibensteiner los. Plötzlich stoppte er seinen Ausbruch. »Frau Rubin. Sie können gehen. Wir besorgen ein Taxi.«

»Aber …«

»Nichts aber. Wir sind fertig. Danke fürs Kommen und für Ihre Aussage.« Chefinspektor Eibensteiner schaltete das

Aufnahmegerät ab und drückte ihr das Inhaltsverzeichnis in die Hand.

Leise sagte er: »Ich halte Ihnen zugute, dass der tragische Tod von Frau Schön Sie emotional erschüttert hat. Und das Verschwinden des Jungen geht uns allen nahe. Nehmen Sie Krankenstand und beanspruchen Sie professionelle Hilfe. Sie müssen wieder klar denken und keine wirren Anschuldigungen mehr von sich geben.« Er nickte ihr zu. »Übrigens liebe Grüße von Heinz Müller.«

Ana starrte ihm wütend nach. Sie hatte die Gelegenheit verpasst, ihm das Foto mit Felix zu zeigen. Das war vermutlich auch besser so, er hielt sie ohnehin für gestört. Das Inhaltsverzeichnis steckte sie zurück in ihre Tasche.

Niedergeschlagen trottete sie hinaus. Wenigstens hatte er ihr ein Taxi besorgt. Ihr Auto stand in der Tiefgarage in Wien.

»Warten Sie bitte, bis ich die Haustür von innen schließe«, ersuchte Ana den Taxifahrer beim Bezahlen.

Erschöpft setzte sie sich im Vorraum auf die Treppe. Ein Blick auf das Handy gab ihr wieder Hoffnung. Die Nachricht forderte sie auf, Heinz anzurufen, egal zu welcher nächtlichen Stunde.

»Ana, bist du okay?« Heinz hatte sich beim zweiten Läuten gemeldet und er klang aufgeregt. »Was hast du angestellt?«

»Woher weißt du …?«

»Der Eibensteiner hat mich vorhin angerufen. Er sagt, er hat dich laufen lassen, weil er sich nicht entscheiden konnte, ob er dich inhaftieren oder einweisen soll.«

»Der attraktive Kommissar ist ein Dummkopf, er hört nicht zu.«

»Hast du dich wirklich mit seinem Hauptverdächtigen getroffen?«

»Eibensteiner ist am Holzweg. Er konzentriert sich auf den Halbbruder von Luis, aber der hat ihn nicht entführt.«

»Er hat gesagt, dass du dir Probleme einhandelst und ich dich davon abhalten soll, Miss Marple zu spielen.« Heinz knurrte ins Telefon. »Dein Vorsatz, dich nicht in die Ermittlungen einzumischen, war von kurzer Dauer. Ich dachte, du passt auf dich auf.« Ihr Freund war dabei, grantig zu werden.

Ana konnte es ihm nicht verdenken, doch sie musste um Luis kämpfen. »Ich habe mich nicht eingemischt, Tobias Hermann ist zu mir gekommen. Luis hat ihm erzählt, dass ich seine Freundin bin und er mir vertraut. Ich bin nicht Superman, der Luis aus dem Verlies befreit. Aber ich werde die Polizei dazu bringen, die Situation aus der richtigen Perspektive zu betrachten.« Ana seufzte. Sie war müde und brauchte Erholung. Heinz durfte sie nicht zusätzlich unter Druck setzen.

Zu ihrer Überraschung hörte sie ein leises Gelächter. »Wenn, dann bist du nicht Superman, sondern Superwoman. Eindeutig.«

»Ach, Heinz. Ich lasse mich nicht daran hindern, Luis zu helfen. Denkst du, der Kommissar beschattet mich? Wie hat er Tobias Hermann und mich im Stephansdom aufgestöbert?

Nach einer Pause klang Heinz verständnisvoller. »Für eine Observation benötigt er einen Beschluss. Es wäre ein

Wunder, wenn er einen hätte. Vielleicht hat der uneheliche Sohn ihn hingeführt.«

»Nie im Leben, der war total sauer auf mich.«

»Du verbeißt dich in deine Ideen und verfolgst sie, ohne links und rechts zu schauen. Mich macht der Gedanke krank, dass du nahe am Täter bist. Ich möchte zu dir kommen.«

»Kannst du Eibensteiner überzeugen, dich in die Ermittlung offiziell einzubeziehen?«

»Never. Er war arrogant. In Bezug auf den Fall war er kurz angebunden und hat betont, dass er an einem Vermisstenfall und keinem Mord arbeitet.«

»Dann bleib bitte in deinem Kurs. Vor Montag tut sich bei mir nichts, was dir Sorgen machen muss. Morgen lege ich zu Hause die Beine hoch.«

Es erforderte Überredungskunst, Heinz zu überzeugen.

Auch Bert hatte am Abend eine Nachricht geschickt. »Sei gespannt, was wir gefunden haben. Wir finalisieren morgen, melde mich dann.«

KAPITEL 33

Erst mit dem zweiten Espresso strömten am Morgen Anas Lebensgeister ein. Gleichzeitig kehrte die beklemmende Angst um Luis zurück. »Wo bist du? Wen hast du aufgeschreckt?«, flüsterte sie.

Das Foto. Sie musste klären, welche Rolle Felix spielte. Er sollte ihr einen vernünftigen Grund nennen, weshalb er behauptet hatte, Luis kaum zu kennen. »Guten Morgen, Ana spricht. Wir müssen reden.«

»Am Sonntag? Was ist so dringend?« Felix hörte sich verschlafen an.

Automatisch wollte sie sich für den frühen Anruf entschuldigen, stoppte sich aber. Es tat ihr nicht leid. »Kennst du die Familie Fiala privat?«

Es blieb still. Ana wartete gespannt auf eine Erklärung.

»Wie bescheuert bist du eigentlich? Du weckst mich am Wochenende frühmorgens, um mir so eine saublöde Frage zu stellen? Ich lege auf.«

»Nein! Gib mir eine Antwort.«

Die Leitung war tot. So ein Idiot. Ana stapfte wütend auf. War es denkbar, dass Felix in das Verschwinden von Luis involviert war? Sie konnte sich kein Motiv vorstellen. Er war verheiratet, hatte einen Sohn, war gut situiert, an Geld mangelte es nicht. In der Firma spielte er den amikalen Sunnyboy. Ana hegte wenig Sympathien für seine Selbstdarstellungen und seine ständigen Bemühungen, sich überlegen zu zeigen. Aber diese Eigenschaften machten ihn nicht zu einem Verbrecher, sondern entsprachen dem Selbstverständnis eines Erfolgsmenschen.

Sie musste jemanden aus dem Privatumfeld der Fialas auftreiben, der ihn kannte, und bereit war, mit ihr zu sprechen. Luis war verschwunden, seine Großmutter nicht belastbar, blieb seine Mutter, auch wenn diese ihre eigenen Probleme hatte.

Ana fiel ein, dass ihr Cabrio in der Garage in Wien stand. Jede Stunde kostete ein Vermögen. Da sie keinen ihrer Freunde am Sonntag aus dem Bett werfen wollte, beschloss sie, mit dem Rad zum Bahnhof und mit dem Zug nach Wien zu fahren.

Die Luft war frisch und Ana genoss den Fahrtwind. Radfahren war ihr Lieblingssport. Die schwungvolle Bewegung machte den Kopf für neue Ideen frei.

Ein Rätsel beschäftigte sie. Wie hatte Herr Eibensteiner sie im Stephansdom gefunden? Ihr wollte keine plausible Erklärung einfallen. Ob der Kommissar in diesem Moment ihren Aufenthaltsort kannte? Ein vorsichtiger Blick zurück zeigte keinen Verfolger.

Der Zug Richtung Wien war menschenleer. An Wochentagen lärmten Schüler in den Abteilen, während Pendler arbeiteten und schliefen. Am Sonntag war sie die Einzige auf dem Weg in die Stadt.

Ihre Gedanken schweiften zur Mutter von Luis. Die Frau stand sicher eine Heidenangst um ihren Sohn aus und womöglich bedrängten Journalisten sie. Um ihr Antworten zu entlocken, benötigte Ana Überzeugungskünste und ein wohlüberlegtes Vorgehen.

Als sie in der Tiefgarage die Parkgebühr beglichen hatte, fehlte ihr noch immer ein konkreter Plan. Auf der Autobahn wurde sie unruhig. Viel zu schnell kam ihr Ziel näher. Noch fühlte sie sich der Begegnung mit Luis' Mutter nicht gewachsen. Sie fuhr an der Abfahrt Stockerau vorbei.

Eine Weile später gestand sie sich ein, dass sie auf dem Weg zur Angelhütte der Familie Fiala war. Sie wollte Gewissheit, ob das Foto mit Luis und Felix von dort stammte.

Bei der Abzweigung zu Fialas Hütte lehnte ein Herrensportrad an einem Baum. Der kleine Parkplatz lag einsam da. Die Polizei hatte keine Spuren hinterlassen. Beim Näherkommen erkannte Ana, dass sie sich geirrt hatte. Die Eingangstür war polizeilich versiegelt. Vermutete Eibensteiner hier den Tatort der Entführung?

Ana zückte Gabrieles Telefon. Das Foto war noch geöffnet. Sie musste sich beeilen, die Batterieladung zeigte achtzehn Prozent.

»Mist«, flüsterte Ana. Fialas Steg hatte andere Bretter als der auf dem Foto. Sie war unnötig hergefahren. Da kam ihr eine Eingebung und schon eilte sie den Weg zu den Nachbarstegen entlang. Ihre Schritte verlangsamten sich. Dieser Ort verunsicherte sie. Ob wieder jemand im Gebüsch lauerte?

Bei der ersten Hütte zwang sie sich, die Wiese zu durchqueren. Beging sie Hausfriedensbruch? Sie befand sich auf einem Privatgrundstück ohne Zaun. Ana grüßte unüberhörbar und hielt das Handy vor sich, als ob sie filmte. Niemand erwiderte ihren Gruß.

Ein Blick und ihr war klar, dass sie auf der richtigen Position stand. Der Steg und das Ufer im Hintergrund stimmten mit dem Foto überein.

Ana nahm ihr eigenes Handy zur Hand und fotografierte den Beweis.

Und jetzt? Sie sprach sich selbst Mut zu, als sie die Nummer von Chefinspektor Eibensteiner drückte. »Frau Rubin! Sie reden noch freiwillig mit mir«, meldete er sich sofort. Ana hörte den amüsierten Unterton.

»Haben Sie Luis gefunden, Herr Chefinspektor?«

»Deshalb rufen Sie an? Sobald wir ihn haben, erfahren Sie es aus den Medien.«

»Haben Sie eine Lösegeldforderung erhalten?«

»Letzte Gelegenheit, mir etwas Sinnvolles mitzuteilen, andernfalls lege ich auf.«

»Ich habe einen Hinweis für Sie.«

»Und zwar?«

»Ich habe einen Arbeitskollegen, der behauptet, Luis nicht zu kennen. Doch während wir reden, schaue ich auf ein Foto, wo er mit den Fialas und Luis beim Ziegelteich feiert. Vielleicht …« Ana schnürte es den Hals zu. Felix zu beschuldigen war brisant. Er brüstete sich mit seinen hervorragenden Verbindungen. Wenn er von ihrer Anschuldigung erfuhr, würde er sich erbarmungslos rächen.

»Sie befürchten, dass er involviert ist. Geben Sie mir den Namen, wir überprüfen den Herrn.«

»Echt? Einfach so?« Sie hatte Widerstand und Ironie erwartet.

»Wir haben die Bevölkerung zur Mithilfe aufgerufen. Schon vergessen?«

»Mein Kollege heißt Felix Hauptmann. Erfährt er, dass ich seinen Namen genannt habe?«

»Möglich. Doch ich schätze Ihren Einsatz, zur Lösung des Falls beizutragen.«

Er nannte Luis bereits einen Fall. Am liebsten hätte Ana ihn angebrüllt, dass er von einem Kind in Todesangst sprach.

»Sie schicken mir das Bild. Woher haben Sie es überhaupt?«

Ihm die Wahrheit zu gestehen war im Moment keine Option. »Das hat eine Angestellte der Firma Fiala fotografiert. Wieso wussten Sie gestern, dass ich Tobias Hermann im Stephansdom treffe?«

»Sonst noch etwas?«

»Nein. Wiederhören.« Ana steckte ihr Handy ein. In ihrem Magen formte sich ein schmerzhafter Knoten. Heinz wäre entsetzt, dass sie hier allein herumlief. Sie hatte sich meilenweit davon entfernt, sich auf den Vertrag zu konzentrieren, um zu ihrer Schwester zu kommen. Sie schwärzte einen Kollegen bei der Polizei an und jagte einem verschwundenen Jungen hinterher, der sie eigentlich nichts anging.

Was für ein schwachsinniger Gedanke. Jeden ging ein vermisstes Kind an. Felix würde die polizeiliche Überprüfung überleben, wenn er unschuldig war, und ihr vielleicht verzeihen.

Mit einem Schlag wurde es finster. Auf Nase und Mund legte sich eine erstickende Schicht. Anas Hände fuhren zum Gesicht und ihre Finger spürten kratzendes Material. Da zwang eine Kraft ihre Arme nach unten und presste sie gegen den Körper. »Hilfe!«, stieß sie aus. Der Laut verlor sich.

Mit ganzer Kraft stemmte sich Ana gegen das Klammern, doch ihre Arme fanden keinen Spielraum und die Luft wurde knapp. Der Druck im Brustkorb wurde unerträglich, gleich würde sie explodieren. »Hilfe«, krächzte sie, sie hörte nichts.

Sie wurde nach hinten gezogen und verlor die Orientierung. Ihre Beine ratterten über den Boden.

Sie wurde entführt.

Panisch begann sie zu strampeln und verlor den Bodenkontakt. Es knallte und ein Schmerz durchfuhr ihre Zehen, als sie an einen harten Gegenstand prallten. Da wurden die Beine eiskalt und die Kälte stieg den Körper hoch. Der Druck ließ nach und sie schnappte nach Luft. Nässe drang in ihren Mund und sie würgte. Blitze fuhren vor ihren Augen umher und sie glaubte, die Besinnung zu verlieren.

Der harte Griff um ihre Arme kehrte zurück und sie hörte Wasser platschen. »Das nächste Mal bleibst du unten. Kein Wort zu irgendwem, ich sehe alles, was du tust. Du kündigst morgen und kommst nie wieder zu Fiala. Ende. Brichst du die Abmachung, stirbt Luis. Hast du verstanden?«

Ana versuchte, den Mund zu öffnen, das Material klebte an den Lippen und sie hätte sich um ein Haar übergeben müssen.

»Verstanden?«

Ana nickte heftig. Alles, was er wollte, wenn sie dafür Luft bekam. Sie sank in die Tiefe und ein grauslicher Geschmack drang in ihren Mund. Sie fühlte ihr Herz rasen und schlug um sich. Ihre Arme waren frei. Der Hals füllte sich mit Flüssigkeit. Ihre Füße stießen auf Grund und auf einmal stand sie. Mit einem Ruck befreite sie ihren Kopf. Ihre Ohren dröhnten und das Licht blendete.

Ungläubig schaute Ana auf die Wasseroberfläche. Vor ihr schwamm ein Seil. Das Wasser reichte ihr kaum bis zum Bauch. Sie hörte ihre heftigen Atemzüge. Mit ihrer Faust umklammerte sie eine triefende Jutetasche.

KAPITEL 34

Der Sack war schäbig. Ana quetschte ihn mit der Hand zusammen und Wasser quoll aus ihrer Faust. Das brachte mit einem Schlag ihr Bewusstsein zurück. Sie stand im Teich und zitterte heftig am ganzen Körper.

Benommen watete sie mit winzigen Schritten zum Ufer, das nicht näher zu kommen schien. Ihre Faust öffnete sich und der Sack glitt ins Wasser. Rund um sie herrschte Stille. Wie im Traum taumelte sie den Weg entlang. Die Autotür war angelehnt, der Inhalt ihrer Tasche samt Autoschlüssel lag verstreut auf dem Beifahrersitz.

Halb in Trance wendete sie. Das Herrenrad stand noch an der Kreuzung. Beim Einbiegen in die Hauptstraße wurde ihr bewusst, dass sie mit klitschnasser Kleidung auf dem Ledersitz hockte. Ana stellte die Heizung auf die höchste Stufe und schaltete das Radio ein.

In den Nachrichten lief ein Bericht über den Vermisstenfall Luis Fiala. Ein Verdächtiger war in Haft, abgesehen davon gab es keine Ermittlungsergebnisse. Der Bub blieb verschwunden. Die Bevölkerung wurde erneut um Mithilfe gebeten.

Zu Hause stopfte Ana ihre Kleidung in die Waschmaschine und stellte sich unter die Dusche. Das heiße Wasser prickelte auf ihrer Haut. Ihr war nichts passiert. Sie hatte keine Verletzungen. Statt Erleichterung überkam sie endlose Hilflosigkeit. Die Botschaft war unmissverständlich gewesen. Jede Aktion von ihr brachte Luis in Lebensgefahr.

Der Angreifer war nicht Tobias Hermann, der saß in Untersuchungshaft. War ihr die Stimme bekannt vorgekommen? Er hatte sie bestimmt verstellt und sie hatte vor Angst nichts mitbekommen. Chefinspektor Eibensteiner verbiss sich in den Falschen und würde Luis nicht finden.

Ihre Verzweiflung wich auf einmal Hoffnung. Die Drohung bedeutete, dass Luis noch am Leben war und sie dem Täter dicht auf der Spur war. Es war noch nicht zu spät.

Sie konnte Heinz um Hilfe bitten. Er würde den Kurs abbrechen und in einem Tag bei ihr sein. Aber falls der Kidnapper ihn als Polizisten identifizierte, gefährdete ein Treffen mit ihm Luis. Sie war auf sich allein gestellt.

Manuelas Stimme klang alarmiert. »Ana? Grüß dich, ist etwas passiert?«

Ana bemühte sich, ruhig zu reden. »Hi. Entschuldige die sonntägliche Störung. Es ist nichts Dramatisches, doch ich brauche deine Unterstützung.«

»Schieß los.«

»Kannst du morgen das Vorgespräch mit dem Auditor übernehmen? Mir ist etwas dazwischengekommen.«

»Oh! Bist du krank?«

Krankheit war wohl der einzige Grund, den ihre Stellvertreterin ohne Nachfragen zur Kenntnis nehmen würde. »Ist nicht schlimm, aber ich möchte mich vom Arzt anschauen lassen. Das Gespräch ist vorbereitet, du findest die Unterlage auf unserem Bereich abgespeichert.«

»Kein Problem, das kriege ich hin. Ich komme ein wenig früher, um mich auf den neuesten Stand zu bringen. Melde dich nach dem Arztbesuch und bleib im Bett, bis du gesund bist. Ich wünsche dir eine gute Besserung.«

»Danke.«

Das war einfach gewesen. Bis morgen benötigte sie einen unverfänglichen Grund, sich kurzfristig aus dem Projekt zurückzuziehen. Den Vertrag mit Frau Fiala konnte sie nicht kündigen. Pat würde einen Schreikrampf bekommen und sie mit einer Dienstanweisung zur Fortsetzung zwingen. Deshalb brauchte sie das Einverständnis der Seniorchefin, dass Manuela permanent ihre Rolle übernehmen durfte, ohne dass sie sich bei Felix beschwerte.

Felix. Vielleicht wurde er in diesem Augenblick von Herrn Eibensteiner wegen des Fotos befragt. Wie würde er reagieren? Hoffentlich verschwiegen die Beamten Anas Identität. Doch ihr Kollege würde ohnehin vermuten, dass sie die Quelle war.

Da durchzuckte es sie siedend heiß. Das Foto! Sie musste es an den Kommissar schicken. Wo war Gabrieles Handy?

Hektisch durchwühlte sie ihre Handtasche. Da war es nicht. Wo hatte sie es zuletzt benutzt? Beim Steg. Das war eine Katastrophe. Entweder sie hatte es bei dem Angriff verloren oder der Täter hatte es an sich genommen.

Kraftlos sank Ana auf den Sessel. Alles ging schief. Falls das Foto mit Luis und Felix ein Beweis war, hatte sie ihn verloren. Angestrengt zermarterte sie sich das Gehirn, wie sie weiter vorgehen sollte.

Zur vollen Stunde schaltete Ana den Fernsehapparat für die Nachrichten ein. Nach Geschehnissen im Ausland wechselte der Moderator zu österreichischen Themen. Das Gesicht von Luis erschien auf dem Bildschirm. Der Junge war nach wie vor abgängig. Ein Polizeisprecher erklärte, dass die Sachlage unklar war. Der Verdächtige stritt jede Beteiligung ab. Es gab keine Lösegeldforderung, aber einen neuen Hinweis, dass der Junge in Graz gesehen worden war. Es bestand die Möglichkeit, dass Luis doch fortgelaufen war. Der Sprecher ersuchte eindringlich, sich zu melden, wenn ihn jemand gesehen oder mit dem Auto mitgenommen hatte.

Die Polizei tappte völlig im Dunkeln. Bald würden alle Spuren im Sand verlaufen und das Verschwinden des Kindes würde für immer ein Rätsel bleiben. Verzweifelt suchte Ana nach einem Ausweg, ohne Luis zusätzlich zu gefährden. Da läutete die Hausglocke.

Ein Blick aus dem Küchenfenster ließ ihr das Blut gefrieren. Was wollte Felix hier? Erstarrt wartete sie. Vielleicht ging er weg, wenn sie nicht reagierte.

Seine Fäuste hämmerten gegen die Eingangstür. Er war über den Zaun gestiegen. »Mach schon auf, Ana. Ich weiß, dass du da bist. Ich warte hier, auch wenn du dir den ganzen Tag Zeit lässt.

Wie gefährlich war Felix?

Ana schnappte ihr Handy und stellte sich zur Tür. »Was willst du?«

»Ist das dein Ernst, dass wir uns durch die Tür anbrüllen? Lass mich endlich hinein!«

Mit zittriger Hand öffnete Ana einen Spalt.

»Na endlich!« Felix schob sich durch den Türrahmen. »Was hast du dir dabei gedacht, mich anzuzeigen?« Ohne seine Straßenschuhe auszuziehen, stürmte er ins Wohnzimmer und ließ sich auf die Couch sinken. »Kriege ich einen Kaffee? Oder lieber einen Schnaps.«

Ana ließ ihn keinen Augenblick aus den Augen, als sie rückwärts zur Bar tappte. Ohne zu beachten, welche Flasche sie erwischte, schenkte sie einen großen Schluck in ein Whiskyglas.

Felix trank es mit einem Zug aus. »Also. Wie geht es weiter? Ist dein Ziel, dass ich gekündigt werde, oder ziehst du deine Aussage zurück?«

»Aus welchem Grund wirst du gekündigt?« Ana räusperte sich. Der redete lauter Blödsinn.

»Lächerlich. Du spielst zur Abwechslung nicht die Dramaqueen, sondern die Unschuld vom Lande. Ich weiß, dass ich dir im Weg bin. Dass du so weit gehst, übertrifft allerdings meine Befürchtungen.«

»Jetzt halt aber die Luft an. Wobei bist du mir im Weg? Dein Problem ist, dass du gelogen hast. Tust so, als ob du Luis und die Familie Fiala kaum kennst. Dabei warst du bei einer privaten Feier eingeladen.«

»Du bist bloß eifersüchtig.«

Sein überhebliches Grinsen trieb ihren Blutdruck weiter in die Höhe. »Was hat dein Lügen mit Eifersucht zu tun?« So viel Frechheit war unerträglich, ihm war nicht beizukommen.

»Du wärst gerne Stellvertreterin von Pat geworden. Hast aber keine Chance gegen mich gehabt.«

Der Kollege sah sie als Konkurrentin. Auf diese Idee war Ana noch nie gekommen. Er war älter und hatte wesentlich mehr Erfahrung, sogar im Ausland. Dass er Pats Vertreter war, war für sie ein logischer Schritt. »Ich höre mir diesen Schwachsinn nicht länger an. Wieso hast du gelogen? Hast du etwas mit dem Verschwinden von Luis zu tun?« Sie hatte gewagt, es auszusprechen.

»Du spinnst komplett. Du hängst mir keine Entführung an.« Vorbei war es mit seiner kühlen Überheblichkeit. Seine Hand begann zu zittern.

»Dieses Gespräch führt zu nichts. Bitte verlass mein Haus.«

»Sonst was? Holst du die Cobra? Gib mir noch einen Schnaps.« Jetzt begann sein Bein zu wippen.

»Ich möchte, dass du gehst. Du machst mir Angst. Ich betätige den Notruf.« Sie deutete auf das Handy, das sie verkrampft mit der Hand umklammerte.

»Meinst du es ernst? Du fürchtest dich vor mir? Das ist lachhaft, Ana.«

»Welchen Zweck hat deine Lüge, wenn du nichts Schlimmes zu verbergen hast?«

Seine Gesichtsmuskeln zuckten. Er stieß ein leises Stöhnen aus. »Wenn ich dir meine Sicht der Dinge schildere, ziehst du deine Aussage zurück?«

»Wieso ist dir das so wichtig? Wegen der Polizei?«

»Nein, denen habe ich es ohnehin erklärt. Andernfalls hätten sie mich dortbehalten, weil ich kein Alibi habe. Es geht um Pat.«

Wegen der CEO. Diese Behauptung ergab keinen Sinn.

»Du kannst den Mund schließen, Ana. Ich meine, was ich sage. Es ist wegen Pat. Haben wir einen Deal?«

Ihr Bedürfnis, sich zu setzen, überwältigte sie. Erschöpft ließ sie sich auf dem am weitesten von Felix entfernten Platz nieder. »Ehrlich, ich verstehe kein Wort. Wenn du der Polizei die Wahrheit gesagt hast, wieso soll ich meine Aussage ändern?«

»Damit ich sicher sein kann, dass die Ermittlungen eingestellt werden und niemand in die Firma kommt.«

»Du fürchtest dich vor Pat? Was hast du verbrochen?« Die CEO war ehrgeizig und zeitweise bissig. Doch Angst vor ihr zu haben war übertrieben.

»Kannst du dich erinnern, dass ich vor zwei Jahren den Vertrag mit Fiala & Sohn abgeschlossen habe?«

»Ja, klar. Du warst der Vertriebsstar des Jahres. Bist uns allen als leuchtendes Beispiel vorgehalten worden.«

»Die Unterschrift auf diesem Vertrag brachte mir den Sieg des Contests.«

Ana suchte in ihrer Erinnerung. Pat setzte fast jährlich einen Wettbewerb auf, der mit einer stattlichen Prämie dotiert war.

Felix betrachtete den Boden. Für eine Sekunde wirkte er kleinlaut. »Es war ein Contest für den größten Vertrag mit einem Neukunden, den wir innerhalb von zwölf Monaten abschließen. Kaltakquise. Du weißt, wie schwierig das ist und dass ein Jahr dafür zu kurz ist.«

Ana wartete. Irgendwann kam er wohl auf den Punkt.

»Ich kenne die Fialas schon ewig. Ich bin mit Tobias in die Schule gegangen und ich bin der Patenonkel von Luis.«

Der Groschen fiel. »Das hast du verschwiegen, damit du Sieger wirst. Dann hast du die Prämie kassiert und dich als Held feiern lassen.« Ana schüttelte den Kopf. Wie erbärmlich das war.

»Das wäre nie herausgekommen, wenn du dich nicht ständig in irgendetwas einmischen würdest!« Felix schaute sie bitterböse an.

»Bin ich schuld, wenn du Pat hintergehst und dir einen Bonus erschleichst?« Ana war fassungslos über seine Unverschämtheit. »Das war Betrug.«

»Eine harmlose Schwindelei.«

»Karsten wird das anders sehen, er war hinter dir auf Platz zwei und bekam kein Geld.« Felix ekelte sie an. »Bitte geh jetzt. Wir haben nichts mehr zu besprechen.«

»Informicrst du Pat? Dir ist bewusst, dass sie mich feuert?«

»Verschwind endlich!« Ana konnte seine Anwesenheit nicht länger ertragen. Als er den Eingang erreichte, rief sie: »Hast du eine Vermutung, wer dein Patenkind entführt hat?«

Felix schlug die Tür hinter sich zu.

KAPITEL 35

Als das Motorgeräusch in der Ferne verstummte, huschte Ana zum Briefkasten und sah sich um. Falls der Angreifer vom Teich sie beobachtete, hatte er den Besuch von Felix gesehen und zog womöglich falsche Schlüsse. Wenn er glaubte, dass sie Felix ihr Geheimnis verraten hatte, konnte es Luis das Leben kosten.

Kindergelächter unterbrach die Stille in der Sackgasse. Die Kleinen vom Nachbarn tollten mit ihren Rädern herum und ihr Hund lief hinterher. Darüber hinaus entdeckte Ana nichts Ungewöhnliches. In diesen Winkel des Dorfes verirrte sich selten jemand.

Ab sofort musste jeder Schritt wohlüberlegt sein, ihr durfte kein Fehler passieren. Sie setzte sich an den Computer und schrieb die offenen Punkte auf.

Sie musste Ronald dazu bringen, die Suche nach Herrn Kurz einzustellen und benötigte dafür einen triftigen Grund. Ihr Freund kannte sie gut. Ihn zu überzeugen, dass alles in Ordnung war, würde schwierig werden.

Die Entscheidung, ob sie den Betrug von Felix decken oder Pat melden sollte, verschob sie auf später. Ein Zurückziehen ihrer polizeilichen Aussage schloss sie sowieso aus. Das würde Fragen aufwerfen und Chefinspektor Eibensteiner auf den Plan rufen.

Ihr Wunsch, den Kommissar einzuweihen, wurde minützlich größer. Er hatte die Mittel, um die Suche mithilfe ihrer Aussage voranzutreiben. Doch erfuhr der Täter von der Kontaktaufnahme und tat Luis etwas zuleide, würde sie es sich nie im Leben verzeihen. Aber auch ihr Schweigen konnte schaden.

Um diese schwerwiegende Entscheidung hinauszuzögern, rief sie sich die Tage bei Fiala in Erinnerung und hielt sie detailliert fest. Am Ende zählte sie acht Seiten, die sogar Dialoge beinhalteten. Die Vielzahl der Ereignisse ließen ihr die Haare zu Berge stehen. Ihr Werk las sich eher wie ein Roman als wie ein Arbeitsbericht.

Ein Schritt nach dem anderen. Ronald nahm ihren Anruf beim ersten Läuten entgegen. »Hallo Ana, du kannst Gedanken lesen. Ich wollte mich soeben mit Neuigkeiten melden.«

Diese Mitteilung überraschte sie. »Was hast du herausgefunden?«

»Setz dich lieber hin.«

Ana wurde heiß. »Ich sitze bereits. Sag schon, was los ist.«

»Klaus Kurz wurde am zehnten April in seinem Geburtsort Eisenstadt beerdigt.«

»Er ist tot.« Ana fühlte die Wände auf sich zukommen.

»Laut der Parte wurde er durch einen schrecklichen Unfall aus dem Leben gerissen. Noch ein Unfall. Dir ist klar, was das bedeutet?«

»Dass es kein Zufall ist. Es sind zu viele Unfälle.« Die Mauern begannen, sich zu drehen.

»Wir gehen sofort zur Polizei und machen gemeinsam eine Aussage. Und du betrittst die Firma Fiala & Sohn nicht mehr. Dort ist ziemlich sicher ein Mörder unterwegs.«

»Ich kann nicht zur Polizei!«, entfuhr es Ana.

Das Schweigen in der Leitung war unerträglich. »Wirst du bedroht?«

»Du darfst niemandem etwas verraten! Hörst du? Nicht ich, sondern Luis wird bedroht. Das hat er mir klargemacht.« Ana schluchzte leise. »Falls er erfährt, dass die Polizei neuen Informationen nachgeht, bringt er Luis um.«

»Wer ist er?«

Ana schüttelte den Kopf. Bis ihr bewusst wurde, dass Ronald auf eine Antwort wartete. »Keine Ahnung, wer er ist oder weshalb er das tut. Aber er weiß ständig Bescheid, was ich mache. Als ob er auf meiner Schulter hockt.«

»Woher? Wirst du abgehört oder hast du einen Tracker an dir?«

Ana klammerte sich an ihr Telefon. Falls sie abgehört wurde, hatte sie die Lunte gezündet. Sie räusperte sich und atmete durch. Mit fester Stimme sagte sie: »Ich halte mich an die Anweisungen und hoffe, dass du als Privatdetektiv an Verschwiegenheit gebunden bist. Als deine Auftraggeberin fordere ich dich hiermit auf, deine Tätigkeiten einzustellen und absolutes Stillschweigen zu bewahren. Andernfalls zeige ich dich an.« Sie drückte den Ausknopf.

Angespannt beobachtete sie das Display, doch Ronald startete keinen Versuch, sie noch einmal zu erreichen. Was auch immer er sich jetzt dachte, sie hatte hoffentlich durchgesetzt, dass er die Recherchen beendete.

Klaus Kurz war also tot. Obwohl sie ihn nie kennengelernt hatte, traf sie die Nachricht hart. Luis hatte zu Recht vermutet, dass er eine Schlüsselperson war. Der Junge war clever. Er hatte seine Umgebung beobachtet und belauscht. Sie traute ihm zu, dass er wesentlich mehr Informationen besaß, als er zugegeben hatte. Damit war es unwahrscheinlich, dass ihn sein Entführer freilassen würde. Womöglich war der Junge über den Mörder von Gabriele gestolpert. Was hatte die Chefingenieurin entdeckt? Hatte sie ihn versehentlich zum Mitwisser gemacht? Es gab so viele Varianten, dass ihr schwindelig wurde.

Ana zwang sich zur Konzentration. Als Nächstes musste sie mit Frau Fiala ihren Ausstieg vereinbaren, damit der Entführer zufrieden war.

Ihr fiel ein, dass ihr Rad noch beim Bahnhof angekettet war. Das war ein guter Anlass, sich zu bewegen und ihre Gedanken für das schwierige Gespräch zu sortieren.

Rasch wechselte sie in Sportkleidung und leerte den Inhalt ihrer Handtasche in einen kleinen Sportrucksack. Dabei fiel ihr der Büroschlüssel mit Anhänger in die Hand. Diesen musste sie mit der Magnetkarte der Seniorchefin übergeben.

Als sie ihre Haustür öffnete, näherte sich ein Feuerwehrmann in Montur. Er winkte schon aus der Ferne mit einem Stapel Papier. Es war wohl wieder einmal ein Feuerwehrfest angesagt und alle sollten spenden. Auf eine Plauderei hatte sie keine Lust, den wollte sie rasch abwimmeln. Ana zog ihr Portemonnaie aus dem Rucksack und wartete, dass der Feuerwehrmann ihren Gartenzaun erreichte.

Um ein Haar hätte sie einen Schrei ausgestoßen. In der Feuerwehrkleidung steckte Ronald. Der Privatdetektiv war in seinem Element. Er hielt ihr einen Zettel hin und sagte laut: »Guten Tag, Frau Rubin, sind Sie so entgegenkommend, die Feuerwehr zu unterstützen?« Verdeckt durch das Papier drückte er ihr ein Handy in die Hand.

Ana hätte ihn am liebsten umarmt. Sie umklammerte das Gerät und studierte den Zettel. »Das Handy ist sauber. Unten steht die Nummer. Ich kann dich tracken. Bitte keine Dummheiten.«

Sie lächelte ihn an und antwortete deutlich: »Klingt nett. Klar, ich freue mich auf das Fest. Für die Spendenkasse.« Sie überreichte ihm einen Zwanzigeuroschein. Ronald bedankte sich überschwänglich, winkte ihr zum Abschied zu und wanderte die Gasse zurück.

Ana gab vor, ihm nachzuschauen und betrachtete dabei die Umgebung. Alles erschien unauffällig. In der Küche zerriss sie das Schreiben in winzige Fetzen und warf sie in den Abfalleimer. Ihr Handy nahm sie aus dem Rucksack und packte das von Ronald ein. Sorgfältig schaltete sie die Alarmanlage scharf und machte sich auf den Weg.

KAPITEL 36

Bis zum Bahnhof trabte Ana locker dahin und genoss die Entspannung. Erleichtert entdeckte sie ihr wertvolles Fahrrad unversehrt im Ständer. Die Polizei riet eindringlich davon ab, Fahrzeuge über Nacht geparkt zu lassen.

Fest trat sie in die Pedale. Die Muskeln begannen angenehm zu brennen und sie genoss die Ruhe, die Radfahren in ihr auslöste. Als sie zur Villa von Frau Fiala einbog, stellte sie überrascht fest, dass sie weder über Luis noch ihre Ängste gegrübelt hatte.

Vor dem Zaun lümmelte ein Polizist beim geöffneten Gartentor. Das hätte sie sich denken können. Frau Fiala wurde wegen der Entführung bewacht. Reporter waren überraschenderweise keine zu entdecken. Hoffentlich wimmelte der Polizist Ana nicht ab.

Sie hatte Glück. Vor ihr stand einer der Beamten, die im Werk ihre Aussage über Luis Verschwinden aufgenommen hatten und sein Grinsen verriet, dass er sie ebenfalls erkannte.

»Grüß Sie«, sprach Ana ihn freundlich an. »Haben Sie das Los der Überwachung am Sonntag gezogen?«

»Guten Tag, Frau Rubin. Ja, ich bin der Glückliche. Aber vermutlich endet unser Einsatz ohnehin heute. Sagt zumindest die Gerüchteküche.«

Der junge Mann war gesprächig, vielleicht konnte sie etwas Interessantes erfahren. Sie sah ihn bewundernd an.

»Wie machen Sie das? Wie können Sie sich meinen Namen merken, obwohl wir uns nur einmal getroffen haben?«

Er lächelte sie geschmeichelt an. »Ich habe ein perfektes Personengedächtnis und merke mir Aussehen und Namen.«

»Echt beeindruckend. Wissen Sie, ich habe mich gerade gefragt, wo die neugierige Presse steckt.«

»Die sind bereits abgezogen. Sie haben aufgeschnappt, dass die Chefs den Entführungsfall einstellen. Es handelt sich wohl doch um einen jugendlichen Ausreißer. Da verschwindet das Medieninteresse schlagartig.«

»Klar.« Gar nichts war klar, aber dieser Polizist war bloß Befehlsempfänger. »Ist Frau Fiala daheim? Ich habe etwas Geschäftliches mit ihr zu besprechen.«

»Solange es nicht um Entführung geht, ist es in Ordnung.« Der Beamte lachte schallend. Zumindest er fand seine Bemerkung witzig. »Frau Fiala war noch kein einziges Mal außer Haus. Alle paar Stunden besucht sie ein Arzt und eine Haushaltshilfe ist rund um die Uhr bei ihr.«

»Oh. Geht es Frau Fiala so schlecht?«

»Zuerst hat es geheißen, es war ein Schwächeanfall, zuletzt war die Rede von einem Nervenzusammenbruch. Sie werden selbst feststellen, ob es wirklich so schlimm ist.«

Ana zwang sich, ihm liebenswürdig zuzunicken. »Dann versuche ich mein Glück, ob sie mich empfängt.«

Auf das erste Klingeln reagierte niemand. Ana drückte nochmals den Knopf, diesmal lange. Die Tür öffnete sich und eine etwa Vierzigjährige mit einer schwarzen Kurzhaarfrisur starrte Ana an. Die Mundwinkel leicht verkniffen und die Stirn gerunzelt, wirkte sie unwirsch.

»Guten Abend. Ich heiße Ana Rubin und möchte mit Frau Fiala sprechen.«

Der Blick der Frau glitt musternd über Ana. »Das ist nicht möglich, Frau Doktor Fiala ruht.«

»Die Angelegenheit ist wirklich wichtig. Kann ich warten?«

»Frau Doktor Fialas Gesundheitszustand ist derzeit beeinträchtigt, sie empfängt niemanden.« Das Stirnrunzeln verstärkte sich.

»Es handelt sich um eine geschäftliche Sache. Ich muss Frau Fiala eine relevante Information überbringen.«

»Habe ich mich unklar ausgedrückt? Heute kein Besuch!« Die Frau blockierte den Eingang wie ein Bollwerk, an ihr gab es kein Vorbeikommen.

Aus Anas Rucksack erklangen piepsende Laute. Das war das Telefon von Ronald. Ana ignorierte es. »Geht Frau Doktor Fiala morgen zur Arbeit?«

»Dazu gebe ich keinen Kommentar ab. Es wäre freundlich, wenn Sie mich jetzt weiterarbeiten lassen. Ich wünsche Ihnen einen guten Abend.« Sie warf Ana einen frostigen Blick zu, bevor die Tür ins Schloss fiel.

»Das war wohl nichts«, kommentierte der Polizist. Er war näher gekommen und hatte die Unterhaltung neugierig verfolgt. In seiner Hand glühte eine Zigarette.

Ana schüttelte missmutig den Kopf. »Das Gespräch wäre wirklich dringend, doch ich habe Verständnis, dass die Dame Frau Fiala abschirmt. Wissen Sie, wer das ist? Eine Verwandte? Oder eine Pflegerin?«

Der Polizist zuckte desinteressiert die Schulter. »Keine

Ahnung. Sie ist schon die ganze Zeit da und schläft auch in der Villa. Wieso fragen Sie?«

»Ist unwichtig, sie ist mir vage bekannt vorgekommen.«

»Versuchen Sie Ihr Glück doch morgen nochmals.«

»Das werde ich machen. Schönen Abend.«

»Den wünsche ich Ihnen ebenfalls, vielleicht sehen wir uns wieder.« Der Mann strahlte sie hoffnungsfroh an.

Ana sperrte frustriert die Absperrkette ihres Rades auf und fuhr eilig um die Ecke. Sobald sie aus der Sichtweite des Beamten war, stoppte sie. Das neue Handy gab erneut Geräusche von sich.

»Ja?«

»Ana! Warum gehst du nicht ran? Ich bin schon durchgedreht!«

»Hallo Ronald. Kein Grund zur Beunruhigung. Ich wollte mit der Firmenbesitzerin vereinbaren, dass meine Stellvertreterin übernimmt. Es geht ihr allerdings zu schlecht, deshalb empfängt sie niemanden. Ich fahre jetzt nach Hause.«

»Auf keinen Fall!«, brüllte Ronald ins Telefon.

Ana zuckte zusammen. »Wieso denn?«

»Bei dir schleicht jemand herum.«

»Woher weißt du das?«

»Ich hatte noch Zeit und habe im Wagen an der Abbiegung gewartet. Unser Gespräch hat mich beunruhigt. Du bist an mir vorbeigelaufen, ohne mich zu bemerken.«

»Und dann ist jemand gekommen?«

»Genau, du warst zwanzig Minuten weg. Ein großer schlanker Mann, ins Gesicht hatte er eine Stirnkappe gezogen. Ich konnte ihn nur von hinten fotografieren, sonst hätte er mich entdeckt. Er kam nicht zurück. Nach einer Viertelstunde habe ich wegfahren müssen. Ich habe Marion versprochen, pünktlich zu sein.«

»Schick mir das Foto.«

»Schon erledigt.«

Wie Ronald beschrieben hatte. Die Rückenansicht eines Mannes mit durchschnittlicher Statur, der eine Kappe trug. Unmöglich zu sagen, ob sie ihn kannte.

»Wo bist du?«, fragte sie Ronald.

»Auf der Autobahn in Richtung Neusiedl, dort ist das Seminar, das Marion leitet. Bitte versprich mir, dass du deinem Haus fernbleibst.«

»Na super. Ich habe Trainingsgewand an. Wo soll ich jetzt hin?«

»Vielleicht kann ich Marion überreden, dass wir gleich zurückfahren.«

»Ihr habt etwas anderes geplant?«

»Mhm. Zur Abschlussveranstaltung sind die Partner der Teilnehmer eingeladen und deshalb bestand Marion darauf, dass ich ebenfalls teilnehme.«

»Du wirst das unbedingt tun. Glaubst du, ich will schuld sein, wenn bei euch der Haussegen schief hängt? Du fahr zu Marion und erzähl ihr ja nichts, sonst verdirbst du euch den Abend.«

»Fein, aber was hast du vor? Hast du Geld dabei?«

»Ja. Geld und Ausweise und dank deiner großartigen Unterstützung auch ein Handy.«

»Ich schlage vor, dass du entweder der Polizei alles offenlegst und dich zu deinem Haus begleiten lässt …«

»Das mache ich bestimmt nicht.«

»Oder du verbringst eine Nacht im Hotel und morgen sehen wir gemeinsam weiter.«

»Tolle Auswahl. Ich entscheide mich fürs Hotel und nehme mir die Zeit, gründlich nachzudenken. Ich wäre dankbar, wenn du mich morgen unterstützt.«

»Gut.« Ronald atmete laut. »Ich kann mich darauf verlassen, keine Alleingänge?«

»Selbstverständlich. Liebe Grüße an Marion.«

Die Aussicht auf ein Hotel bereitete ihr keine Freude. Wie gerne hätte es sich Ana daheim gemütlich gemacht. Zusätzlich knurrte ihr Magen. Also eine Unterkunft mit Restaurant oder Pizzadienst. Ihr fielen drei Hotels in der Gegend ein. Das Beste schloss sie sofort aus. Sie war mit den Besitzern befreundet und die fragten bestimmt, wieso sie die Nacht bei ihnen vorzog, statt den kurzen Weg heimzuradeln. Ein anderes Hotel lag auf der Hauptstraße und auch dort war die Möglichkeit groß, dass sie Bekannte traf. Außerdem würde sie sich in dem schicken Restaurant in ihren Klamotten unwohl fühlen.

Blieb das abgelegene Motel bei der Autobahnabfahrt, das von außen einfach wirkte. Dort übernachteten hauptsächlich Durchreisende und Fernfahrer. Auf Dresscode achtete niemand. Ana fuhr den Radweg mit hohem Tempo entlang und kontrollierte wiederholt, dass ihr niemand folgte. Als sie an der Tankstelle vorbei auf das Gebäude zufuhr, musste sie grinsen. Nie hätte sie vermutet, dass sie hier einmal absteigen würde.

Auf dem Parkplatz befand sich eine Bistrobox. Fast Food passte zu ihrer Aufmachung, sie würde sich später eine Pizza holen.

KAPITEL 37

Das Foyer war menschenleer und der Empfangsbereich unbeleuchtet. Von einem Rezeptionisten fehlte jede Spur. Ana lief ratlos auf und ab.

»Suchst du was?« Ein grobschlächtiger Mann mit Tattoos am Hals schlenderte in die Halle. Die geöffnete Bierdose in der Hand schwankte bedenklich.

»Ich möchte einchecken, aber es scheint keiner da zu sein.«

»Am Sonntag sind sie unbemannt. Aber du kannst an der Maschine einchecken.« Er deutete ans andere Ende des Foyers. Ana bedankte sich und er prostete ihr grinsend zu.

Das Menü des Computers war selbsterklärend. Problemlos erledigte Ana die Formalitäten und der Apparat spuckte eine Zimmerkarte aus. Schwieriger war es, die Gepäckaufbewahrung zu finden, wo sie das Fahrrad anketten durfte. Sie schob ihr Rad einen langen Gang hinunter. Keine der Türen trug eine Beschriftung. Endlich. Ein Schild mit »Depot«.

Ana hielt die Magnetkarte zum Kontakt und ein Surren ertönte. Der fensterlose Raum war stickig und ein süßlicher Geruch lag in der Luft. Sie tappte an der rauen Wand entlang, bis sie einen Lichtschalter fühlte, ihn drückte und eine Neonröhre quietschend ansprang.

Der Radständer war leer. Ein paar Gepäckstücke lagerten in offenen Metallstellagen. Ana beeilte sich, ihr

Rad zu sichern. Sie bereute bereits die Wahl der Unterkunft. Schnell hastete sie den entlegenen Gang zurück und hinein in den Aufzug. Die Zimmerkarte funktionierte und Ana schloss sich erleichtert ein. Sie hatte sich ein Doppelzimmer mit einem Schreibtisch und einem winzigen Esstisch geleistet. Das Badezimmer war sauber. Für eine Nacht war die Bleibe in Ordnung. Gedankenverloren blätterte sie durch eine Willkommensmappe und schaltete den Fernsehapparat auf.

Der knurrende Magen trieb sie bald darauf zur Bistrobox. Im Motel begegnete ihr niemand. Das Haus fühlte sich verlassen an.

Ana drückte eine Salamipizza aus dem Automaten und schob sie in den Heißluftofen. Während die Pizza erhitzt wurde, kaufte sie zwei Colaflaschen, Mannerschnitten und einen Espresso. Als sie die Tür der Bistrobox aufstieß, blockierten zwei Gestalten den Weg. Sie warteten auf Ana.

Bepackt mit den Lebensmitteln trat sie von einem Bein aufs andere. Waren das die Entführer? Wie hatten die sie so schnell gefunden? Ana schaute verzweifelt links und rechts. Auf dem Parkplatz war außer ihnen niemand zu entdecken. Der einzige Ausweg war Flucht. Zentimeterweise schob sich Ana an der Hausmauer entlang. Der untersetzte Kerl schwankte heran. Er stank nach kaltem Rauch und Schweiß.

»Hast du einen Tschick?«

Ana schüttelte den Kopf und er rückte noch näher an sie. »Lassen Sie mich durch!«

»Stell dich nicht deppert, rück ein paar Kippen raus, dann bist du uns los.« Der Mann streckte die Hand aus.

»Das sind bloß Sandler, die Passanten belästigen«, fuhr es Ana durch den Kopf. »Keinen Zentimeter weiter!«, keifte sie ihn an. »Geh zurück!«

»Sonst was?«, grölte der Typ, blieb aber stehen.

»Sonst kannst du was erleben, ich bin im Nahkampf ausgebildet! Weg mit euch!« Anas Kampfgeist war erwacht.

Er brach in hämisches Gelächter aus und hob erneut die Hand. Zwischen ihnen war nur mehr ein knapper Meter.

»Da!«, kreischte Ana und schüttete ihm den Becher Kaffee ins Gesicht. Er brüllte wie ein verletzter Stier. Sie zögerte keine Sekunde und rempelte ihn mit dem Ellenbogen an, als sie an ihm vorbeischoss. So schnell sie konnte, hetzte sie über den Platz und sprang in den Hotelvorraum. Wieder waren keine Gäste zu sehen.

Keine Zeit, auf den Aufzug zu warten. Immer zwei Stufen auf einmal nehmend, rannte sie die Stiege nach oben und nestelte die Karte heraus. Die Zimmertür drückte sie mit ihrem Körper ins Schloss.

»So ein Mist!« Ihr Herz raste und sie schnaufte wie eine Dampflok. Die Einkäufe warf sie auf den Esstisch. Glücklicherweise hatte sie die Pizza und die Getränke gerettet. Die Schnitten hatte sie verloren. Egal, Hauptsache, es war ihr nichts zugestoßen. In einem der Innenstadthotels wäre ihr das nicht passiert. Es würde ihr eine Lehre für die Zukunft sein.

Mit der Abwehr der Typen war sie zufrieden. Sie trainierte seit einem halben Jahr Krav Maga. Neben Schlagtechniken hatte sie vor allem ihre Reaktion geschult. Mit den Männern hätte sie es nicht aufnehmen können, doch der Überraschungseffekt hatte gewonnen.

Jetzt würde sie in Ruhe ihre Pizza genießen und dann mit Heinz plaudern. Er freute sich gewiss, von ihr zu hören, und sie konnte nette Ablenkung gut gebrauchen.

»Verdammt noch mal.« Ana wurde klar, dass ihr Handy zu Hause lag und sie die Nummer von Heinz nicht auswendig wusste. Minutenlang konzentrierte sie sich, doch je länger sie grübelte, desto mehr Zahlenvarianten wirbelten ihr durch den Kopf. Sie war gezwungen, ihren Anruf zu verschieben. Hoffentlich sprang der Kommissar vor Sorge nicht ins nächste Flugzeug.

Ohne ihr Telefon fühlte sich Ana unvollständig. Ihr fiel der Mann ein, den Ronald bei ihrem Haus beobachtet hatte. Falls er eingedrungen war, hatte er den Alarm ausgelöst, ohne dass sie die telefonische Benachrichtigung mitbekam. Womöglich war längst die Polizei angerückt und wunderte sich, wo Ana war. Vielleicht sollte sie nachsehen.

Ana stand auf und sank wieder zurück. Sie hatte Ronald versprochen, sich unter keinen Umständen ihrem Haus zu nähern.

Ärgerlich zog sie ihre Unterlagen aus dem Rucksack und streute dabei den Büroschlüssel von Fiala & Sohn aus. Klirrend landete der Schlüsselanhänger auf dem Laminatboden. Als sie ihn aufhob, war der Flaschenöffner verdreht. Vorsichtig drückte sie, um ihn zurechtzurücken. Als Ergebnis fielen ihr zwei Teile in die Hand.

Verblüfft betrachtete Ana das Werbegeschenk. Der Anhänger war nicht zerbrochen. Sie hielt einen Datenstick in der Hand.

Ana öffnete eine Colaflasche und hob den Deckel der Pizzaschachtel. Beißender Knoblauchgeruch strömte ihr entgegen. Für eine Fertigpizza schaute das Ding überraschend köstlich aus. Ihr Magen begann, laut zu knurren.

Während sie vergnügt die Pizzaecken kaute, suchten ihre Augen immer wieder den Datenstick. Zu gerne hätte sie gewusst, was er enthielt. Leider lag ihr Laptop zu Hause.

Von der Pizza blieb kein Bissen übrig. Die Packung Zigaretten lockte. Konnte sie es wagen, sich zum Eingang zu stellen? Die unguten Typen waren bestimmt weitergezogen.

Da erinnerte sie sich an die Willkommensmappe des Motels. Rasch glitt ihr Finger über die Zeilen. Sie hatte Glück. Das Hotel bot eine Businesslounge, die sie mit der Schlüsselkarte betreten konnte. Gegen Entgelt standen ihr dort ein Computer und ein Drucker zur Verfügung.

Den Datenstick steckte Ana in ihre Trainingshose, die restlichen Gegenstände schob sie wieder in den Rucksack.

Vorsichtig spähte sie auf den Gang, bevor sie aus dem Zimmer schlüpfte. Obwohl sie angestrengt horchte, vernahm sie keinen Laut. Hoffentlich waren der Tätowierte und sie nicht die einzigen Gäste.

KAPITEL 38

Im Foyer hatten sich Männer in blauen Latzhosen eingefunden und tranken bei einer Sitzecke Bier. Es roch intensiv nach Leberkäse.

Die Businesslounge lag direkt neben der Rezeption und hatte ein großes Fenster mit Ausblick auf die Au. Sie war als moderner Büroraum mit Schreibtischen, Sesseln und Lampen eingerichtet. Zwei PCs und ein Drucker standen bereit.

Der Computer besaß einen USB-Anschluss für den Stick. Ana identifizierte sich mit ihrer Schlüsselkarte an einem Lesegerät. Der Bildschirm erwachte zum Leben und zeigte ihr den Nutzungspreis für eine Stunde und einen Haftungsausschluss. Sie bestätigte ihre Angaben und schon war sie im Internet.

Ana steckte den USB-Stick ein. Ihre Finger zitterten leicht. Der Computer meldete ein neues Medium und Ana öffnete die einzige Datei. Ihr Name war »Release101«. Ein Doppelklick und Ana starrte auf das Inhaltsverzeichnis. Seite eins sah genauso aus wie das Dokument, das bei den Führungskräften für Aufregung gesorgt hatte, doch diese Datei umfasste hundertachtzig Seiten.

Angespannt blätterte sie mit dem Cursor nach unten. Der Text des ersten Kapitels war gespickt mit rätselhaften Formeln und Wörtern. Sie hatte den von allen begehrten Protokollinhalt gefunden.

Mit jeder Zeile wuchs ihre Enttäuschung. Die technische Beschreibung war für Ana unverständlich, doch sie ließ nicht locker. Beharrlich überflog sie Kapitel für Kapitel. Langsam kristallisierte sich ein Aufbau heraus. Jedes Kapitel besaß eine Ausgangssituation, einen Prozess, ein Ergebnis und eine Anmerkung.

Sie hatte Kapitel 28 erreicht, als sie innehielt. Ein Wort war rot hervorgehoben: »Issue« und im Ergebnisteil las sie das Wort »failed«. Diese Begriffe kannte sie aus ihrer IT-Welt. Der Verfasser zeigte ein schwerwiegendes Problem auf. Die abschließende Bemerkung interpretierte sie als »außer Kontrolle geraten«.

Der Computer piepste. Er verlangte nach mehr Geld. Sie lud eine zusätzliche Stunde Guthaben auf.

Die restlichen Seiten überflog Ana, ohne Auffälligkeiten zu entdecken, bis sie bei der Überschrift »Resümee« anlangte. Es enthielt nur einen Absatz. Als sie zu Ende gelesen hatte, lehnte sich Ana zurück und schloss die Augen.

Ein Gedanke formte sich in ihr. Ihr Bauchgefühl täuschte sich selten und jetzt sagte es ihr, dass vor ihr das Geheimnis von Fiala & Sohn lag. Vermutlich auch der Grund für das Verschwinden von Luis. Dieses Dokument hatten die Führungskräfte gesucht.

Das Resümee war keine professionelle Zusammenfassung, sondern der Verfasser hatte seinem Frust Luft gemacht. Er schrieb von Stümperei und falschen Annahmen. Irgendwer war zu blöd, seinen Anweisungen zu folgen. Die letzte Zeile lautete: »Figur101 nicht marktreif. SDS fliegt uns um die Ohren. Zurück zum Start.«

Ana suchte im Internet nach »SDS« und fand »self-driving system«. Die Firma Fiala & Sohn entwickelte also tatsächlich eine Steuerung für autonomes Autofahren. Die Angestellten hatten darüber geschwiegen. Das Thema war offenbar streng geheim. Der Wert dieser Datei lag vermutlich in den Formeln, die zweifelsfrei die Entwicklungsergebnisse von vielen Monaten darstellten. Fiala junior hatte bis zu seinem Tod daran gearbeitet und sich über einen Fehler geärgert.

Am liebsten wäre Ana sofort zu Frau Fiala gefahren. Die Forschungsunterlagen waren zufällig in ihre Hände geraten und gehörten der Firmenchefin. Sie mussten einen immensen Wert darstellen und waren vielleicht für die Firma überlebensnotwendig. Für Ana bedeuteten sie hohes Risiko. Sie sprang auf, dann ließ sie sich wieder niedersinken.

Die Haushaltshilfe würde sie zweifellos erneut daran hindern, mit Frau Fiala zu sprechen. Ihr Bauch sagte Ana, dass sie niemanden auf die Existenz des Datensticks aufmerksam machen sollte. Sie wollte nicht das nächste Unfallopfer werden.

Also blieb ihr nichts anderes übrig, als auf den Stick aufzupassen und ihn am Morgen der rechtmäßigen Besitzerin auszuhändigen. Sie brannte darauf, der vom Schicksal gebeutelten Frau die freudige Nachricht zu überbringen.

Ihr kam die Idee, die Daten zu kopieren. Dann wären sie nicht verloren, falls ihr jemand den Stick entwendete. Andererseits handelte es sich um geheime Kundendaten, die sie nicht ohne Weiteres an ihre Privatadresse mailen durfte. Wenn es blöd zuging, war das Diebstahl und kostete sie den Job und die Zukunft.

Die Entscheidung war schwierig. Ana haderte damit, dass immer sie in solche Situationen geriet. Die Horrorvorstellung, dass der Stick auf einmal weg war, gewann. Sie stieg in ihren Mailaccount ein, hängte eine Kopie der Datei an und drückte auf »Senden«.

Danach konnte es Ana gar nicht rasch genug gehen, den Stick vom Computer zu entfernen und in der Hosentasche zu vergraben. Sie wollte sich in ihrem Zimmer verbarrikadieren.

Doch die Neugierde siegte. Sie suchte im Internet nach »Autonomes Autofahren, SDS« und »Fiala«. Zum autonomen Fahren gab es Tausende Einträge, aber keinen in Kombination mit Fiala. Auch auf der Homepage der Firma fand sie bei den Produkten keinen passenden Hinweis. Ana löschte den Browserverlauf und schaltete die Maschine aus.

Ein Blick aus dem Fenster zeigte ihr einen prachtvollen Sonnenuntergang über der Au. Sie wollte die letzten Lichtstrahlen nutzen. Rasch durchquerte sie das Foyer ins Freie. Unmittelbar neben der Eingangstür zündete sie eine Zigarette an. Diese Seite des Gebäudes lag bereits im tiefen Schatten und die Dunkelheit breitete sich über dem Parkplatz aus. Etwa zehn Autos zählte sie in der Nähe des Hoteleingangs. Gute Auslastung sah anders aus.

Die Zigarette brachte ihr keine Entspannung. Ana drückte sie hektisch aus. Um nicht beim Aufzug warten zu müssen, stieg sie die Treppe hinauf. Bis zu ihrem Zimmer begegnete ihr niemand.

Sie kontrollierte den Riegel. Das Fenster war ebenfalls verschlossen. Ihr Zimmer besaß leider keinen Safe. Ana vereinte den Stick mit dem Rest des Schlüsselanhängers. So schaute der Flaschenöffner wieder unschuldig aus. Das war der beste Schutz, der ihr zur Verfügung stand. Sie schob den Schlüssel samt Anhänger in die Trainingshose.

Ronalds Telefon zeigte eine SMS-Nachricht. Er fragte nach ihrem Befinden. Rasch tippte sie, dass sie seinem Rat gefolgt war. Bevor sie die Nachricht abschickte, ergänzte sie noch, dass sie sich nach einer beruflichen Erledigung am Montag bei ihm melden würde.

Wenigstens die warme Dusche genoss Ana. Doch kaum hatte sie sich trocken gerubbelt, überfiel sie wieder Anspannung. Alle paar Minuten griff ihre Hand zur Hosentasche, um den Datenstick zu ertasten. Da an Schlaf nicht zu denken war, zappte sie durch die Fernsehprogramme. Sie schaute sich mehrere Filme gleichzeitig an, weil keiner sie ausreichend fesselte. Um Mitternacht schlich sich ein leichter Kopfschmerz ein, von entspannter Müdigkeit fehlte jede Spur.

Als sie den Fernsehapparat und das Licht ausschaltete, war ihr klar, dass ihr eine lange Nacht bevorstand.

KAPITEL 39

Punkt halb acht stieg Ana vor der Villa der Firmenchefin von ihrem Rad. Die perfekte Zeit für ihren Kurzbesuch, bevor Frau Fiala zum Werk gebracht wurde.

Schon wieder kontrollierte ihre Hand, ob der Schlüsselanhänger noch in der Hosentasche war. Ana sehnte sich danach, ihn der rechtmäßigen Besitzerin zu übergeben und die Verantwortung los zu sein. Sie freute sich darauf, die alte Dame zumindest einen Augenblick lang glücklich zu sehen. Die positive Stimmung würde sie für ihre Quasikündigung nutzen.

Heute bewachte kein Polizist die Einfahrt. Das war vorbei, weil die Polizei Luis für einen Ausreißer hielt. Ana schob das Rad auf die Seite und befestigte es sorgfältig mit dem Fahrradschloss am Zaun.

Als sie auf die Villa zuging, fiel ihr auf, dass keine Limousine wartete, obwohl das Tor offenstand. War Ana doch zu spät dran?

Diesmal öffnete sich der Eingang nach dem ersten Läuten. Dieselbe Frau wie am Vortag schaute Ana mürrisch an.

»Guten Morgen, Ana Rubin nochmals. Kann ich bitte zu Frau Doktor Fiala.«

»Habe ich mich gestern unklar ausgedrückt? Frau Doktor Fiala empfängt keinen Besuch. Nehmen Sie Rücksicht auf ihren Gesundheitszustand.«

»Es ist wirklich dringend und …«

»Falls Sie was zum Abgeben haben, überlassen Sie es mir, ansonsten kommen Sie ein andermal.«

Ana brannte darauf, den wertvollen Stick zu übergeben, aber ihn einer Angestellten auszuhändigen war keine Option. »Bitte sagen Sie Frau Fiala, dass ich sie einen Augenblick wegen einer beruflichen Entwicklung sprechen muss. Es ist für die Frau Doktor von Bedeutung.«

Die Tür schloss sich. Ana trat unruhig von einem Bein aufs andere. Minuten vergingen, ohne dass sich etwas tat. Gerade wollte sie nochmals die Klingel betätigen, als sie eine Bewegung über sich spürte. Instinktiv hob sie ihren Kopf und blinzelte hinauf.

Die Gardine war leicht verschoben und eine Gestalt spähte hervor. Blitzartig fiel der Vorhang an seinen Platz zurück.

Im nächsten Moment schob sich die Eingangstür ein Stück auf. »Die gnädige Frau ist unpässlich und für niemanden verfügbar. Hören Sie bitte auf, uns zu belästigen. Schönen Tag.« Sie warf die Tür zu.

Ana stand sprachlos da. Hier war etwas faul. Spontan drückte sie auf die Klingel. Die Silhouette im Fenster war Frau Fiala gewesen. Entweder sie vermied das Gespräch, obwohl sie es bis zum Fenster schaffte, weil ihr die griesgrämige Haushaltshilfe die Dringlichkeit nicht vermittelt hatte. Oder, und diese Möglichkeit beunruhigte Ana zutiefst, Frau Fiala wurde von jemandem daran gehindert, sie zu treffen.

Bis zu diesem Augenblick hatte Ana keine Sekunde daran gezweifelt, dass die alte Dame kränklich im Bett lag. Sie hatte doch selbst ihren Zustand erlebt und der Arzt besuchte sie regelmäßig. Vielleicht war das ein Schauspiel für die Umgebung. Wurde Frau Fiala in Wahrheit bedroht und in ihrer Villa festgehalten?

Ana presste ihren Finger erneut auf die Klingel.

Welche Rolle spielte die Haushaltshilfe? Wo hatte sie dieses Gesicht schon einmal gesehen? Ana zermarterte sich das Gehirn, was sie unternehmen sollte. Ständig zu klingeln war sinnlos. Die Polizei zu rufen, weil Frau Fiala keinen Besuch empfing, war aussichtslos und gefährdete Luis.

Sollte sie sich an Felix wenden? Immerhin ging es um sein Patenkind und dessen Großmutter. Sie verwarf ihren Gedanken. Ihr fehlte das Vertrauen, um ihn in die Existenz des Datensticks einzuweihen.

Ratlos entfernte sich Ana in Richtung Gartentor. Da schoss ihr eine Idee ein und sie schlich dicht an den Büschen um die Ecke zum anderen Hauseingang. Sie hörte die Klingel dreimal im Inneren schellen und hielt vor Aufregung die Luft an. Ein Schlurfen und das Drehen eines Schlüssels kündigten das Öffnen an.

Vor Ana stand eine zierliche, etwa vierzigjährige Frau in einem hellblauen Schlafmantel und rosa Pantoffeln. Sie war ungeschminkt und ihre hellbraunen Haare hingen strähnig auf die Schultern.

»Oh. Entschuldigung.«

Die Frau bemerkte ihre Verwirrung, zupfte an dem Schlafmantel und zog den Gürtel straffer.

»Ja?«

»Entschuldigen Sie die Störung, mein Name ist Ana Rubin.« Als Anfang nicht übel, aber wie sollte sie weitermachen? »Ich habe mit Luis im Werk zusammengearbeitet.« Die Miene der Frau blieb unverändert. »Er hat mich in der letzten Woche tatkräftig unterstützt.« Gleich würde die Frau die Tür zuknallen und das wäre nur allzu verständlich, wenn Ana keine sinnvollere Aussage einfiel.

Ein zartes Lächeln huschte über das Gesicht der Frau.

»Sie sind die nette Dame, von der mir Luis erzählt hat. Kommen Sie doch herein.« Die Frau flüsterte so leise, dass sich Ana vorbeugen musste.

Erleichtert folgte sie dem zierlichen Wesen durch einen Vorraum in eine modern eingerichtete Wohnküche.

»Entschuldigen Sie meine Aufmachung, aber es geht mir derzeit …« Ihre braunen Augen warfen Ana einen tieftraurigen Blick zu. »Möchten Sie ein Glas Milch?«

Ana bemühte sich um eine verständnisvolle Geste. »Bitte keine Umstände meinetwegen. Es tut mir leid, dass ich Sie unangekündigt überfalle, Frau Fiala.«

»Bitte sagen Sie Alex zu mir. Ich freue mich doch, wenn ich Besuch bekomme. Es ist immer so still hier.« Hoffentlich begann sie nicht zu weinen. »Machen Sie es sich bequem, ich hole die Milch.« Sie hob Gläser vom Regal und schlurfte zum Kühlschrank. Ihre Bewegungen waren kraftlos.

Ana hasste Milch, doch sie nahm tapfer einen Schluck. »Ich möchte Sie nicht bedrängen. Die Situation muss schrecklich für Sie sein. Haben Sie Neuigkeiten von Luis?«

Die Augen der Frau hingen unbewegt an ihr, sie waren ohne Leben. Sie blieb stumm und wirkte auf Ana wie unter Drogen. Kein abwegiger Gedanke. Diese Frau war chronisch krank und ihr einziger Sohn vermisst. Vermutlich stand sie unter Beruhigungsmitteln.

»Frau Fiala, Alex, kann ich Ihnen irgendwie helfen?«

Ein Zucken ging durch ihr Gesicht. »Bringen Sie mir meinen Sohn zurück?«, wisperte sie.

Ana fühlte sich überfordert. Es war unverantwortlich, dass die Frau in ihrem Zustand allein gelassen wurde, während sie um ihr Kind fürchtete. »Wenn ich irgendetwas beitragen kann, damit Luis wohlbehalten zurückkehrt, werde ich es tun.«

Ana war hergekommen, um ihr den Datenstick für die Schwiegermutter anzuvertrauen. Doch angesichts des Verhaltens von Alex Fiala schloss sie das nun aus.

»Ich habe entsetzliche Angst, dass Luis ihn gefunden hat.« Die Frau murmelte so leise, dass Ana unsicher war, ob sie richtig verstanden hatte. Sprach die Frau von dem Datenstick? »Dass Luis was gefunden hat?«

»Den Mörder natürlich.« Ihre Miene blieb unbewegt.

»Sie befürchten, dass Luis einen Mörder gefunden hat? Wessen Mörder?«, fragte Ana beklommen.

Alex Fialas Augenbrauen hoben sich minimal in die Höhe. »Von Tobias natürlich.«

Luis hatte den Mörder seines Vaters gesucht. Sogar seine schwerkranke Mutter wusste davon. Jetzt war er spurlos verschwunden. »Glauben Sie auch, dass Ihr Mann ermordet wurde? Die Polizei hat es als Unfall deklariert, nur die Versicherung plädiert auf Selbstmord.«

Luis' Mutter zuckte kaum merkbar mit den Schultern.

»Haben Sie Ihre Vermutung der Polizei mitgeteilt?«

»Natürlich«, flüsterte Alex Fiala. »Er holt mich und Inge als nächste.«

»Wer holt Sie?«

»Der Mörder natürlich.« Aus der Frau war nicht mehr herauszubekommen, sie drehten sich im Kreis.

»Alex, wissen Sie, wie es Ihrer Schwiegermutter geht? Kann ich mit ihr reden?«

Ein Schatten zog über das Gesicht. Mit einer fahrigen Bewegung schob sich Frau Fiala eine Haarsträhne hinter das Ohr. »Natürlich.« Die Lippen verzogen sich ein wenig zu einem Lächeln. »Ich leg mich schlafen.« Wie eine Schlafwandlerin verließ sie die Küche.

Ana sprang auf und folgte ihr. Alex Fiala stieg schleppend eine Treppe hinauf und würdigte sie keines Blickes. Sie hatte ihre Besucherin vergessen.

Unentschlossen, was sie nun tun sollte, kehrte Ana in die Küche zurück. Sie wusch die Milchgläser ab. Eine Lösung ihres Problems wäre, den Datenstick auf den Küchentisch zu legen. Mit dem Hinweis, ihn Frau Doktor Fiala zu überreichen. Doch Luis' Mutter war verwirrt. Falls sie unter dem Einfluss schwerer Medikamente stand, könnte der Stick im Mistkübel landen.

Während Ana um einen Entschluss rang, blickte sie aus dem Küchenfenster. Soeben querte die Haushälterin den Garten. Sie trug Eimer und war auf dem Weg zu den Abfallcontainern an der Straße.

Das war die Gelegenheit, unbemerkt zu Frau Doktor Fiala zu gelangen und sich zu überzeugen, dass es ihr gut ging. Luis hatte von einer Verbindungstür erzählt. Ana eilte auf den Flur, sah aber nur tapezierte Wand. Also huschte sie in den nächsten Raum. Ein Wohnzimmer mit hellen Möbeln und Parkettboden.

Eine riesige weiße Doppeltür befand sich an der richtigen Seite. Vorsichtig rüttelte Ana an der Türschnalle. Die Tür war verschlossen. Ihr fiel ein, dass Luis gemeint hatte, diesen Durchgang dürfe nur seine Großmutter benutzen. Er selbst hatte Zugang durch den Keller.

Ana lief in die Küche zurück und warf einen Blick aus dem Fenster. Die Frau war am Ende des Grundstücks angelangt und machte sich an den Kübeln zu schaffen. Hinter dem Zaun stand eine weitere Frau und gestikulierte mit den Armen. Immer wieder legte sie den Kopf zurück und lachte. Die beiden Frauen unterhielten sich. Die Zeit sollte reichen, wenn Ana den Kellerdurchgang rasch fand.

KAPITEL 40

Neben der Treppe, über die Alex Fiala verschwunden war, führte eine Stiege in den Keller. Eine Wandleuchte schaltete sich automatisch ein und Ana stieg hinunter.

In dem Kellerraum standen Kästen. Eine Kühltruhe brummte und daneben glänzte ein beleuchteter Weinkühlschrank. Auf offenen Regalen reihten sich Marmeladengläser aneinander. Das war ein ordentlicher Keller, der regelmäßig genutzt wurde. Einen Durchgang zum anderen Teil der Villa entdeckte Ana nicht.

Schon wollte sie enttäuscht umkehren, als ihr ein Snowboard auffiel, das an einem Metallständer lehnte. Er stand von der Wand weggerückt. Ana beugte sich vor und sah die hölzerne Tür.

Behutsam zwängte sie sich hinter dem Ständer durch und tippte das Türchen an. Es schwang quietschend auf und gab den Blick in einen dunklen Gang frei.

Ana horchte. Das einzige Geräusch war das Summen des Kühlschrankes. Wollte sie wirklich heimlich eindringen? Das Brummen schwoll an. Ihr graute vor dunklen Räumen.

Sie konnte den Stick doch in der Villa deponieren und Frau Fiala eine Mail schreiben. Über ihren Fund und ihren Ausstieg aus dem Projekt. Damit hätte Ana ihre Pflicht erfüllt. Doch wie konnte der Seniorchefin eine Mail helfen, falls sie gefangen gehalten wurde?

Ana nahm das Handy in die Hand und schaltete die Taschenlampenfunktion ein.

Nochmals überfielen sie Zweifel. Es wäre vernünftiger, Chefinspektor Eibensteiner zu informieren. Er könnte mit einer Einsatztruppe Frau Fiala befreien.

Aber wieso sollte Eibensteiner ihren Ängsten Glauben schenken? Sie wusste doch selbst nicht sicher, ob Fiala überhaupt in Gefahr war. Die Seniorchefin sorgte sich um ihren Enkel und hatte vielleicht keinen Nerv gehabt, mit ihr über Firmenangelegenheiten zu diskutieren. Außerdem brachte Ana Luis in Lebensgefahr, wenn sie die Polizei kontaktierte, das hatte ihr der Angreifer am Teich eingetrichtert.

Den Rucksack umgehängt, duckte sie sich durch das Türchen. Den dahinterliegenden Gang konnte sie aufrecht passieren. Sie traf auf eine weitere Holztür. Auch sie ließ sich problemlos öffnen. Diesen Schleichweg benutzte Luis regelmäßig.

Die Kammer muffelte nach alten Möbeln und staubigem Plastik. Überall lagen zusammengerollte Teppiche, Stühle und Kisten. Ana grauste vor den Spinnweben. Dieser Raum war seit Jahren nicht gereinigt worden. Vorsichtig stieg sie über hölzernes Kinderspielzeug.

Hoffentlich war der Ausgang nicht verriegelt. Erleichtert atmete Ana auf, sie betrat einen Heizraum. Blitzblanke Kacheln reflektierten den Lichtschein und moderne Kessel reihten sich an der Wand aneinander. Am Ende begann eine verflieste Treppe.

Leise schlich sie hinauf. Ana hielt den Atem an, als sie die Schnalle drückte und sich zentimeterweise durch die

Öffnung schob. In dem rustikal eingerichteten Zimmer herrschte Totenstille.

Irgendwo im Obergeschoss hielt sich Frau Fiala auf. Möglicherweise unfreiwillig und bewacht. Wenn die Haushaltshilfe ihre Aufpasserin war, hatte Ana nur noch wenige ungestörte Minuten.

Das angrenzende Zimmer trennte ein Torbogen mit Holzperlen auf langen Schnüren ab. Ana brach der Schweiß aus, als sie die Ketten auseinanderzog und diese klirrten. Sie schlüpfte durch. Ihr Rucksack verhakte sich und aus dem Klirren wurde Rasseln. Ihr Herz dröhnte in den Ohren, als sie sich freigekämpft hatte.

Sie befand sich neben einer Glasvitrine. In den Fächern glänzten Kristallgläser und in der Rückwand erkannte Ana ihr Spiegelbild. Ein blasses Gesicht mit großen Augen starrte sie an. Die Furcht war greifbar.

Da hörte Ana ein Schloss zuschnappen. Das Scheppern von Eimern, die auf Fliesen abgestellt wurden, trieb Ana den Schauder über den Rücken. Absätze klackerten über harten Boden.

Die Hausangestellte war zurück und würde sie gleich erreichen. Der Fluchtweg über den Keller war Ana abgeschnitten. Sie hatte sich keine Ausrede ausgedacht. Kopflos lief Ana in den nächsten Raum. In der Mitte thronte ein schwarzer Konzertflügel, um ihn herum standen einzelne Holzstühle. Auf dem Klavier zog ein Porträt von Fialas Sohn mit Trauerflor die Aufmerksamkeit auf sich. Daneben lachte der Junior mit Frau und Luis aus einem Urlaubsfoto. Weißer Sand, blauer Himmel und eine Familie in Umarmung.

Die Absätze klapperten näher.

Panik schnürte Ana den Hals zu, als sie den Flügel umkreiste und auf einen Erker zu rannte. Wo war das Treppenhaus ins Obergeschoss?

Da erblickte sie einen Hinterkopf. Braune kurze Haare. An einem langen Tisch saß ein Mann mit dem Rücken zu ihr. Eine Zeitungsseite wurde umgeblättert. Es war noch jemand im Haus. Ihr einziger Ausweg war, an ihm vorbeizuschleichen. Sie presste die Lippen aufeinander und tappte auf Zehenspitzen los. Im nächsten Augenblick hörte sie Gepolter hinter sich.

»Halt!«

Ana rannte los.

»Da läuft die Frau! Rasch, komm!«, kreischte eine Frauenstimme.

Ana sah den Mann aufspringen und zögerte einen Augenblick. Da spürte sie einen Schmerz auf ihrem Hinterkopf explodieren und alles wurde schwarz.

KAPITEL 41

Ana rumpelte auf dem Leiterwagen durch den Hohlweg. Es war so dunkel, dass sie die Hand vor den Augen nicht erkennen konnte. Von Zeit zu Zeit fuhr ein Blitz über sie hinweg. Wieder wurde sie von Bodenwellen durchgeschüttelt. Der ohrenbetäubende Sturm dröhnte in den Ohren. Ein Lichtschein zuckte in der Finsternis auf und verschwand wieder.

Etwas verbiss sich in ihren Oberarm und rüttelte sie unbarmherzig. Krallen stachen in ihre Haut und zerrten schmerzhaft. Mühevoll drehte sie ihren Kopf und blinzelte. Grelles Licht blendete sie und sie schloss erschöpft die Augen.

»Bitte wach auf!«, kreischte es gellend. »Du darfst nicht sterben!«

Wieso sterben?

Ihre Augenlider klappten auf. Die Helligkeit schmerzte. Die Nägel rissen schon wieder an ihr. Sie zwang sich, den Arm entlang zu sehen und erkannte die Umrisse eines Gesichtes. Langsam wurden die Konturen scharf.

Über ihr war Luis, er heulte und schrie. Luis? Luis war zurück? Es kostete unendlich viel Kraft, den Kopf ein wenig zu heben. Erschöpft sank sie nach hinten.

»Ana! Bitte wach auf!«

»Ja«, krächzte es. Ihre Stimme kam von weit weg.

Der Druck auf ihren Oberarm ließ nach. Sie spürte etwas Weiches über ihre Wange wischen. »Luis«, flüsterte sie.

»Ana, du lebst! Du bist nicht tot«, schluchzte er.

Luis war da und er flehte sie an, munter zu werden. Die tanzenden Punkte vor ihren Augen verschwanden, als sie seine Lippen fokussierte. Der pochende Schmerz am Hinterkopf blieb. Ana versuchte, sich aufzusetzen, schaffte aber nur ein paar Zentimeter.

Verständnislos betrachtete sie das Plastikband um ihre Handgelenke. Sie war gefesselt. Erschreckt schaute sie zu ihren Füßen. Auch ihre Hosenbeine waren mit einem Band umwickelt und ihre Sportschuhe fehlten. Verwirrt begutachtete sie ihre Socken. Die waren schmutzig.

»Warte, ich helfe dir.« Luis zerrte an ihrer Schulter. Beschwerlich gelangte sie in eine aufrechte Position.

Ana und Luis starrten einander an. Der Junge war nicht gefesselt. Er sah unverletzt und total verheult aus.

Sie schluckte schwer. Ihr Mund war ausgetrocknet und die Zunge klebte am Gaumen. »Was ist passiert?«, wisperte sie.

»Er hat dich hereingeschleppt. Du hast ganz lang geschlafen und ich habe dich nicht wach bekommen. Du hast ein Loch im Kopf und blutest fürchterlich.«

Eine Erinnerung schoss ein. Ein aufspringender Mann, kurz bevor es finster um sie wurde. Der Mann. »Ist es Huber?«

Luis riss die Augen auf und hickste. Er schüttelte den Kopf und hickste wieder.

Ihr Gedächtnis war vernebelt. »Bist du sicher, dass es nicht Herr Huber aus eurer Firma war? Ich dachte, ich habe ihn gesehen. Oder war es Moser oder Strauss?« Sie hatte keinen Anhaltspunkt, außer dass sie einen Mann gesehen hatte.

»Nein. Ich …«, nuschelte er und hickste erneut.

»Was? Lauter.«

»Ich darf es nicht wissen. Er hat gesagt, ich muss mich immer umdrehen, wenn er hereinkommt, und muss wegschauen. Die Hände muss ich vor die Augen halten. Weil, wenn ich ihn anschaue, muss er mir sehr wehtun und …« Der Schluckauf wurde immer heftiger.

»Beruhige dich, Luis. Du brauchst nichts verraten. Wir nennen ihn ›Der Mann‹. In Ordnung?« Vermutlich doch Huber und er hatte den Jungen völlig eingeschüchtert. Dem Stellvertreter war Ana von Anfang an ein Dorn im Auge gewesen. Er wollte sie um jeden Preis loswerden. Wobei hatte sie ihn gestört? Es konnte nicht nur die Angst sein, dass sie ihm seinen Job wegnahm. Er hatte befürchtet, dass sie ihm auf die Schliche kam und versucht, sie zu verjagen. Aber Ana hatte für ihr Sabbatical bei Regina durchgehalten. Regina. Ihre Schwester würde Todesängste um sie ausstehen, weil sich Ana nicht bei ihr meldete.

»Wo sind wir hier?«

Luis schüttelte den Kopf. »Keinen Tau. Ich darf nicht herumschnüffeln, bloß dasitzen und warten. Ich will raus.« Tränen liefen über seine Wangen. »Ich will heim. Zu meiner Mutter und zu meiner Großmutter«, schluchzte er.

Die Kopfschmerzen wurden heftiger. Zwischen den Schläfen pochte es unaufhörlich. »Ich will auch weg. Wir lassen uns etwas einfallen.«

Ana sah sich um. Sie wurden in einem quadratischen Raum festgehalten. Ungefähr fünf mal fünf Meter groß. Es gab keine Fenster, also waren sie vermutlich in einem Keller eingesperrt.

Das Mauerwerk war weiß getüncht und mit Landschaftsbildern geschmückt. Zwei hohe Kästen standen an der Wand, davor ein kleiner Esstisch. Eine Seite war mit einem Küchenblock verbaut. In der Ecke stand ein Ohrensessel mit einer Leselampe und dahinter ein Regal mit Büchern. Das Bett fehlte. Falls das ein Kellerverlies war, war es ein komfortables.

»Versuch mal, mich loszubinden.«

Der Bub riss die Augen auf und schüttelte verzweifelt den Kopf. »Nein«, wisperte er.

So kam sie nicht weiter, sie musste ihn zuerst beruhigen.

»Schon gut. Warst du die ganze Zeit hier?« Ana redete behutsam mit ihm und stellte erleichtert fest, dass sein Schluckauf seltener wurde.

»Ja«, flüsterte Luis. »Ich habe komisches Zeug zu essen bekommen und mein Bett ist dort im Kasten. Das bediene ich mit einem Hebel und es rollt automatisch heraus.«

Damit war dieses Rätsel gelöst. Ana tastete nach ihrem Rucksack. Er war weg. Hektisch nestelte sie an der Tasche ihrer Trainingshose. Sie war leer.

Entmutigt sackte sie zusammen. Sie hatte kein Handy, keinen Pfefferspray und der Datenstick war auch weg.

»Ich habe geglaubt, du bist tot, weil du so lange geschlafen hast.« Luis heulte wieder.

»Wie lange habe ich denn geschlafen?«

Luis zuckte die Schultern. »Zwei Tage?«

»Was?« Wenn das stimmte, suchten mittlerweile ihre Freunde nach ihr und hatten bestimmt Alarm geschlagen. »Hast du eine Uhr?«

»Die hat er mir weggenommen«, jammerte er. »Und mein Handy und meine Kaugummis auch.«

Mit dem Buben war nichts anzufangen. Ana musste sich für ihn zusammennehmen. Ächzend stemmte sie sich auf die zusammengebundenen Beine. Ihr wurde schwindelig und schwarz vor den Augen. Zwischen den Schläfen hämmerte ein unerbittlicher Bohrer.

Sie wartete regungslos, bis sie wieder scharf sehen konnte, und drückte einen Fuß nach vorne. Wackelig trippelte sie zentimeterweise zur Küchenzeile. Ein Spiegel war nirgends zu erblicken. Ungeschickt riss sie ein Blatt Küchenrolle mit den gefesselten Händen ab und tupfte auf ihren Hinterkopf. Ihr entschlüpfte ein Stöhnen.

Das war bestimmt eine Platzwunde. Das Stück Papier war blutgetränkt. Die Wunde musste dringend genäht werden. Aber vermutlich war das ihre geringste Sorge.

»Nicht, Ana. Bitte setz dich hin. Er hat mir verboten, herumzuschnüffeln!« Luis bat flehentlich, er hatte schreckliche Angst. Sein Hicksen schüttelte ihn.

»Pst!« Ana zog eine Lade auf. Entgeistert betrachtete sie die Küchenutensilien. Auch Messer lagen vor ihr. Hatte der Angreifer sie für tot gehalten? Da Luis jede Bewegung beobachtete, verdeckte sie ihm mit dem Körper die Sicht und schob blitzartig ein Küchenmesser unter ihr Trainingsgewand.

Was war das für eine seltsame Räumlichkeit? Ein gediegen ausgestattetes Gefängnis. Vielleicht wurden sie in einem Atombunker festgehalten. Ana hatte noch nie einen gesehen, aber darüber gelesen. Manche Menschen fürchteten sich dermaßen vor einem Atomunfall, dass sie für alle Fälle vorsorgten.

Wenn das ein Atombunker war, musste er von innen zu öffnen sein. Erschöpft lehnte sie sich an die Platte und suchte die Wände ab. Ein dunkler Streifen verriet die Umrisse eines Ausgangs, aber sie sah keine Klinke.

Ohne Vorwarnung wurde Ana übel. Sie schaffte es gerade noch, sich über das Abwaschbecken zu beugen und übergab sich. Die paar Minuten auf den Beinen hatten ihre Kräfte aufgebraucht. Schrille Töne überlagerten das Pochen des Kopfes. Sie hörte die Stimme ihrer Mutter, die von einer Gehirnerschütterung und Bettruhe redete. Ana fühlte sich an der glatten Oberfläche entlangrutschen, bis sie auf dem Boden landete.

Sie musste eingedöst sein. Luis kauerte neben ihr, seine Wange auf ihrer Schulter und er umklammerte ihre Hand. Sie lauschte seinen regelmäßigen Atemzügen.

Ana dachte an Ronald. Der Privatdetektiv würde sich bald gewundert haben, wo sie steckte. Sie war unsicher, ob sie ihm mitgeteilt hatte, dass sie zu Frau Fiala fuhr. Auf seinem Zettel war gestanden, dass er das Handy tracken konnte. Das war gut. Das Telefon war jetzt im Besitz des Angreifers.

Ihr fiel Heinz ein. Er war zweifellos außer sich, weil sie sich nicht wie versprochen gemeldet hatte. Er würde Eibensteiner die Hölle heißmachen. Und Bert wollte ihr die positiven Ergebnisse der Analyse mitteilen und hatte sie dann nicht erreicht. Ihre Freunde würden sie nicht im Stich lassen.

Die Müdigkeit kam in Wellen. Ana gähnte. Sie konzentrierte sich auf das Atmen von Luis. Die Augenlider senkten sich und sie riss sie mühsam wieder auf. Wachzubleiben wurde mit jeder Minute anstrengender. Anas Gedanken kreisten um einen Ausweg – darum, Luis und sich heil herauszubringen. Schließlich nickte sie ein.

Ana fuhr in die Höhe und Schmerz stach durch ihren Kopf. Erstaunt erkannte sie Luis neben sich schlafen und die Erinnerungen stellten sich ein. Sie waren in einem Bunker eingesperrt und ihr Entführer konnte jeden Moment auftauchen.

Sanft rückte sie Luis auf die Seite. Sie zog das Messer aus der Hose und befreite ihre Arme und Beine. Hoffentlich gab es keine Videoüberwachung. Schwindel überkam sie, als sie sich in die Höhe drückte, doch er war überwindbar. Leise machte sie sich auf die Suche.

Sie schob jede Lade und jedes Kästchen auf. Hinter einem Deckel war ein Touchscreen verborgen. Als sie ihn berührte, erwachte er zum Leben. Bunte Symbole leuchteten auf. Sie berührte das erste und das Ceranfeld wurde rot. Nochmaliges Tippen und die Herdplatte erlosch. Ein weiteres Symbol zeigte eine Auswahl von Zahlen. Das war vielleicht die Temperaturregelung.

Sie hatte Steuerungselemente für den Raum gefunden und mit Glück war der Türöffner dabei. Sie testete ein Zeichen nach dem anderen. Beleuchtungskörper gingen an und aus, manchmal sah sie nicht, was die Knöpfe auslösten.

Langsam kehrte die Übelkeit zurück. Ihre Bewegungen wurden fahrig und erforderten erhöhte Konzentration. Sie wollte sich ausruhen, aber das war verboten. Jeden Augenblick konnte der Entführer auftauchen und das würde ihre Lage dramatisch verschlechtern. Ihr plötzliches Erscheinen hatte ihn dazu veranlasst, sie zu Luis zu sperren. Das war nicht sein ursprünglicher Plan gewesen und hatte bestimmt Folgen.

»Du blutest schon wieder!«, hörte sie Luis entsetzt neben sich schreien.

Erschrocken fasste sie sich an den Kopf. Ihre Haare klebten warm an ihrer Hand. Furcht kroch ihr den Rücken entlang. Sie war schwerer verletzt als geglaubt. Entmutigt ließ sie sich zurück auf den Boden sinken.

Luis drängte sich an sie. »Kann ich dir helfen?« Mit riesengroßen Augen schaute er sie angstvoll an.

KAPITEL 42

Die Müdigkeit lähmte Anas Gedanken. Es war verlockend, in den Schlaf zu sinken und alles zu vergessen. »Du wachst womöglich nie mehr auf«, flüsterte eine innere Stimme.

»Luis, ich raste mich einen Moment aus und dann verschwinden wir von hier. Lass mich um alles in der Welt nicht einschlafen.« Der Bub tat ihr leid, doch sie brauchte seine Hilfe, sonst waren sie verloren.

»Wie kann ich dich wachhalten?« Sein ängstliches Gesicht war dicht vor ihr.

»Erzähl mir, was du als Detektiv alles herausgefunden hast. Du warst fleißig, stimmt's? Warte!« Ana zwinkerte ihm zu. »Ich bin dir nicht böse, weil du mich angeschwindelt hast. Aber jetzt sag die Wahrheit, damit wir hier herauskommen.«

Luis biss sich auf die Lippen. »Wird er uns umbringen?«

»Auf keinen Fall, wir sind schneller. Erzähl mir alles.«

»Weil Papa geheimnistuerisch war, habe ich befürchtet, dass er eine Freundin hat und uns verlässt.« Seine Stimme versagte.

»Weiterreden, Luis. Zwick mich, wenn ich einschlafe«, drängte Ana.

»Ich wollte herausfinden, wer die Freundin ist und sie dann vergraulen. Deshalb habe ich seine Telefonate belauscht und sogar SMS gelesen. Es ging aber ständig um das autonome Autofahren.«

»Du weißt, was autonomes Fahren bedeutet?«

»Natürlich, ich bin doch kein Baby. Papa hat eine Steuerung erfunden, mit der ein Auto ohne Mensch fahren kann.«

»Firmen auf der ganzen Welt entwickeln selbstfahrende Autos. Was ist so besonders?«

»Papa hat gesagt, dass sein Baby wie eine Bombe einschlägt«, Luis strahlte vor Stolz, »weil seine Steuerung nur so viel wie ein Apfel kostet.«

Falls das wirklich stimmte, hatte Fiala junior eine geniale Erfindung mit einem enormen Wert gemacht.

»Okay. Was hast du noch gehört?«

»Auf einmal gab es ständig Ärger. Papa hat sich oft gestritten. Er hat etwas immer wieder stinksauer abgelehnt. So laut wurde er vorher nie.«

»Weißt du, mit wem dein Vater die Auseinandersetzungen hatte?«

Luis schob die Unterlippe trotzig vor und schüttelte heftig den Kopf. Seine Wangen liefen rot an. Er log. Ana vibrierte vor Ungeduld, doch sie musste sich beherrschen.

»Okay. Du hast keinen Abschiedsbrief gesucht, was war es wirklich?«

Der Junge starrte sie mit großen Augen an. »Mein Vater hat am Telefon gesagt: Es nutzt dir nichts, dass Kurz weg ist. Meine Unterlagen findet ihr nicht. Ich mache erst bei hundert Prozent mit.« Luis seufzte tief. Dieses Wissen hatte ihn wochenlang belastet.

Der Datenstick. Ana fühlte ihn in ihrer Hosentasche brennen. Doch da war er nicht mehr. Die Erschöpfung wurde unerträglich. »Erzähl weiter«, drängte sie.

»Es hat ihn jemand von der Straße gedrängt und ihm seine Erfindung gestohlen, aber ich finde sie.« Luis begann zu schluchzen.

»Wenn ein Unfallgegner beteiligt gewesen wäre, hätte es die Polizei herausgefunden.«

»Das behauptet Tobias auch. Aber ich glaube euch nicht.«

»Tobias? Der angebliche Freund deines Vaters.« Ana schnitt eine Grimasse.

Luis nagte schuldbewusst an der Unterlippe. »Er ist mein Halbbruder. Ich wollte immer schon einen Bruder haben. Aber …«

»Du bist unsicher, ob du ihm vertrauen kannst?«

»Nein. Tobias ist schwer in Ordnung. Es ist wegen Großmutter, sie mag ihn nicht.« Luis sah unglücklich drein.

»Hast du mit deiner Großmutter über deinen Verdacht geredet?«

»Sie hat keine Zeit, sie muss arbeiten. Sie hat geschimpft, ich soll endlich erwachsen werden. Nur dumme Kinder erzählen solche Räubergeschichten.« Er schaute bitterböse.

Frau Fiala hätte ihnen einiges erspart, wenn sie sich Zeit für ihren Enkel genommen hätte. Sofort meldete sich schlechtes Gewissen. Im Nachhinein zu lästern war einfach. Die alte Dame legte sich ohnehin für ihren Enkel ins Zeug.

Ana erinnerte sich an das Gespräch im Stephansdom. Sie hoffte für Luis, dass der junge Mann nicht an der Entführung beteiligt war. Um den Buben abzulenken und sich munter zu halten, fragte sie: »Wie bist du hier gelandet?«

»Ich habe mindestens zwei Fehler gemacht.«

»Wobei?«

»Papa hat sein Geheimnis bestimmt im Computer versteckt. Ich habe jeden Zugriff kontrolliert und entdeckt, dass jemand deinen User benutzt. Ich wollte ihn blockieren und habe dabei aus Versehen die Daten von Erwin gelöscht. Als er dir die Schuld gegeben hat, habe ich mich nicht getraut, zu gestehen.« Luis schaute unglücklich drein.

»Alles gut. Was war der zweite Fehler?«

»Ich habe auf die archivierten Mails von Klaus Kurz zugegriffen und vergessen, dass dabei standardmäßig Warnmeldungen vom Archiv an die Führungskräfte geschickt werden.«

Ana dröhnte der Kopf. Die Führungskräfte waren alle informiert gewesen.

»Hast du die Mails von Klaus Kurz gelesen?«

»Ein paar, dann waren sie auf einmal alle gelöscht. Gabriele hat auch auf sie zugegriffen.«

»Hat sie etwas gefunden?«

Der Junge zuckte die Schultern. »Gabriele hat nichts Böses angestellt.«

»Jemand anderer schon?«

Luis biss sich auf die Lippen und murmelte etwas.

»Luis? Raus damit.«

»Huber hat alle Daten von Erwin kopiert. Schon vor Wochen. Das darf er nicht.«

Huber hatte sich die Erkenntnisse des Entwicklungschefs angeeignet. Die Seniorchefin hatte sie vor ihm gewarnt. Genutzt hatte es ihnen nichts.

»Wie bist du hierhergekommen?«

»Meine Großmutter war wütend, weil ich beim leeren Safe gesagt habe, dass mein Vater ermordet wurde. Sie hat mir Hausarrest verpasst und ich musste heimfahren. Als ich mein Rad in die Garage gestellt habe, habe ich auf einmal ein stinkendes Tuch im Gesicht gehabt und keine Luft mehr bekommen. Mir wurde schlecht. Als ich aufgewacht bin, waren meine Augen verbunden. Der Mann hat Fragen gestellt und versprochen, dass mir nichts passiert, wenn ich still sitzen bleibe und mich immer wegdrehe, wenn er kommt.«

Die Puzzleteile begannen, Sinn zu ergeben. Aber auf diese Weise würden sie sich nicht aus ihrem Gefängnis befreien. Seine Großmutter war ebenfalls in Lebensgefahr. Ihre Zeit konnte jederzeit ablaufen.

Ana musste an die Konsole, um den Türöffner zu finden. Entschlossen stemmte sie sich in die Höhe. Sie ignorierte Luis' Jammern und das Pochen im Kopf. »Komm, hilf mir.«

»Aber«, wimmerte Luis.

»Vertrau mir.« Mühsam wankte sie zu der Platte, hinter der die Konsole lag. »Du bist doch clever mit IT und kennst dich mit so was aus. Schau her. Welches Symbol stellt einen Ausgang dar?«

Luis zeigte ohne zu zögern auf ein Quadrat mit zwei Strichen und einem Pfeil.

Ana presste darauf und schreckte zurück. Ein roter Text blinkte auf. »Risiko erkannt. Zone kontrollieren.«

Luis drückte auf das grüne Häkchen.

»Nochmals bestätigen oder abbrechen.«

Luis tippte erneut und ein Teil der Wand schob sich geräuschlos nach außen.

Ana schnappte das Messer und klemmte es in den Hosenbund. Sie packte Luis an der Hand und legte den Zeigefinger an ihre Lippen. Hand in Hand schlichen sie los.

Der Raum war unbeleuchtet, aber das Licht aus ihrem Gefängnis reichte aus, um ein Badezimmer zu erkennen. Eine Badewanne stand in der Mitte, an den Wänden Holzmöbel. Nur das von ihnen aufgedrehte Wandregal mit verspiegelter Rückwand verriet den perfekt getarnten Panikraum.

Ana spürte, dass sich Luis verkrampfte. Er ruderte aufgeregt mit dem freien Arm. Erschrocken packte sie ihn noch fester und deutete ihm, keinen Laut von sich zu geben. Hektisch schleppte sie ihn weiter. Aus dem Badezimmer traten sie auf einen weichen Teppich. Kleine Leuchten an der Wand waren schwache Lichtquellen. Am Ende des Ganges funkelte ein Lichtschimmer.

Luis sträubte sich, doch sie ließ ihn nicht los. Mit zwei Schritten erreichte sie einen Vorhang und schob ihn auf die Seite. Hinter dem Fenster war es taghell. Aber außer einem riesigen Kastanienbaum gab es nichts zu sehen. Enttäuscht ließ sie den schweren Stoff zurückgleiten.

Da zwickte Luis sie in den Unterarm. Ana verbiss sich einen Aufschrei. Er wollte ihr unbedingt etwas sagen. Ihn zu ignorieren war zu riskant. Sie zog Luis ganz nahe an ihr Gesicht und hoffte, dass er wirklich nur flüstern würde.

»Großmutter.«

»Großmutter?«, wiederholte Ana überrascht.

Luis nickte heftig.

Meinte er … »Die Villa?«

Sein kräftiges Kopfnicken bestätigte ihre Vermutung. Sie waren die ganze Zeit über in der Villa eingesperrt gewesen. Luis rüttelte an ihrem Ärmel und hielt die Finger wie Augengläser vor seine Augen. Er wollte nach seiner Großmutter Ausschau halten.

Sie hätte ihn lieber in Sicherheit gebracht, aber eine Diskussion war zu gefährlich. Sie nickte zustimmend und legte nochmals den Finger auf die Lippen. Auf keinen Fall durften sie sich verraten. Sie biss die Zähne zusammen und ignorierte ihren Kopfschmerz. Leise schlichen sie den dämmerigen Flur entlang. Am Ende lagen drei geschlossene Türen. Von irgendwo hörte Ana gedämpfte Geräusche. Ihr Herz raste. Weit würde sie es nicht mehr schaffen.

Ana drückte Luis hinter ihren Körper und fasste behutsam die Klinke der ersten Tür. Sie schwang ihr geräuschlos entgegen. Das Zimmer war unbeleuchtet, auch hier verdeckten schwere Vorhänge die Fenster.

Sie zog an der nächsten Tür und zuckte geblendet zurück.

KAPITEL 43

Anas Herz trommelte in ihren Ohren, als sie in den erleuchteten Raum schlich und Luis umklammert hielt. Sie waren in einem Esszimmer gelandet. Konzentriert horchte sie. Sie glaubte, Klaviertöne zu hören. Konnte Tschaikowsky sein, den ihre Mutter ihr häufig vorgespielt hatte. Konzentration, nicht abschweifen. Von oben drangen Stimmen zu ihnen herunter.

An der Wand führte eine geschwungene Holztreppe in das Obergeschoss. Unschlüssig schaute Ana zu Luis. Er würde sie an einer raschen Flucht hindern. Luis beobachtete jede ihrer Bewegungen.

Ana sah sich um. Der ovale Esstisch und die Sessel boten keinen Schutz. In den Schrank sperren kam nicht infrage. Der Bub war ohnehin traumatisiert. Blieb als einzige Möglichkeit die samtige Gardine, die bis zum Parkettboden reichte.

Mit der Hand zeigte Ana abwechselnd auf den Vorhang und Luis. Sie deutete ihm, dass sie die Treppe hinaufgehen würde. Einen Moment befürchtete sie, dass er protestieren würde. Doch seine Gesichtszüge strafften sich und er nickte zustimmend.

Rasch schob ihn Ana hinter den Vorhang. Ein letzter Blick, eine Geste, dass er ohne zu zappeln stehen musste. Sie zupfte den Stoff zurecht und setzte den Fuß auf die erste Stufe. Ein leises Knarren erschreckte sie.

Langsam zog sie das andere Bein nach und erklomm die nächste Stufe. Wieder ächzte das Holz unter ihrem Gewicht. Ihr Atem wurde unregelmäßig vor Konzentration. Schnaufte sie hörbar? Eine Bewegung nach der anderen. Auf dem Treppenabsatz machte sie einen Moment Pause. Sie lehnte sich an die Wand und schloss die Augen. Ein scharrendes Geräusch ließ sie zusammenfahren. Jemand hatte einen Stuhl gerückt.

Schweißgebadet drückte sich Ana gegen die Mauer und horchte. Sie glaubte, eine männliche und eine weibliche Stimme zu unterscheiden. Die Klaviertöne überlagerten die Worte.

Zentimeterweise beugte sie sich vor.

Frau Fiala saß auf einem kleinen Sofa, halb verdeckt vom Rücken eines Mannes. Die Seniorchefin sah winzig aus, aber sie war wohlauf. Diesen Hinterkopf hatte sie gesehen, bevor sie niedergestreckt worden war. Als der Mann eine Tasse vom Tisch hob, erkannte Ana sein Profil.

Was machte Herr Moser bei der Seniorchefin? War das gesamte Managementteam an der Entführung beteiligt? Oder wurde er ebenfalls gefangen gehalten? Oder war das ein harmloser Besuch? Ana war verwirrt, was sollte sie tun?

Es war aussichtsreicher, aus der Villa zu schleichen und die Einsatzkräfte zu alarmieren. Sie dachte an Luis, der hinter dem Vorhang sicher Todesängste ausstand. Er würde sich sträuben, ohne seine Großmutter das Haus zu verlassen. Außerdem war sie in ihrem Zustand langsam. Wenn jemand sie verfolgte, hatten sie keine Chance.

Panik kroch in ihr hoch. Sie konnte jetzt den Fehler ihres Lebens begehen, den sie nie wieder gutmachen konnte.

Im Erdgeschoss hallten Schritte und ein Türschloss schnappte zu. Ana gab sich einen Ruck. Sie musste eine Entscheidung treffen. War Moser ein Täter oder ein Opfer? Im Zweifel entschied sie sich für Täter. Kräftemäßig war ihr der Mann haushoch überlegen. Also musste sie ihn austricksen.

Die einzige Waffe, die ihr zur Verfügung stand, war das Küchenmesser im Hosenbund. War sie imstande, einem athletischen Mann damit Angst einzujagen? Wenn sie ihm eine Chance zur Gegenwehr ließ, würde er sie mühelos überwältigen.

Zögerlich zog sie das Messer unter der Trainingsjacke heraus und betrachtete es unschlüssig. Sich zu verteidigen war das eine, aber war sie in der Lage, einen Menschen anzugreifen?

Ihre Hand verkrampfte sich um den Messerstiel, als sie in den Raum glitt. Frau Fiala entdeckte sie als Erste und riss überrascht die Augen auf. Ana biss sich auf die Lippen und stürmte los.

Sie erreichte Herrn Moser, bevor er reagierte. Keuchend stieß sie hervor: »Nicht bewegen! Ich halte Ihnen ein Messer an den Hals. Wenn Sie sich umdrehen, schneide ich Sie.«

Der Oberkörper von Herrn Moser richtete sich auf und die Nackenmuskeln spannten sich an. »Was zum Teufel …?«, stammelte er und drehte den Kopf. Die Messerspitze ritzte in seine Haut und er schrie entsetzt auf.

Ana unterdrückte ein Kreischen. »Nicht herumschlagen, sage ich.« Sie spürte das Messer in ihrer Hand zittern und schluckte schwer. Das durfte alles nicht wahr sein. Herrn Moser rann ein feiner Blutfaden den Hals entlang und breitete sich auf dem weißen Hemdkragen aus. »Sind Sie in Ordnung, Frau Fiala? Geht es Ihnen gut?«

Die alte Dame starrte sie unbewegt an.

»Frau Fiala! Sie brauchen sich nicht mehr zu fürchten. Gehen Sie die Stiegen hinunter, unten wartet Luis. Verlassen sie sofort das Haus und rufen Sie die Polizei!«

Frau Fiala richtete sich ungelenk auf. Sie trug einen seidenen Schlafmantel. Schwerfällig wankte sie auf Ana zu.

»Wo ist Herr Huber?« Keiner reagierte auf Anas Frage. »Wo ist er?«, fuhr sie den Entwicklungschef an.

»Keine Ahnung. Geben Sie das Messer weg, dann können wir ihn gemeinsam suchen.«

Zur Angst gesellte sich Wut. Dieser arrogante Kerl nahm sie nicht ernst. Ein Blick zu Frau Fiala zeigte ihr, dass diese regungslos verharrte. »Gehen Sie endlich.«

Die Seniorchefin wich zurück und schritt zögerlich über den Perserteppich. Neben dem Schreibtisch blieb sie stehen und hielt sich mit beiden Händen fest.

Ihnen lief die Zeit davon. »Nach unten! Rasch!« Was machte Frau Fiala bloß? Vermutlich war sie orientierungslos. Mit diesem Hindernis hatte Ana nicht gerechnet. Sie musste die Frau in Bewegung versetzen. »Luis braucht Sie! Laufen Sie und holen Sie Hilfe!«

Die gebrechliche Frau bückte sich beschwerlich und zog an einer Lade. Plötzlich richtete sie sich auf und wandte sich blitzartig um. In ihrer Rechten hielt sie eine Pistole und der Lauf zeigte auf Ana.

KAPITEL 44

»Sie sind eine Landplage, Frau Rubin. Das war Ihre letzte sinnbefreite Aktion.« In den Augen der Frau loderte Zorn.

»Aber Frau Fiala!«

»Ich habe Sie engagiert, damit der lästige Huber zu spionieren aufhört, und was machen Sie? Verbünden sich mit dem Trottel und dringen in mein Haus ein!«

»Frau Fiala, ich …«

»Mund halten. Legen Sie das verdammte Messer auf den Boden! Ich drücke ab, wenn Sie nicht sofort gehorchen!«

War die alte Dame dazu fähig?

»Es handelt sich um einen klaren Fall von Notwehr, Herr Inspektor. Sie ist mit einer Waffe hereingestürmt und hat uns bedroht. Das schwören auch die anwesenden Zeugen. Schrecklich, diese Jugend von heute.« Frau Fiala zirpte mit hoher Stimme und bösem Grinsen.

Anas Faust öffnete sich und das Küchenmesser fiel heraus. Es klirrte leise, als die Klinge auf dem Holzboden aufschlug.

»Hinsetzen!« Frau Fiala fuchtelte mit der Pistole. Sie wirkte glasklar und eiskalt. Nichts erinnerte mehr an eine zerbrechliche, trauernde Dame.

Herr Moser erhob sich und griff sich an den Hals. Sein Gesicht verzog sich zu einer Grimasse, als er das Blut auf seinen Fingerspitzen betrachtete.

Die Kraft verließ Ana. Sie sackte zusammen und stieß mit dem Rücken hart auf. Ihr Hinterkopf landete auf dem Parkett und ein Feuerwerk explodierte vor ihren Augen. Ihr Schmerzensschrei ging ihr durch Mark und Bein. Verzweifelt hob sie den Kopf. Frau Fiala hielt die Waffe auf sie gerichtet.

»Du hast gesagt, du hast dich um sie gekümmert. Wo kommt sie auf einmal her? Du begehst einen Fehler nach dem anderen.« Messerscharf schnitt Fialas Stimme durch die Klaviertöne.

»Ich dachte …«, stammelte Herr Moser.

»Besser, du überlässt das Denken mir. Was für ein Wahnsinn, dass sie in meinem Haus ist. Du hättest sie wegbringen müssen.«

»Ich habe dir gleich gesagt, dass es eine Schnapsidee ist, Externe in die Firma zu holen. Die stellen tausend Fragen und glotzen überall hinein.«

»Nachher bist du immer schlauer. Vorher ist dir nur Kündigung eingefallen. Von einem Mitarbeiter, der seit fünfzehn Jahren der führende Informatiker der Firma ist. Das hätte Wellen geschlagen.«

»Schlimmer als das Chaos, das die Rubin angerichtet hat? Du kannst leicht überheblich sein, du machst dir nie die Finger schmutzig. Für die Drecksarbeit hast du mich.«

»Haben Sie Gabriele umgebracht?« Anas Aufschrei stoppte den Streit.

Frau Fiala kniff die Lippen zusammen. Herr Moser breitete theatralisch die Arme aus. »Das kann ich mit bestem Wissen verneinen. Die hysterische Gans hat das selbst zustande gebracht. Wobei«, er neigte sein Haupt, »ich mich bedanke, dass sie mir die Arbeit abgenommen hat.«

»Schluss mit dem Geschwätz. Bringen wir es zu Ende, Erwin.« Frau Fiala hatte den Befehlston angeschlagen.

»Was soll ich diesmal tun?«

»Luis versteckt sich unten. Verabreich ihm sein Mittel«, knurrte Frau Fiala.

Der Junge. Ana holte tief Luft. »Luis, lauf! Hol die Polizei!«, brüllte sie aus Leibeskräften. Vor Anstrengung wurde ihr schwarz vor den Augen. Hoffentlich verstand Luis sie hinter dem Vorhang. »Luis! Raus aus dem Haus!«

Frau Fiala fuchtelte mit der Pistole. »Halt's Maul!« Aufgebracht schaute sie zwischen Ana und Herrn Moser hin und her. »Lasst ihn nicht entwischen. Geh schon.«

Herr Moser warf Ana einen grimmigen Blick zu und rannte an ihr vorbei. Dabei kickte er das Messer weg. Es flog über den Teppich und schlitterte über den Holzboden in die Ecke.

Polternd sprang Herr Moser die Stufen hinunter. Unten knallte eine Tür. Das Klirren ging Ana durch und durch. Sie hörte eine Frauenstimme kreischen.

Frau Fiala trat dicht zu Ana und sprach gedämpft. »Wenn Sie den heutigen Tag überleben wollen, halten Sie ab sofort den Mund.«

»Wie können Sie Luis so etwas antun? Ich habe geglaubt, Sie lieben Ihren Enkel!«

»Sie sind so ahnungslos. Kein Sterbenswörtchen mehr. Wer auch immer Ihnen Fragen stellt, Sie geben keine Antwort. Haben wir uns verstanden?«

Würde Frau Fiala sie verschonen, wenn sie schwieg? Ana nickte heftig.

»Gut. Kein Wort, sonst war es das.«

Schwere Schritte trampelten die Stiege hoch und die Haushälterin stürmte herein. »Keine Spur von Luis, er ist mir entwischt. Er ist aber noch herinnen und Erwin sucht ihn.«

Die Haushaltshilfe nannte Herrn Moser beim Vornamen. Das war seine Frau. Auf dem Foto hatte sie lange Haare gehabt, deshalb hatte Ana sie nicht erkannt.

»Soll ich die Frau fesseln?«

»Natürlich und mach schnell.« Frau Fiala winkte unwirsch mit der Waffe. Wenn die bloß nicht versehentlich losging.

Frau Moser zögerte. »Hast du Kabelbinder da? Oder einen Strick?«

»Nimm irgendetwas, beeil dich.«

Frau Moser verzog das Gesicht und hetzte davon. Ana hörte Laden quietschen und schon hastete die Frau wieder herein. In der Hand drehte sie eine Wäscheleine und eine große Schere.

»Arme nach hinten«, herrschte sie Ana an.

Ana spürte das Seil in ihre Fesseln schneiden. Sie drückte die Gelenke auseinander, während die Leine herumgewickelt wurde.

»Füße zusammenhalten«, befahl ihr die Frau und band die Schnur um Anas Knöchel. Im Spiegel der Kredenz beobachtete Ana, wie sie abschließend einen Knoten knüpfte und sich aufrichtete.

»Tragen wir sie zurück in den Panikraum?«

Frau Fiala senkte die Pistole. »Ihr habt sie zu Luis gesperrt? Wie kann man so dämlich sein. Ihr habt geschworen, sie ist sicher verwahrt!« Mit jedem Wort steigerte sich ihre Wut. Ihre Gesichtsmuskeln zuckten. »Um alles muss ich mich selbst kümmern! Erwin soll sie aus dem Haus schaffen.«

»Es war seine Idee. Was soll ich tun?«, fragte Frau Moser unterwürfig.

»Stell mir den Laptop auf den Tisch und dann bring den Panikraum in Ordnung. Als ob nie wer drinnen war. Danach koch uns etwas. Das ist unverdächtig, falls der infantile Kommissar wieder auftaucht. Sobald dein Mann alles erledigt hat, nehme ich eine Tablette und lege mich ins Bett.«

Ana kauerte mit gesenktem Kopf am Boden. Sie befolgte Frau Fialas Forderung zu schweigen. Doch sie horchte angestrengt, ob sie Luis hörte.

»Ich finde den Bengel nicht! Wo steckt der?« Herr Moser stürmte erzürnt herauf.

»Das kann doch nicht so schwer sein«, erregte sich Frau Fiala.

»Such ihn selbst, er ist schließlich dein verzogener Enkelsohn. Ich passe einstweilen auf die Rubin auf.«

»Nicht nötig, die habe ich verschnürt. Ich putze den Panikraum.« Die Frau verschwand aus Anas Blickfeld. Ihre Schritte klangen schwerfällig auf der Holzstiege. Sie war bestimmt keine gute Läuferin.

»Werde ja nicht frech. Du warst es, der uns diese Scheiße eingebrockt hat. Zuerst mit deinem Assistenten und jetzt mit der Rubin. Du bist nachlässig.« Frau Fiala redete sich in Rage. »Du suchst alles gründlich ab. Luis hat sich nicht in Luft aufgelöst.« Sie schnaubte. In gemäßigtem Tonfall sagte sie: »Nimm dich zusammen, wir sind knapp vor dem Ziel. Ich mache einstweilen die Erledigungen, es ist so weit.« Sie deutete zuerst auf ihre Armbanduhr und dann auf den Laptop.

»Hat die Rubin etwas verraten?«

Wovon sprach Moser? Von dem Dokument von Fiala junior? Er musste doch wissen, dass sie bereits im Besitz des Sticks waren. Er hatte ihn ihr bestimmt selbst abgenommen. Was wollte er noch von ihr?

»Nein, sie schweigt wie ein Grab. Jetzt treib den Buben auf und anschließend kümmern wir uns um die Dame. Sie wird rechtzeitig reden oder für immer schweigen.« Frau Fiala setzte sich zum Computer. Die Pistole legte sie unmittelbar daneben.

»Das wollen wir hoffen, sonst prügeln wir es aus ihr heraus oder …« Herr Moser deutete an, wie er jemandem den Kopf abschnitt, und ging.

»Braves Mädchen.« Frau Fiala lächelte Ana mit kalten Augen an. »Immer daran denken: kein Wort.«

KAPITEL 45

Ana beobachtete schweigend Frau Fiala. Sie hatte ein Geheimnis vor ihren Komplizen, das bedeutete eine Chance. Die Seniorchefin tippte konzentriert und murmelte leise vor sich hin. Im Spiegel der Anrichte erkannte Ana das Logo. Frau Fiala erledigte Bankgeschäfte, die hatte echt Nerven.

Auf einmal entspannte sich die alte Frau und ein Lächeln huschte über ihr Gesicht. Nochmals glitten ihre Finger über die Tastatur, dann klappte sie den Laptop zu. »Wunderbar. Das war's.«

Ana konnte sich nicht länger beherrschen. »Haben Sie Geld bekommen?«

»Halten Sie den Mund.«

»Hab ihn!«, ertönte ein Schrei aus dem Erdgeschoss und sie hörte Luis kreischen. Moser hatte ihn aufgespürt. Sie hatte ihre Chance vertan. Flehentlich schaute sie zu Frau Fiala. Wie konnte eine Großmutter ihrem Enkel das antun? Sollte Ana an ihr gutes Herz appellieren?

Eine Klingel schallte. Frau Fiala griff zur Waffe und bewegte sich überraschend schnell zu Ana. »Wer ist das?«, rief sie.

»Schon wieder der Kommissar. Diesmal in Begleitung von Uniformierten. Was soll ich tun?« Die Haushälterin klang panisch.

»Kleb Rubin den Mund zu und sperr sie in den Salon. Ich kümmere mich um die Polizei.« Sie drückte Ana die Pistole gegen den Magen. »Sie machen keinen Muckser. Erwin ist imstande, dem Kleinen etwas anzutun. Es liegt an Ihnen.«

Frau Moser kniete sich zu ihr. Sie nestelte am Knoten der Fußfessel. Immer heftiger zerrte sie an der Wäscheleine und Ana stöhnte auf. Frau Moser keuchte vor Anstrengung. Sie rannte zu dem Schreibtisch und zog fahrig die Laden auf. Waren dort noch mehr Waffen?

Mit einem Klebeband kehrte die Frau zurück. Sie riss ein Stück ab und drückte es Ana auf den Mund.

Ana schüttelte den Kopf. Sie konnte die Lippen nicht bewegen und bekam durch die Nase wenig Luft. Frau Moser packte sie an den Knöcheln und zerrte sie über den Holzboden zum Nebenraum.

»Das ist jetzt wirklich sehr unpassend, Herr Kommissar. Ich muss mich dringend zur Ruhe begeben. Ich bin noch geschwächt und habe soeben meine Medikamente eingenommen. Kommen Sie bitte später.« Frau Fiala verhandelte offenbar über eine Gegensprechanlage. Ihre Stimme klang schwach und verzweifelt.

Frau Moser ließ Anas Beine fallen und huschte aus dem Zimmer. Leise zog sie die Tür zu und schloss ab.

Eibensteiner ließ sich hoffentlich von Fiala nicht hinhalten. Die Haushälterin hatte Polizisten erwähnt. Wenn sie eine Hausdurchsuchung machten, würden sie Ana in wenigen Augenblicken befreien.

Entschlossen begann Ana, an der Leine um ihre Handgelenke zu zerren. Frau Moser war kein Profi beim Fesseln.

Der Strick schnitt ein, doch Ana fühlte, wie sie den Abstand zur Haut vergrößerte. Sie biss die Zähne zusammen und zwängte den Zeigefinger zwischen Haut und Schnur. Millimeterweise verschob sie die Schnur. Sie kratzte die Haut wund. Ana ignorierte den Schmerz und arbeitete besessen gegen die Handfessel.

Die Zeit verstrich. Wo blieb der Kommissar? Hatte er sich von Frau Fiala einlullen lassen? Durch die Anstrengung setzten die Kopfschmerzen wieder ein und Ana spürte ihren Puls rasen.

Mit einem Ruck rutschte die Wäscheleine über das Handgelenk und Anas Hände waren frei. Erleichtert zog sie das Klebeband von ihren Lippen und schnappte nach Luft. Die Fessel um die Trainingshose war straff und sie hatte kein Werkzeug zum Durchtrennen. Sollte sie um Hilfe rufen? Zu gefährlich. Falls sich die Polizei außerhalb der Villa befand, stand Frau Fiala mit der Pistole zwischen ihnen und Herr Moser hatte Luis in seiner Gewalt. Irgendwie musste diese Fußfessel abgehen.

Wütend stemmte sich Ana in die Höhe. Ihre Knie gaben nach und sie kippte schmerzhaft auf die Seite. Erschöpft wartete sie einen Moment und horchte.

Als sich nichts tat, robbte sie zur Wand und zog sich am Fensterbrett hinauf. Das klappte und sie lehnte sich erleichtert an die kühle Scheibe. Ihr blieb das Herz stehen.

Unter dem Fenster kletterte Herr Moser die bepflanzte Böschung hinunter. In der Hand hielt er einen Aktenkoffer und über der Schulter trug er Luis. Er brachte den Buben weg.

Verzweifelt zerrte Ana an dem Knoten ihrer Fußfessel und endlich löste er sich. Der Entwicklungschef war inzwischen bereits auf der Wiese angelangt und schritt zügig weiter.

Ana lief zur Tür und zog an der Schnalle. Abgesperrt. Sie presste das Ohr auf das Holz. Das Risiko war zu hoch, dass sie Fiala in die Arme lief und in der Zwischenzeit Moser mit dem Buben entkam. Sogar wenn sie Fiala überwand, wäre er verschwunden, bis sie der Polizei die Lage erklärt hatte.

Sie rannte zurück zum Fenster und riss es auf. Wie schaffte sie es in ihrem Zustand aus dem ersten Stockwerk des alten Hauses? Direkt unter ihr war ein Erkerdach. Ana kletterte auf den Fenstersims. Nicht hinunterschauen, sonst verlöre sie den Mut. Sie rutschte über die Ziegel. Bei der Landung auf dem Dach brannten ihre Füße. Sie trug nur Socken.

Herr Moser hatte trotz des Gewichts von Luis bereits die Hälfte des Rasens überquert. Das Tageslicht wurde merkbar schwächer, bald würde die Dämmerung einsetzen.

Ana rückte sitzend zum Dachrand vor und spähte hinunter. Das war noch immer hoch. Sie biss die Zähne zusammen und drückte sich ab. Bodendecker stachen ihr in die Finger und Fußballen. Arme und Beine ließen sich bewegen, sie war heil. Eine Socke baumelte an den Zehen, sie zog sie hoch und rappelte sich auf.

Moser verschwand gerade im Gebüsch. Ana merkte, dass die Sicht schlechter wurde. Es begann zu dunkeln.

Wie wollte Moser von dem Grundstück wegkommen? Mit Luis auf der Schulter über den Zaun klettern? Dafür war der Junge zu groß und zu schwer. Während sie über den Rasen hetzte, hatte sie den leblosen Luis vor Augen. Hatte

Moser ihn umgebracht? Unsinn, beruhigte sie sich. Er trug kein totes Kind mit.

Die blühenden Büsche bildeten einen dichten Sichtschutz. Ana entdeckte den Durchgang erst nach kurzem Suchen. Dahinter stand ein Gartentor offen. Moser kannte sich hier aus. Vielleicht hatte er sogar einen Schlüssel.

Ana landete auf einem schmalen Fußgängerweg, auf beiden Seiten von Hauszäunen und Hecken begrenzt. Ein Blick zeigte ihr, dass sich Moser nach rechts vorarbeitete und sie lief weiter. Der Abstand wurde geringer. Bisher hatte er sie nicht bemerkt. Moser schwankte. Luis wurde ihm zu schwer.

Ana hörte in der Ferne eine Sirene heulen und sofort eine zweite. Das war gut. Der Kommissar hatte gemerkt, dass etwas bei Fiala vor sich ging, und seine Leute suchten die Gegend ab.

Das Kopfweh wurde übermächtig und ihre Atmung unregelmäßig. Seitenstechen setzte ein. Nicht schlappmachen, sie musste Moser im Auge behalten. Es wurde schwieriger, die Gestalt in der aufsteigenden Dunkelheit zu erkennen. Bald würde er mit den Schatten der Nacht verschwimmen. Sie durfte Luis nicht verlieren, nicht noch einmal.

Unerwartet schnellte etwas auf sie zu und Ana prallte mit einem Aufschrei dagegen. Sie stürzte auf die Seite, bremste den Sturz mit den Händen ab und kollerte auf den Rücken. Im nächsten Moment kniete Moser auf ihr.

»Sag … mir, … wo … du es hast«, schnaufte er. Dem Mann rann der Schweiß über die Stirn und tropfte Ana ins Gesicht. Seine Backen leuchteten knallrot.

Er war so schwer, sie bekam kaum Luft. »Ich habe nichts«, keuchte sie.

»Du musst … es haben.«

Auf einmal war sie von seiner Last befreit und richtete sich stöhnend auf. Moser stand breitbeinig neben ihr, seine Hände um den Hals des regungslosen Luis gelegt.

»Jetzt ist Schluss.«

Der rechte Arm von Luis zuckte. Der Bub lebte. Ana hob beschwörend ihre Hände. »Bitte! Was haben Sie Luis verabreicht? Er muss sofort ins Spital.«

»Der wird schon wieder. Vorausgesetzt, Sie geben mir, was ich will.« Die Stimme von Herrn Moser klang eiskalt und seine Finger spielten mit dem Hals des Jungen. Er meinte es ernst.

Wieder heulte eine Sirene. Das Schrillen schien nun wesentlich näher zu sein.

»Rasch, kommen Sie!«, befahl Herr Moser.

»Wohin denn?«, stotterte Ana.

»Sie tun jetzt, was ich Ihnen sage, sonst sind Sie schuld am Tod von Luis. Verstanden?«

»Ja.«

KAPITEL 46

»An der Ecke rechts parkt mein Auto. Die grüne Limousine. Sie gehen unauffällig vor mir. Wenn uns jemand begegnet, reden Sie kein Wort und wenden sich ab. Sie steigen bei der Fahrertür ein.«

Bis zur Kreuzung waren es vielleicht hundert Meter, sie fühlten sich wie Kilometer an. Wie im Traum humpelte Ana über den Sandweg. Ihre Fußballen brannten höllisch, die Socken waren zerrissen. Folgsam bog sie auf den Gehsteig ab und hielt bei einer schäbigen grünen Limousine. Der Entwicklungschef der Firma Fiala & Sohn fuhr einen Schrottwagen.

Herr Moser öffnete mit der Fernbedienung. »Fahrersitz.« Er schob Luis auf die Rückbank und setzte sich zu ihm. Neben ihrer Schulter erschien ein Autoschlüssel. »Losfahren. Erste links einbiegen.«

War es richtig, dass sie seinen Anweisungen Folge leistete? War er wirklich fähig, dem Kind etwas anzutun, wenn sie ihn ignorierte und zum Polizeikommissariat oder zum Krankenhaus fuhr? Sie wusste keine Antwort. Frau Fiala hatte sie gewarnt.

»Wieso machen Sie das? Für Geld? Sie verdienen doch bestimmt gut.« Ana wartete vergeblich auf eine Reaktion. »Bringen wir das Kind in Sicherheit. Als Geisel reiche ich doch aus.«

Moser schnaubte. »Für dich bekomme ich von der Alten einen feuchten Händedruck.«

Beabsichtigte er jetzt, Fiala zu erpressen? Sie hatten doch zusammengearbeitet. Nach einigen Minuten Fahrtzeit fragte Ana: »Wohin fahren wir?«

»Das wirst du demnächst merken.«

Als sie vor der kleinen Kirche beim gelben Feuerwehrhaus abbog, war klar, dass ihr Ziel der Angelteich war.

Sie wollte in den Ackerweg einschwenken, doch Moser zischte: »Die Nächste erst.«

Auch dieser Weg endete in einem winzigen Parkplatz. »Abstellen und aussteigen. Hilf mir, Luis zu tragen.«

Der Bub war unglaublich schwer. Der Weg erschien Ana endlos. Das Gehen wurde erschwert, weil kaum noch Licht den unebenen Pfad erhellte und sie häufig stolperte. Eine Socke hatte sie verloren und jeder Schritt stach in die Haut.

Endlich erreichten sie die Hütte, ein Licht sprang an. Sie sah Fialas Angelhaus ähnlich, wirkte aber vernachlässigt. Herr Moser ließ Luis auf den Boden gleiten und sperrte auf. Gemeinsam schleppten sie den Buben hinein. Mitten im Wohnraum stand sein Rad. Sie legten Luis im hinteren Zimmer aufs Bett. Er war leichenblass.

Herr Moser verschloss die Eingangstür sorgfältig. Zur Kontrolle rüttelte er an beiden Fenstern. »So, jetzt bist du dran. Sag mir, wo du sie gefunden hast und wo sie ist. Sobald die Alte anruft, lasse ich euch beide frei. Andernfalls …«

Ana überlegte. Fiala hatte befohlen, den Mund zu halten. Andererseits, wieso sollte die Seniorchefin sie verschonen?

Ana wusste von ihren Machenschaften und musste zum Schweigen gebracht werden. Sie entschied sich für Ehrlichkeit. »Ich nehme an, Sie suchen ein Dokument mit Formeln? Es war auf dem Datenstick in meiner Hosentasche und ich glaube, der ist jetzt bei Frau Fiala.«

»Wo haben Sie den Stick her?«

»Aus den Werbegeschenken von Tobias Fiala. Er ist zugleich ein Flaschenöffner.«

»Ich habe die ganze Zeit gewusst, dass du die Unterlage gefunden hast. Wieso hast du kein Geld verlangt? So wie der Kurz?«

»Sie verstehen das falsch. Ich hatte die Datei erst seit gestern und wollte sie heute Frau Fiala überbringen, aber Ihre Frau hat mich nicht zu ihr gelassen. Ich bin sicher, Frau Fiala hat den Stick bei sich.«

»Du lügst noch immer! Die Alte ist dir nie so nahe gekommen, dass sie deine Hosentaschen leeren konnte. Die gnädige Frau macht sich nicht die Finger schmutzig.« Er ballte die Faust und kam bedrohlich nahe.

»Ich sage die Wahrheit!«

»Wieso bist du in die Villa eingedrungen?«

»Weil ich Frau Fiala gesehen habe und geglaubt habe, dass sie in Schwierigkeiten steckt.«

Seine Hand fuhr vor und sie zuckte zurück. Er strich ihr über die Haare. »Schade, du warst mir sympathisch. Du willst Geld herausschlagen. Also, wie viel verlangst du?«

»Das stimmt nicht. Frau Fiala hat längst die Formeln und ich glaube, sie hat vorhin Geld erhalten. Sie macht anscheinend ihr eigenes Ding.«

Seine Augenbrauen zuckten nervös. Offenbar ging er im Kopf die Möglichkeiten durch. »Ich glaube dir nicht. Du denkst, mit Lügen deine Haut retten zu können. Wenn du nicht ausspuckst, wo die Datei ist, führe ich den Befehl von der Alten aus.«

Ana verkrampfte sich. »Was meinen Sie damit?«

»Na, was wohl? Braver Soldat macht die Drecksarbeit und räumt auf. Also triff die richtige Entscheidung. Ich habe Luis. Wenn die Alte ihren Enkelsohn lebend wiederhaben will, wird sie mitspielen.«

Er tippte auf seinem Telefon herum. Ein Piepsen verkündete eine SMS und ein Grinsen breitete sich auf seinem Gesicht aus. »Meine Frau ist eine Schlaue, die lässt sich nicht hereinlegen. Die schaut der Alten auf die Finger.«

Er sah Ana an. »Du hast zehn Minuten, um mir zu sagen, wo die Datei ist, dann ist es für dich vorbei. Du hättest in deinem Konzern bleiben sollen.«

»Ich wollte nur meine Arbeit machen. Ich habe nichts gesucht und niemandem etwas getan. Warum haben Sie mich geholt, wenn ich Sie nur gestört habe?«

»Wegen des doofen Hubers. Der hat nicht aufgehört, herumzuschnüffeln und ist uns immer näher gekommen. Die Alte war sicher, dass er durch deine Anwesenheit so weit abgelenkt wird, dass wir in Ruhe alles fertigmachen können. Es war zum Schreien, zu beobachten, wie er dich loswerden wollte. Was der sich alles ausgedacht hat. Aber leider …«

Aus dem Augenwinkel bemerkte Ana eine Bewegung. Luis lehnte verschlafen im Türrahmen, die Arme schützend um den Oberkörper geschlungen. Er hatte ihrer Unterhaltung gelauscht. Ob er den Sinn verstanden hatte, war fraglich. Luis wirkte wie ein Schlafwandler.

Ana versuchte, Augenkontakt mit ihm aufzunehmen, bevor ihn Herr Moser entdeckte. Doch der Junge verharrte wie eine Salzsäule, er zwinkerte nicht einmal.

»Sobald sie das Geld von den Chinesen hat, gibt es den Showdown. Überlege dir nochmals gründlich, ob du dich rechtzeitig mit mir einigst«, hörte Ana den Entwicklungschef weitersprechen. »Du hast euer Schicksal in der Hand. Ich habe keine Lust auf ein Gemetzel, bei der Alten sieht das anders aus.«

»Sie haben Ihre Entwicklung den Chinesen überlassen? Warum gerade denen?«

Der Mann schaute befremdet drein. Dann grinste er. »Keine Ahnung, wer sie wirklich sind, Schlitzaugen halt.« Er fand ihre Verwirrung amüsant.

»Sie verkaufen Tobias Fialas Erfindung an irgendwelche Verbrecher?«

Moser verdrehte die Augen. »Ich verkaufe an den Bestbietenden und frage nicht nach Staatsbürgerschaft und Leumundszeugnis. Hör mit der Quatscherei auf und entscheide über deinen nächsten Schritt. Ich brauche das Dokument, da führt kein Weg dran vorbei.«

»Wenn das ein Steuerungssystem ist, wieso vertreiben Sie es nicht wie alle anderen Produkte?«

»Bis der Behördenzirkus mit den Genehmigungen durch ist, dauert es noch Quartale oder Jahre. So bekomme ich mehr Geld und das sofort.«

Luis stand noch immer in der Tür. Schlief er im Stehen?

Ana wollte ihn aus der Schusslinie haben. Bald musste sie handeln und es war sicherer, wenn der Junge nicht dazwischengeriet.

Ihr fiel auf, dass der Entwicklungsleiter regelmäßig auf die Uhr sah. Worauf wartete er? Machte er sich wegen Frau Fiala Sorgen? Oder kam seine Frau nach?

Vielleicht konnte sie Moser mit einer persönlichen Anmerkung auf ihre Seite ziehen. Den Versuch war es wert. »Denken Sie doch an Ihre Frau. Es gibt bestimmt eine bessere Lösung, als uns wehzutun.«

»Lass meine Frau aus dem Spiel. Sie hat unter Druck mitgemacht, weil mir das Wasser bis zum Hals steht und die Geldeintreiber sie bedroht haben.«

»Wofür brauchen Sie so viel Geld? Haben Sie Schulden?«

Wie auf Kommando taumelte Luis auf Moser zu. Mit den Fäusten schlug er auf ihn ein. »Was zum Teufel ...?« In dem Moment rüttelte jemand von außen an der Schnalle der Eingangstür. Moser sprang hektisch auf und blickte zwischen Luis, der auf ihn eintrommelte, und der Tür hin und her.

Ana machte einen Satz und drehte den Fenstergriff auf. Mit einem Ruck prallte der Fensterflügel gegen die Wand und sie brüllte um Hilfe. Sie fühlte, wie sie am Arm gepackt wurde, und taumelte zurück.

Unvermittelt krachte es und die Hüttentür flog auf. Eine Gestalt stürmte herein. Vor ihnen stand Felix Hauptmann. In der Hand hielt er ein Brecheisen.

»Lauf, Luis«, kreischte Ana. Zu ihrer Verblüffung rannte Luis tatsächlich los. Er drückte sich an Felix vorbei und wurde von der Dunkelheit verschluckt.

»Wieso mischst du Idiot dich ein!« Im nächsten Moment prügelten die Männer aufeinander ein. Das Stemmeisen schlug klirrend auf den Boden. »Du hast das Kind in deine schmutzigen Geschäfte hineingezogen!« Ana wandte sich ab und flüchtete ins Freie.

Wo steckte Luis? Angestrengt horchte Ana, doch außer dem Quaken von Fröschen war nichts zu hören. Zögernd machte sie ein paar Schritte in Richtung des Parkplatzes. Doch unter den Bäumen war es so finster, dass sie die Orientierung verlor. Sie tastete sich zurück, bis sie wieder im Lichtschein der Hütte stand.

Da platschte es in der Dunkelheit. Ana blieb das Herz stehen. »Luis!« Sie rannte zum Steg. Der Junge kämpfte einige Meter daneben im Wasser. Er schlug hysterisch um sich. Sein Kopf verschwand unter der Oberfläche. Mit einem Satz sprang Ana auf die Holzbretter und ließ sich in den Teich gleiten. Das kalte Nass schärfte ihre Sinne. Mit wenigen Schwimmzügen erreichte sie den Buben und riss sein Gesicht in die Luft. Sie brüllte ihn an: »Steh auf! Es ist seicht, du kannst stehen!«

Luis schlug um sich und traf sie mit der Faust am Kinn. Verdammt, der Bub war so außer sich, er würde aus Versehen vom Ufer wegrutschen und dann würde es gefährlich. Ana ergriff seine Hand, doch in seiner Panik war Luis stärker als sie.

Da hörte sie den Aufschlag auf dem Wasser. Es sprang noch jemand in den Teich. Ein Kopf tauchte neben ihr auf. »Ich helfe dir.« Felix schnappte sich einen Arm von Luis und umschlang seine Taille. Ana hielt den Kopf über

Wasser und redete auf Luis ein. Plötzlich erschlaffte sein Körper und der Kopf kippte auf die Seite. »Luis!«, kreischte Ana entsetzt.

»Hilf mir, ihn auf den Steg zu legen.«

Gemeinsam zogen sie Luis ins seichte Wasser und Felix hob seinen leblosen Körper auf den Holzsteg. Regungslos lag er da. Ana fühlte seinen Puls und sah, dass sein Brustkorb sich hob und senkte. »Er lebt. Noch.«

»Scheiße!«, stieß Felix aus. »Mein Handy ist abgesoffen.«

»Wo ist Moser?«

»Zuletzt habe ich ihn in der Hütte gesehen. Als ich dich schreien gehört habe, bin ich dir nach.«

Ängstlich suchten Anas Augen die Umgebung ab. Doch in dem Dämmerlicht war nichts erkennbar. »Luis braucht dringend einen Arzt. Moser hat ihm irgendetwas verabreicht, er war vorher schon ewig bewusstlos.«

»Hilfe holen geht nicht, das Handy ist hinüber. Außer …« Felix blickte zur Hütte.

»Was hast du vor?«

»Erwin hat sicher sein Telefon bei sich. Pass du auf Luis auf und halt ihn warm.« Er erhob sich und drehte sich um.

»Nicht weggehen.« Ana graute davor, allein zu bleiben. Doch Felix war bereits verschwunden.

KAPITEL 47

»Luis, bitte wach auf.« Ana rüttelte den Buben, doch er rührte sich nicht. Sie schauderte im nassen Trainingsanzug. Er pickte auf der Haut und hüllte sie in Kälte. Was sollte sie tun, wenn Felix nicht zurückkam? Luis war ihr zu schwer. Um Hilfe zu laufen und ihn ungeschützt zurückzulassen kam nicht infrage. Wenn er munter wurde, stürzte er womöglich zurück ins Wasser. Oder Moser fand ihn und sie verschwanden auf Nimmerwiedersehen. Sie wünschte sich eine Waffe, um sich gegen Moser wehren zu können, doch sie hatte nicht einmal einen Stein.

Ana umarmte Luis in der Hoffnung, dass sie sich gegenseitig wärmen würden. Ein dunkler Schatten tauchte auf. »Ich bin es. Erwin ist weg. Wie geht es Luis?«

»Unverändert. Er schläft tief. Das Auto von Moser steht unter den Bäumen, vielleicht steckt der Schlüssel.«

»Nützt nichts.« Felix räusperte sich. »Ich habe das Auto kommen gehört und ihm die Luft aus den Reifen gelassen, bevor ich euch gefolgt bin.«

»Na toll.« Ana seufzte frustriert.

»Ich wollte verhindern, dass er mit Luis wegfährt. Was hättest du denn an meiner Stelle unternommen?« Der Kollege klang angriffslustig.

»Ich habe jetzt keine Lust, mit dir zu streiten. Wir müssen Luis Hilfe beschaffen, bevor es zu spät ist.«

»Mhm. Wir können ihn nicht weit genug tragen.«

»Hast du denn kein Auto da? Wie bist du hierhergekommen?«

»Mit dem Fahrrad. Ich …« Felix räusperte sich. »Mir gehört die dritte Hütte. Ich wollte kontrollieren, ob alles in Ordnung ist. Du hast mich mit deinen Bemerkungen über Erwin und seine Kollegen durcheinandergebracht und dann warst du verschwunden. Aber ich habe nicht geglaubt, dass Erwin der Entführer ist.«

»Dir gehört eine Anglerhütte? Hast du eine Scheibtruhe?«, entfuhr es Ana.

»Klar, was willst du damit?«

»Luis führen. Hol sie, aber lass dich nicht von Moser erwischen. Ich warte bei Luis. Beeil dich.«

»Du könntest mit meinem Rad zum Ort fahren und Alarm schlagen.«

»Ich bleibe bei Luis, bis er in Sicherheit ist und du ebenfalls. Ich lasse ihn nicht mehr aus den Augen. Wir wissen nicht, welchen Plan Moser verfolgt.«

Einen Moment verharrte Felix, dann huschte er davon.

Ana rieb die Hände von Luis und sprach auf ihn ein. Dem Buben musste schrecklich kalt sein. Vielleicht brachte Felix eine Decke mit.

Die Frösche quakten noch immer, sonst war nichts zu hören. Ob Moser in der Nähe lauerte? Ob er nach ihnen suchte? Hoffentlich konnte sie sich überhaupt auf ihren Kollegen verlassen. Dass gerade er als Retter aufgetaucht war, war unglaublich.

Die Zeit zog sich. Als ihre Hoffnung zu schwinden begann, hörte sie leises Klappern und Felix erreichte mit der

Scheibtruhe den Steg. Gemeinsam hoben sie den regungslosen Buben hinein. Seine Arme quetschten sie dazu, doch die Beine hingen hoffnungslos auf den Boden. Noch einmal zerrten sie an dem Kind herum, bis es halbwegs sicher lag. Statt einer Decke hatte Felix eine Abdeckplane mitgebracht. Diese breiteten sie über den nassen Luis. »Es muss so gehen. Hast du Moser gesehen?«

Felix schüttelte den Kopf und stemmte die Griffe der Truhe hoch. Stöhnend schob er und Ana zog von vorne an dem Gefährt. Mühsam arbeiteten sie sich das Stück zur Hütte hinauf. Dann schwenkte er nach rechts. Felix fand problemlos durch die Finsternis zum Parkplatz. Die Limousine von Moser stand verlassen da. Sie mühten sich mit der Karre vorbei und polterten den Fahrweg entlang. Die Räder drehten sich leichter und sie nahmen Geschwindigkeit auf.

»Das dauert ewig. Der nächste Ort ist drei Kilometer entfernt.« Felix schnaufte erschöpft.

»Wir müssen es schaffen, oder hast du eine bessere Idee?«

Stöhnend kämpften sie sich weiter. Anas Arme und Schultern brannten und sie war schweißgebadet. An das Pochen des Kopfes hatte sie sich gewöhnt. Wenigstens war ihr in der nassen Kleidung nicht mehr kalt. Während sie zerrte, schaute sie immer wieder in die Dunkelheit. Was war Mosers Plan B?

»Glaubst du, er beobachtet uns?«, fragte Felix keuchend.

»Hoffentlich hat er keine Waffe. Ich habe ständig Angst, dass er auf uns schießt.«

»Ich habe Erwin noch nie gewalttätig erlebt. Dass er so einen Wahnsinn macht, ist mir unbegreiflich.«

»Ich glaube, er wurde von Frau Fiala angestiftet.«

»So ein Blödsinn. Die Frau Doktor gefährdet doch nicht ihren heiß geliebten Enkel.«

Ana schwieg. Konnte sie die Situation komplett missverstanden haben und Frau Fiala handelte in Luis' Interesse? Aber die alte Dame hatte mit der Pistole auf sie gezielt.

»Da vorne kommen Lichter.« Felix stellte die Karre ab.

Hoffnungsvoll drehte sich Ana um. Scheinwerferlichter und blaues Blinken näherten sich rasch. Ihr kamen vor Erleichterung Tränen. Sie trat mitten auf die Straße und winkte.

Geblendet schloss sie die Augen. Kieselsteine knirschten und klirrten auf Metall. Eine tiefe Männerstimme brüllte und ihre Arme wurden nach hinten gerissen. Eine grobe Hand tastete sie ab.

»Keine Waffe.«

Ana hörte Funkgeräte krächzen. Ein Polizist baute sich vor ihr auf. »Wer sind Sie?«

»Ana Rubin. Das ist Luis Fiala, der entführte Junge. Er muss sofort zu einem Arzt.«

»Welche Verletzungen hat er?«

»Keine sichtbaren. Er hat etwas verabreicht oder gespritzt bekommen. Er war vorhin ein paar Minuten bei Bewusstsein, aber dann ist er wieder weggetreten.« Ihre Stimme wurde immer panischer.

Der Beamte sprach in sein Funkgerät. Der andere hielt sie weiterhin mit eisernem Griff umklammert. Ana drehte den Kopf. Felix kniete mit angelegten Handschellen auf dem Boden. Sein Gesicht war schmutzverschmiert. Ein Beamter stand mit gezogener Waffe hinter ihm.

Zwei Einsatzkräfte verfrachteten den teilnahmslosen Luis aus der Schubkarre in ein Polizeiauto. Die kräftigen Männer balancierten ihn wie eine Feder.

»Ich bestätige: Zwei Geiseln befreit, der Junge ist bewusstlos. Eine männliche Person, nicht identifiziert, wird festgenommen. Gefährdungssituation noch unklar. Deshalb wird das Kind von uns ins Spital gebracht.«

»Ich bin nicht der Entführer! Ich bin nicht Erwin Moser! Mein Name ist Felix Hauptmann!« Ihr Kollege kreischte verzweifelt. Von vorne sprang ein zusätzlicher Polizist mit gezückter Waffe zu ihm und schrie auf ihn ein.

»Halt! Er ist wirklich nicht Moser. So heißt der Entführer und der ist vor einer Stunde verschwunden.«

»Der Mann hat keine Papiere bei sich.« Der Polizist bellte Befehle und sprach wieder in sein Funkgerät. »Der Gesuchte befindet sich mit hoher Wahrscheinlichkeit weiterhin auf der Flucht.« Die Antwort konnte Ana nicht verstehen.

Er wandte sich an die Kollegen: »Ihr führt das Kind ins Krankenhaus Stockerau. Ihr werdet bereits erwartet. Passt auf der Landstraße auf, falls der Verdächtige auftaucht.«

Ana wurde zu einem Auto geleitet und kletterte auf den Rücksitz. »Sie sind am Kopf und an den Füßen verletzt und haben eine Menge Blut auf der Kleidung. Wir bringen Sie ebenfalls ins Spital.«

»Später. Ich muss mit Chefinspektor Eibensteiner sprechen.«

Der Polizist mit dem Funkgerät trat zu seinem Kollegen. »Warte.« Er hielt Ana den Apparat hin.

»Chefinspektor Eibensteiner. Sind Sie das, Frau Rubin?«

Ana freute sich, seine Stimme zu hören. »Ja, ich bin es. Bei mir ist Felix Hauptmann. Moser ist auf der Flucht.«

Ihr wurde das Funkgerät aus der Hand genommen. Der Polizist horchte und streckte es ihr dann nochmals vor die Nase.

»Haben Sie Frau Fiala und die Haushälterin festgenommen? Die stecken alle unter einer Decke.« Ana redete, ohne Luft zu holen, damit der Kommissar das Gespräch nicht abbrach.

»Langsam, Frau Rubin. Als Erstes: Ich bin froh, dass wir sie befreit haben.«

Das entsprach zwar nicht ganz den Tatsachen, aber damit konnte Ana umgehen. »Danke dafür. Moser ist abgehauen und Fiala und seine Frau werden ihm bei der Flucht helfen.«

»Wir besprechen alles morgen in Ruhe. Frau Fiala hat Anzeige gegen Herrn Moser erstattet. Er hat sie seit Tagen in seiner Gewalt gehalten. Damit ihrem Enkel nichts passiert, hat sie mitgespielt.«

»Das ist gelogen. Sie haben mich in ihrem Panikraum zu Luis gesperrt und Frau Fiala hat mich mit einer Pistole bewacht und Moser hat ihn weggeschleppt und …«

»Atmen Sie tief durch. Das haben Sie so erlebt, aber Frau Doktor Fiala hat alles nur vorgegeben. Sie ist glücklich, dass Sie leben. Sie hat befürchtet, dass Moser Ihnen etwas antut. Sie hat gesagt, sie macht Ihnen ein Geschenk für Ihre Tapferkeit.«

Frau Fiala hatte wohl gehofft, dass Moser sie längst verschwinden hatte lassen und Ana kein Risiko mehr darstellte. »Das stimmt nicht. Frau Fiala ist nicht nur die Komplizin von Herrn Moser, sie ist der führende Kopf hinter der Geschichte. Sie müssen Herrn Moser finden, der wird das bestätigen.«

Ana hörte ihn lachen. »Entspannen Sie sich. Die Fahndung läuft. Es sind Straßensperren errichtet und Hubschrauber eingesetzt. Moser ist vermutlich bewaffnet und gilt als gefährlich, aber er entkommt uns nicht.«

»Aber Frau Fiala …«

»Frau Rubin. Aus Ihrer Perspektive mag alles so sein, wie Sie jetzt sagen. Sie hatten ein traumatisches Erlebnis, das Sie verarbeiten müssen. Lassen Sie sich im Krankenhaus behandeln und erholen Sie sich. Vorher aber beruhigen Sie bitte die Menschenhorde, die mir seit Ihrem Verschwinden die Hölle heißgemacht hat. Die sind unerträglich, da hüte ich lieber einen Sack voller Flöhe.« Der Kommissar schnaubte in die Leitung.

»Mache ich, aber Frau Fiala …«

»Morgen erkläre ich Ihnen alles. Sie können hundertprozentig sicher sein, dass von Frau Fiala nie eine Gefahr ausging.«

»Aber …«

»Frau Doktor Fiala gibt als Zeugin die Ehefrau von Erwin Moser an, die er ebenfalls bedroht hat. Diese bestätigt ihre Aussage. Und jetzt entkrampfen Sie sich und lassen mich meine Arbeit erledigen. Sie warten im Einsatzwagen, bis Ihr Taxi Sie in ein paar Minuten erreicht.«

KAPITEL 48

Felix wurde neben Ana auf die Rückbank geschoben und der Polizeiwagen verschlossen. Sein verschmutztes Gesicht war tränenüberströmt. »Ich habe das nicht geahnt«, stammelte er. »Ich hätte nie zugelassen, dass er dem Buben etwas antut. Er war immer nett zu ihm.«

»Du bist zufällig bei der Hütte spazieren gegangen? Oder hast du einen Tipp bekommen?« Anas Stimme triefte vor Zynismus. Sie ließ ihren Frust über Chefinspektor Eibensteiner an ihm aus.

»Am Montag ist die Polizei bei uns in der Firma aufgetaucht. Du warst unauffindbar und mehrere Personen haben bei der Polizei gemeldet, dass dir etwas zugestoßen sein muss. Der Chefinspektor hat mich mit Fragen gelöchert. Mir wurde klar, dass dein Verschwinden mit der Arbeit bei Frau Doktor Fiala zu tun haben muss. Du hast ja auch ständig komische Dinge erzählt. Ich wollte mit Erwin sprechen, aber er hat mich abgeblockt und zu Hause ist er nicht aufgetaucht. Ich war gestern bereits bei den Hütten, es hat sich niemand blicken lassen. Heute wäre ich euch beinahe vor das Auto gelaufen. Als ich Erwin und dich aussteigen sah …«

»Danke für dein Eingreifen.« Das meinte sie ehrlich, er hatte sie gerettet.

Felix hielt den Kopf gesenkt und redete ohne Pause weiter. »Tobias und Erwin waren meine besten Freunde.

Tobias war das technische Genie, Erwin der liebenswerte Hallodri mit Potenzial und ich der weltgewandte IT-Manager. Wir waren ein perfektes Trio, bis …«

»Bis?«

»Es wurde alles extrem. Tobias steigerte sich in die Erfindungen hinein und experimentierte Tag und Nacht. Alles war ihm recht, um endlich einen Durchbruch zu erzielen. Erwin verbrachte immer mehr Zeit in Casinos und borgte sich Unsummen von uns. Und ich …« Er schüttelte verzweifelt den Kopf.

Felix hatte den Drang, sein Gewissen zu erleichtern, aber Ana wollte nichts mehr hören. »Wenn du nichts mit der Entführung zu tun hast, geht mich der Rest nichts an.«

»Doch. Ich möchte mich entschuldigen, dass ich mir die Prämie erschlichen habe.«

»Bei mir? Pat und Karsten sind …«

»Ich rede mit Karsten«, unterbrach er sie. »Wenn er einverstanden ist, gebe ich ihm das Geld, das ihm zusteht. Informierst du Pat trotzdem?«

Ana wäre am liebsten aus dem Auto gesprungen. Felix ging es sogar jetzt um seinen Vorteil. »Wenn du Karsten die Wahrheit erzählst, überlasse ich ihm die Entscheidung. Und jetzt hör mit diesem blöden Thema auf. Was ist draußen los? Die Polizisten sind auf einmal hektisch.«

Männer in Schutzanzügen gestikulierten vor ihrem Fenster. Sie wurden von den Scheinwerfern eines ankommenden Autos in gleißendes Licht getaucht. Eine Person stieg aus dem Wagen und unterhielt sich mit dem Polizisten mit Funkgerät.

Als er auf sie zueilte, erkannte sie Heinz. Sekunden später umarmten sie sich.

Bevor sie ein Wort wechseln konnten, unterbrach sie der Einsatzleiter. »Heinz! Die Identität wurde soeben bestätigt. Es handelt sich um Erwin Moser.«

»Spricht etwas dagegen, dass ich Frau Rubin hier wegbringe?«

»Nein. Chefinspektor Eibensteiner hat dich angekündigt.«

Heinz nahm Anas Hand. »Lass uns verschwinden. Ich bringe dich in die Ambulanz und dann sehen wir weiter.«

»Du hast wegen mir dein Seminar abgebrochen«, stellte Ana während der Fahrt kleinlaut fest.

»Du warst wie vom Erdboden verschluckt. Wie soll ich da an Ausbildung denken?«

»Haben sie Moser festgenommen? Der Beamte hat ihn doch vorher erwähnt.«

Heinz räusperte sich. »Sie haben Erwin Moser gefunden. Er hat sich selbst gerichtet.«

Anas Magen verkrampfte sich. Soeben hatten sie noch miteinander geredet, jetzt war er tot. Nachdenklich sagte sie. »Er war eigentlich ein Durchschnittsmensch, völlig unauffällig. Der Nachbar von nebenan. Angeblich hat ihn die Spielsucht aus der Bahn geworfen.«

»Seine letzte Handlung war, euch zu helfen. Er hat vor seinem Tod die Polizei zum Teich geschickt.«

Tiefe Traurigkeit befiel Ana. »Moser hat Luis wirklich gerngehabt. Ihm ist die Situation entglitten.«

»Ich nehme übrigens die Ermittlungen in den Fällen Klaus Kurz und Gabriele Schön wieder auf. Das habe ich gestern im Präsidium geklärt. Wir wollen ausschließen, dass doch Fremdverschulden vorlag.«

»Und Tobias Fiala?«

»Von dem Unfall gibt es die Aufzeichnung einer Verkehrskamera. Es war kein zweites Auto beteiligt. Fiala hat plötzlich stark beschleunigt und ist geradeaus gegen den Beton geprallt. Möglicherweise war Sekundenschlaf schuld.«

»Hätten die Techniker eine Manipulation des Wagens festgestellt?«

»Das Wrack war schwerstbeschädigt und völlig ausgebrannt. Doch die Sachverständigen sind clever. Es müsste eine ausgetüftelte Manipulation sein, wenn die es nicht entdecken.«

»Ich denke an einen Prototyp für die Steuerung, der noch fehlerhaft war. Fiala hat ihn vielleicht selbst aus Testzwecken eingebaut.«

»Wow, immer für eine Überraschung gut, die Ana. Hängt das mit dem Fall Luis Fiala zusammen? Wenn ja, erzähl bitte nicht weiter. Ich habe Eibensteiner mein Wort gegeben, dass ich nichts hinter seinem Rücken unternehme. Er will den Fall ohne mich klären. Dafür hat er mich die letzten beiden Tage wirklich am Laufenden gehalten.«

»Schade. Ich hätte furchtbar gerne mit dir geredet. Mir geht so viel durch den Kopf.« Ana seufzte. Sie verstand, dass Heinz in einer unangenehmen Situation war, und wollte ihm nicht schaden. Er war immer für sie da, wenn sie ihn brauchte. Ana drehte das Radio auf.

Ein Polizeisprecher berichtete von der erfolgreichen Befreiung des entführten Buben und von drei weiblichen

Geiseln. Er lobte die Einsatzkräfte aufs Höchste. Es folgte ein Kurzinterview mit Chefinspektor Eibensteiner, der den Suizid des Einzeltäters bekannt gab.

»Jetzt hat er seine Lorbeeren, der Thomas Eibensteiner. Freut mich für ihn, weil er dich zurückgebracht hat.« Heinz warf Ana einen fragenden Blick zu. »Hast du Schmerzen? Du schaust so komisch.«

Anas Gefühle fuhren Achterbahn. Sie hätte diesen Albtraum gerne auf der Stelle hinter sich gelassen. Aber das ging doch nicht. So war es falsch. Sie rang nach Worten. »Wird in dem Fall noch intensiv weiterermittelt oder war es das?«

»Wie meinst du das? Du hast Eibensteiner soeben gehört. Der Selbstmord von Erwin Moser ist das zweitbeste Schuldeingeständnis, das ein Ermittler bekommen kann. Selbstverständlich wird noch untersucht, wie die Entführung abgelaufen ist und es werden Hintergründe ermittelt. Das ist die normale Nachbearbeitung.«

Ana presste die Lippen zusammen und starrte in die Nacht. Sie waren mittlerweile nur noch wenige Kilometer von der Ambulanz entfernt.

»Es tut mir leid«, flüsterte Ana.

»Was tut dir leid? Sag endlich, was dich quält.«

»Ich kann nicht zur Tagesordnung übergehen. Es wäre grundfalsch.«

»Du hast noch etwas Schlimmes erlebt, von dem ich nichts weiß?« Heinz hielt den Wagen an und nahm ihre Hand. »Bitte rede mit mir.«

»Ich lasse mir meinen Kopf verarzten und dann erkläre ich dir, warum ich nicht einfach weitermachen kann. Aber nur, wenn du das wirklich willst. Es hängt mit dem Fall unmittelbar zusammen und du brichst dein Versprechen. Die Geschichte darf mit dem Selbstmord von Moser nicht vorbei sein.«

»Herrje, du klingst ernst. Ich pfeife auf Thomas und mein Versprechen, wenn du meine Hilfe benötigst.« Heinz sah sie prüfend an und sie hielt seinem Blick stand. »Verstehe. Es ist dir wichtig.«

Erleichterung und Dankbarkeit durchströmten Ana. Sie bekam eine Chance. »Ich will Bert dabeihaben. Am besten, er kommt zu mir.«

»Das übernehme ich. Das Gute an deiner Entführung war, dass ich deine Freunde näher kennengelernt habe.«

»Oh Sch…, ich habe meinen Schlüssel verloren. Wir sind ausgesperrt.«

»Wird erledigt, wofür hast du Verbindungen zur Polizei? Ich lasse das Schloss tauschen. Soll ich dich zur Untersuchung begleiten?«

»Das schaffe ich schon. Ich habe noch eine Bitte.«

»Raus damit.«

Sie grinste ihn an. »Du kennst jetzt meine Freunde. Sag allen, dass es mir gut geht. Ich würde mich sehr freuen, wenn sie morgen Nachmittag auf einen Kaffee kommen.«

»Alle?«

»Alle. Bis nachher.«

Es dauerte wesentlich länger als gehofft, bis Ana wieder bei der Portierloge auftauchte. Die Kopfwunde war genäht worden und die geschundenen Füße behandelt. Den Arzt davon zu überzeugen, dass sie nicht zur Beobachtung über Nacht blieb, hatte Beharrlichkeit erfordert.

Heinz nahm sie in den Arm.

»Wie geht es Luis?«

»Er ist aufgewacht und es geht ihm gut. Er kann sich an die letzte Zeit nicht erinnern. Seine Mutter ist bereits bei ihm. Bei dir alles okay?«

»Außer dass sie mir ein Büschel Haare wegrasiert haben und ich einen hässlichen Verband trage: Ja.«

Heinz lachte. »Bert ist bei deinem Haus und beaufsichtigt den Schlosser. Er hat keine Sekunde gezögert, mitten in der Nacht hinzufahren. Hat unser Gespräch nicht Zeit bis morgen? Du musst doch todmüde sein.«

Ana schüttelte den Kopf.

Der Schlosser war bereits abgezogen und Bert empfing sie mit Kaffee. Die beiden Männer begrüßten sich mit Handschlag. Sie hatten gemeinsam Angst um Ana gehabt, das verband.

»Du hast mir einen Riesenschreck eingejagt. Ich habe den ganzen Sonntagnachmittag vergeblich versucht, dich zu erreichen. Ich kam immer auf die Mobilbox. Dein Haus war verlassen und ich habe dein Handy drinnen läuten gehört. Manuela hat was von einem Arzt gesagt, wusste aber nichts Genaues. Als du am Montag nicht in Fialas Werk aufgetaucht bist und noch immer keinen Anruf beantwortet hast, habe ich Regina angerufen.«

Ana war bestürzt. Damit hatte sie nicht gerechnet. Ihre Schwester hatte sich auch ohne seinen Anruf bestimmt schreckliche Sorgen gemacht. Was hatte ihm Regina erzählt?

»Wann hättest du es mir gesagt?« Bert blickte Ana ernst an.

»Oh. Ich … Ich habe Regina geschworen, nichts zu sagen, und ich wusste nicht …« Hilflos schaute sie ihn an. Sie wollte ihn nicht verletzen.

»Ob das Kind von mir ist? Ist es vielleicht. Das hättest du dir denken können.«

»Bert, ihr müsst euer Verhältnis ohne mich klären. Ich stehe wie ein Idiot in der Mitte.«

»Ich weiß. Ist diese Krankheit wirklich so schlimm?«

»Das hat sie dir auch erzählt?« Ana senkte ihren Blick. »Es ist ein Gendefekt, den wir in der weiblichen Linie vererben. Deshalb wollten wir eigentlich beide kein Kind. Ob er bei ihrem Baby vorliegt, können die Ärzte erst gesichert im fünften Monat feststellen. Also demnächst. Falls es der Fall ist, besteht für Mutter und Kind akute Lebensgefahr.« Ana merkte, dass ihr die Tränen über das Gesicht liefen.

Bert nickte ernst. »Mir ist einiges klar geworden.« Er räusperte sich. »Und jetzt reden wir über Fiala. Wie angekündigt haben wir einen Treffer.«

Ana atmete tief durch. »Was hast du bei der Analyse des Systems mit Huber gefunden? In Kurzfassung, bitte.«

KAPITEL 49

Bert erklärte Heinz, wie es zu der Datenanalyse gekommen war. »Die erste Erkenntnis war, dass Gabriele Schön und Luis das System exzessiv durchsucht und Berge von Daten produziert hatten. Dann haben wir eine Routine gefunden, die jedes Mal, wenn du in deinen User eingestiegen bist, eine zweite Session eröffnet hat. So konnte er deinen User mitbenutzen. Diese zweite Session versuchte jemand im System zu löschen, dabei hat er den Datenbereich von Moser miterwischt. Wir haben stundenlang gearbeitet, aber nicht herausgefunden, wer dahintersteckt.«

Ana dachte an Luis und unterdrückte ein Grinsen.

»Dann hatte Martin den richtigen Riecher. Er ist übrigens ein klasse Kerl und ein beeindruckender Informatiker. Nur seine Kleidung ist gewöhnungsbedürftig, er hat …«

»Bert!«

»Jaja. Ich wollte bloß seine giftgrünen Bermudashorts erwähnen. Also. Martin hat alle archivierten und gelöschten Daten des heurigen Jahres wiederhergestellt und da wurden wir fündig, aber anders als erwartet. Ich weiß noch immer nicht, wer deinen User gekapert hat, aber wir können beweisen, dass es zu Ostern einen markanten Vorfall mit Herrn Klaus Kurz gab.«

Ana hielt den Atem an. Von Berts Fund hing ihr nächster Schritt ab.

»Er hat am Gründonnerstag eine ausführliche Mail an Tobias Fiala und seinen Chef Erwin Moser geschrieben und einen Fehler gemeldet. Das Steuerungssystem von Figur101 ist ohne ersichtlichen Grund ›ausgerastet‹, wie er es nannte. Es hat das Arbeitstempo merklich erhöht und war nicht abstellbar. Der Not-Aus-Schalter brachte keine Reaktion. Irgendwie hat er das Ding dann mit einem Kurzschluss abgedreht. Er schrieb ihnen, dass er großes Glück gehabt habe und die Steuerung lebensgefährlich sei.«

Schweigen senkte sich über die drei. Heinz schenkte ihnen Wasser nach und schaute Ana erwartungsvoll an.

»Ich bin so ein Dummkopf!«, rief plötzlich Ana und sprang auf. »Wie konnte ich das nur übersehen? Es ist ihnen nicht um die Formeln gegangen. Die hat Moser die ganze Zeit gehabt. Es ging ihnen darum, den Fehler des Roboters zu vertuschen. Wegen des Deals waren sie unter Zeitdruck. Dafür mussten sie die Beweise für das Fehlverhalten vernichten. Ein autonomes Fahrzeug, das außer Kontrolle geraten kann, ist unbrauchbar und keinen Cent wert. Tobias Fiala lehnte ab, eine fehlerhafte Steuerung zu verkaufen, auch wenn sie für den Schwarzmarkt bestimmt war. Er war der Einzige mit Gewissen. Deshalb hat er sich so aufgeregt.«

»Frau Fiala nahm also in Kauf, dass mit fehlerhaften Steuerungen schreckliche Unfälle passieren«, stellte Bert fest.

»Und Klaus Kurz dürfte seine Entdeckung das Leben gekostet haben. Seine Kündigungsmail war bestimmt gefälscht.«

»Was hat das alles mit der Entführung von Luis zu tun?« Heinz beugte sich angespannt vor.

»Luis hat an die Ermordung seines Vaters geglaubt und den Mörder gesucht. Er ist Mosers Machenschaften immer weiter auf die Schliche gekommen und als der das merkte, hat er ihn in den Panikraum von Fiala gesperrt. Dort hätten sie ihn bis zum Abschluss der Transaktion festgehalten und sich irgendeine plausible Story für die Polizei ausgedacht.«

»Das heißt, ihr zwei habt zusätzliche Beweise, die Erwin Moser belasten. Das wird Thomas Eibensteiner freuen. Können wir jetzt der Polizei die Arbeit überlassen und schlafen gehen?«

»Nein. Erwin Moser war nur der Handlanger, der Mann fürs Grobe. Hinter all dem angerichteten Leid steckt eine böse alte Frau. Frau Fiala ist kein Opfer, sondern hatte ständig die Fäden in der Hand. Ich lasse sie nicht davonkommen. Die hat die Frechheit, mir über den Kommissar ein Geschenk zu versprechen, wenn ich den Mund halte.«

»Die Mail von Kurz ist zu wenig. Frau Fiala ist ein respektables und hochgeschätztes Mitglied der Gesellschaft. Und die Witwe von Herrn Moser hält zu ihr und sagt für sie aus. Dir wird niemand glauben und Eibensteiner wird jegliche Untersuchung unterbinden.«

»Das habe ich bereits zu spüren begonnen. Er hört nicht zu. Entweder er ist auf diesem Ohr taub, oder er steht auf Frau Fialas Gehaltsliste.«

»Das sind schwere Anschuldigungen. Ich darf mich in den Vermisstenfall nicht einmischen und kann dir nicht helfen. Sie werden alle über dich herfallen und du kannst nichts beweisen.«

»Doch, das kann ich.« Ana öffnete ihren Laptop. »Ich habe mir eine Mail mit dem geheimen Dokument von Tobias Fiala geschickt. Es ist das Testprotokoll von Figur101 und enthält seine Feststellung des Fehlers. Ich glaube, er hat sogar geahnt, woran es liegt, weil er Schlamperei unterstellt hat. Diese Datei war auf dem Datenstick, den sie mir in Fialas Villa abgenommen haben.«

»Du bist dir deiner Sache sicher?« Heinz hatte sich aufgerichtet. Er war offenbar intensiv damit beschäftigt, Anas Argumente zu bewerten.

»Weiters war ich Zeugin von Banktransaktionen von Frau Fiala. Ihrer Reaktion nach hat sie zu diesem Zeitpunkt das Geld für den Prototypen bekommen. Ich weiß auch, über welche Bank, weil ich das Logo im Spiegel erkannt habe.«

»Die Kontonummer hast du nicht an die Wand gekratzt?«, stichelte Heinz.

»Nein. Aber ich habe noch einen Beweis. Moser hat in meinem Beisein in der Hütte eine SMS an seine Ehefrau verschickt. Er hat sich von mir provozieren lassen, weil ich ihm eingeredet habe, dass ihn Frau Fiala übers Ohr hauen wird. Sie muss ungefähr lauten: ›Pass auf die Alte auf, dass sie unseren Anteil wirklich überweist.‹« Ana schnitt eine Grimasse. »Oder so ähnlich, ich habe den Text nicht gesehen.«

»Hat seine Frau reagiert?«

»Sie hat ihm geantwortet. Sie hat geschrieben: ›Ich bin doch nicht blöd.‹ Darüber hat er noch einen Witz gemacht.«

»Gut. Das genügt. Lieber wäre ich schlafen gegangen.« Heinz grinste Ana an. »Ist mir aber nicht vergönnt. Ihr habt mir eine Menge Arbeit verschafft, die keinen Aufschub duldet.«

»Du kommst doch morgen wieder zu mir?« Ana sah Heinz tief in die Augen und er erwiderte ihren Blick.

»Liebend gerne.«

Bert und Ana gönnten sich einen Abschlusstrunk. Der Leidtragende an der Tragödie war Luis. Er hatte seinen Vater verloren und würde die Wahrheit über seine Großmutter ertragen müssen. »Hoffentlich hält der Halbbruder sein Wort und unterstützt Luis und seine Mutter.«

Als sich Bert ins Gästezimmer zurückgezogen hatte, nahm Ana nochmals den Computer zur Hand. Ein paar Klicks später schloss sie ihn lächelnd. Der Flug nach Quebec zu Regina war gebucht und Felix Hauptmann würde dafür sorgen, dass ihre Karriere bei Pat davon unbeschadet blieb.

DANKSAGUNG

»Niemand erreicht allein das Ziel. Jeder Erfolg ist ein Mosaik aus vielen Händen, Gedanken und Momenten.«

(Autor unbekannt)

Es existieren so viele Perspektiven auf die Welt, wie es Menschen gibt. Ich danke allen, die sich die Zeit genommen haben, ihre Gedanken mit mir zu teilen – für den Austausch, der inspiriert und bereichert.

Mein herzlicher Dank gilt all jenen wunderbaren Menschen, die mich während des Schreibprozesses begleitet haben. Für offene Ohren, aufmunternde Worte, neugierige Fragen und ehrliche Rückmeldungen – ihr wart mir eine große Hilfe, und ich weiß das sehr zu schätzen.

Ein großes Dankeschön geht auch an die Profis hinter den Kulissen: für das sorgfältige Lektorat und Korrektorat, für die Fotografie, den Buchsatz und das Cover. Danke für eure Unterstützung, eure Geduld und die angenehme Zusammenarbeit – sie hat dieses Buch erst möglich gemacht.

Besonders danke ich meinen Leserinnen und Lesern. Dass Sie sich für mein Buch interessieren und es bis hierhin gelesen haben, bedeutet mir viel. Ihre Wertschätzung ist das

Sahnehäubchen meiner Schreiberei – und ein Ansporn für neue Geschichten.

Wenn Ihnen mein Buch gefallen hat, freue ich mich sehr über eine Bewertung oder kurze Rezension bei Amazon oder Ihrem Buchhändler.

Vielen Dank – und vielleicht begegnen wir uns bald wieder zwischen den Seiten meiner nächsten Romane.

Sie erreichen mich unter:
www.mariaheinrich.com
www.facebook.com/MariaHeinrichThrillerAutorin/
Www.instagram.com/mariaheinrich_thriller_autorin/
www.linkedin.com/in/maria-heinrich-autorin/

DIE THRILLER-REIHE KEIN NORMALER ARBEITSTAG:

TÖDLICHER EHRGEIZ (BAND 1)

»Am Ende zählen Freundschaft und Ehrlichkeit mehr als Karriere.«
»Wieso sagst du das? Freundschaft und Karriere schließen sich doch nicht aus!«

Gestern war ihre Welt noch in Ordnung. Die Wiener Informatikerin Ana Rubin arbeitet hart für ihre Karriere in einem internationalen Unternehmen und der nächste Erfolg ist zum Greifen nahe.

Da verschwindet ein Mitglied ihres Teams spurlos und die Polizei nimmt keine ernsthaften Ermittlungen auf. Hin- und hergerissen zwischen Sorge und beruflichen Interessen, startet Ana eine gefährliche Suche.

Unterstützt von Mitarbeitern und einem befreundeten Privatdetektiv stochert sie in Geheimnissen und lässt sich von Drohungen nicht abschrecken. Bis eine Leiche im Wiener Prater gefunden wird. Der letzte Anruf des Opfers galt Ana. Bald steht nicht nur Anas Karriere, sondern auch ihr Leben auf dem Spiel.

Wer verfolgt einen teuflischen Plan? Welchen Preis muss Ana für ihr Engagement zahlen?

Ein packender Roman mit Wiener Flair über beängstigende Ereignisse im Leben einer starken Frau. Einblicke in berufliche Höhen und Tiefen sowie Firmenintrigen sind inbegriffen.

TÖDLICHER TRIUMPH (BAND 2)

»Weggeschaut? Weil sie sich fürchten?«

»Weil es bequem ist.«

Am Ende eines feuchtfröhlichen Abends mit dem Managementteam entdeckt die Wiener Informatikerin Ana Rubin eine Leiche. Entsetzt erkennt sie den Mann, der ihren ersehnten Karriereschritt genehmigen sollte.

Die Trauer der Kollegen ist erstaunlich verhalten. Anas Fragen werden abgeblockt, sie soll sich um ihr Projekt kümmern. Weshalb unterstützen sie die Ermittler nur halbherzig?

Da verschwindet ein Kollege. Hat er sich abgesetzt oder ist ihm etwas zugestoßen?

Als der Verdacht auf einen Freund fällt, beginnt Ana auf eigene Faust nachzuforschen. Trotz einer Mauer des Schweigens stößt sie auf Schattenseiten des Unternehmens. Das Mordopfer hat die ethischen Richtlinien des Konzerns ignoriert. Warum hat niemand eingegriffen?

Ein Wettkampf um die Wahrheit und Anas Leben setzt sich in Bewegung. Bis sie um Haaresbreite einem Attentat entgeht.

Wem hat Ana in der Dunkelheit ihren Namen genannt?

https://t1p.de/ToedlicherTriumph_ThrillerEbook

TÖDLICHE INTELLIGENZ (BAND 3)

»Verdammst du technischen Fortschritt?«

»Nur, wenn er das Böse im Menschen weckt.«

Ana Rubin steht im Scheinwerferlicht: Ihre KI-Lösung für Städte begeistert ganz Österreich. Doch als maskierte Angreifer den Stadtsaal in einen Albtraum verwandeln, gerät ihre heile Welt außer Kontrolle.

Hackerangriffe auf die Infrastruktur, aggressive Demonstranten und ein rätselhafter Selbstmord reißen Ana in einen Strudel aus Misstrauen und Gefahr.

Unter Druck, ihr Projekt fertigzustellen, wird sie Zeuge eines folgenschweren Unfalls und gerät in Verdacht. Plötzlich kann sie sich auf niemandem verlassen. Nicht einmal auf die langjährigen Arbeitskollegen, ja sogar ihre beste Freundin verhält sich feindselig.

Um ihre Unschuld zu beweisen, stochert Ana in brandgefährlichen Geheimnissen und schließt einen verhängnisvollen Pakt. Schlagartig wird sie zur Gejagten.

Will jemand die KI zerstören oder Ana vernichten?
Kann sie jemandem vertrauen?

https://t1p.de/ToedlicheIntelligenz_ThrillerEbook

Printed in Poland
by Amazon Fulfillment
Poland Sp. z o.o., Wrocław

62069756R00206